OS PECADOS DE WEST HEART

OS PECADOS DE WEST HEART

DANN McDORMAN

Tradução de Jaime Biaggio

Copyright © 2023 by Dann McDorman
Todos os direitos reservados.

TÍTULO ORIGINAL
West Heart Kill

COPIDESQUE
Angélica Andrade

REVISÃO
Eduardo Carneiro

DIAGRAMAÇÃO
Victor Gerhardt | CALLIOPE

ILUSTRAÇÃO DE CAPA
Justin Metz

DESIGN DE CAPA
Oliver Munday

ADAPTAÇÃO DE CAPA
Lazaro Mendes

CIP-BRASIL. CATALOGAÇÃO NA PUBLICAÇÃO
SINDICATO NACIONAL DOS EDITORES DE LIVROS, RJ

M144p

    McDorman, Dann
        Os pecados de West Heart / Dann McDorman ; tradução Jaime Biaggio. - 1. ed. - Rio de Janeiro : Intrínseca, 2024.

    Tradução de: West heart kill
    ISBN 978-85-510-0923-9

    Romance policial americano. I. Biaggio, Jaime. II. Título.

23-86332   CDD: 813
                    CDU: 82-312.4(73)

Meri Gleice Rodrigues de Souza - Bibliotecária - CRB-7/6439

[2024]
Todos os direitos desta edição reservados à
EDITORA INTRÍNSECA LTDA.
Av. das Américas, 500, bloco 12, sala 303
22640-904 – Barra da Tijuca
Rio de Janeiro – RJ
Tel./Fax: (21) 3206-7400
www.intrinseca.com.br

Para Caroline

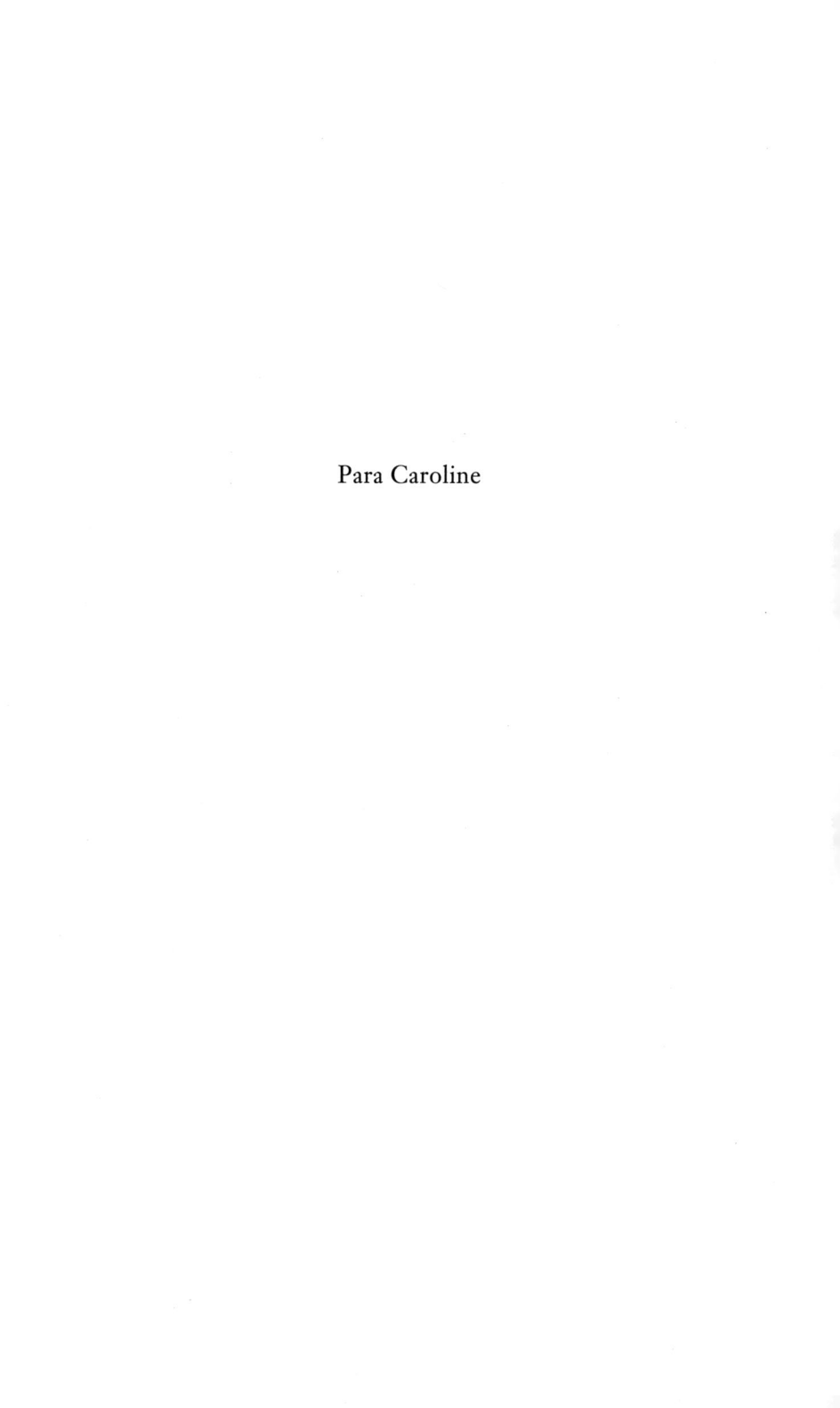

*O cadáver que plantaste ano passado em teu jardim
já começou a brotar?*

QUINTA-FEIRA

Esta história de mistério e assassinato, como todas as outras do tipo, se inicia com a evocação do que o leitor entende por *atmosfera*, ou seja, a acumulação de pequenos detalhes escolhidos a dedo, para criar uma mitologia compartilhada de clima, tempo e espaço — importante: não tudo de uma vez. O autor de livros de mistério, como todos os demais, precisa ser sovina, ceder as informações pedacinho por pedacinho, pois todo romance é um quebra-cabeça e todo leitor, um detetive.

Nem todos os livros de mistério começam com o protagonista, mas este sim. Ele está no banco do carona de um carro em movimento — essas frases iniciais não revelam o ano, o modelo ou a marca, pois seria simples demais, mas você vê o protagonista inserir um cartucho do álbum *Wings at the Speed of Sound* no painel. A música "Let 'Em In" estoura. O protagonista fuma algo, um baseado, e o passa a um novo personagem, o motorista, cuja presença havia ficado sugerida no início deste parágrafo sem ser explicitamente anunciada... Os dois homens — sim, são homens — se vestem de modo semelhante, com roupas de uma época que não é a sua, mas que você reconhece do cinema e da TV; as pistas se acumulam...

E agora um momento crucial, os primeiros diálogos:

— O que se caça nesse tal clube de caça?

— Cervos, basicamente. Faisões. De vez em quando um urso.

— E gente?

— Só uns aos outros.

Eles riem, e você se anima; pensa, talvez, na trama de *Zaroff: O jogo mais perigoso*, em que um rico excêntrico atrai homens ingênuos à ilha dele para caçar por esporte... Será que vai ser *este* tipo de história, então? Mas preste atenção, eles estão falando de novo:

— Minha família é uma das mais pobres. A verdade é que só nos deixam ficar porque somos descendentes dos fundadores.

— São quantas famílias?

— Talvez umas trinta e poucas? Ou mais. Cada uma tem a própria cabana, todas espalhadas pela propriedade. De poucos em poucos anos, sai um membro e entra um novo. As mensalidades são salgadas.

— E esse dinheiro todo dá direito a quê?

— Áreas de caça. Um lago cheio de peixes e canoas. À sede do clube. Grandes refeições nos dias de festa.

— Como essa.

— Isso, com os fogos de artifício do 4 de Julho. Mas também Memorial Day... Dia do Trabalho... Ano-Novo. Na verdade, vale qualquer desculpa para encher a cara e ficar babando pela esposa dos outros.

— Existem jeitos menos caros de comer alguém.

— Essa gente tem dinheiro para torrar. Ou tinha. Mas pagam mesmo é pela distância. Pela privacidade. Quilômetros e quilômetros de trilhas desertas. Túmulos para enterrar seus segredos.

— Vão se incomodar por você ter convidado um coitado como eu?

— Não, vão encarar você como um brinquedo novo, para jogar de um lado para outro e depois falar sobre isso de um jeito desdenhoso enquanto bebem.

— Parece maravilhoso.

— Vale a pena, só para escapar da cidade. Está toda caindo aos pedaços. E o calor lá anda infernal agora. Além disso, você disse que estava sem trabalho.

— Peguei um caso, na verdade.

— O que é?

— Nada de interessante. Não é na cidade.

— Tudo bem, não precisa me contar. Enfim, acho que as mulheres vão gostar de você...

O baseado já virou um cotoco; uma viatura policial passa e os olhos dos dois se voltam apreensivos para o espelho retrovisor — que merda, será que ele os viu, será que vai dar meia-volta com luzes e sirene a toda...? E só agora as pistas do diálogo começam a se encaixar; você tem certeza de que, mesmo sem qualquer indicação de uma direção específica por enquanto, o protagonista é o estranho convidado para o fim de semana, ao passo que o motorista seria quem está despejando a conta-gotas todos os detalhes meticulosamente sugestivos sobre o clube de caça. Você agora está ciente da data, talvez da década também; do status socioeconômico desse clube de caça; e, em alguma medida, do caráter moral de seus membros. As insinuações sobre sexo não te abalam, você não é careta, ainda que não seja exatamente o que busca em livros assim; inclusive, você espera que este não seja um daqueles livros em que o autor adorna ou esconde a trama por trás de sexo, violência e pegadinhas. Escritores de verdade, aqueles em que se confia e aos quais sempre se retorna, não precisam de truques baratos como esses.

A viatura passa por eles e continua até sumir de vista, e os dois relaxam. Ligam o rádio, que transmite um boletim meteorológico agourento, e a conversa se volta para assuntos com que não é necessário se ocupar aqui: velhos amigos, política, cinema, música... Dá para ver que se conheciam muito bem, há muito tempo, mas não têm se falado nos últimos anos, e você questiona o porquê de estarem retomando o contato agora. Sente até que isso também pode ser parte do mistério.

Mas você pensa sobre aquela palavra que apareceu: *caso*. Seria nosso protagonista um detetive particular, então? Você sente que o livro se acomoda na fórmula confortável de seu gênero. Óbvio que há um detetive, *tem que haver* um detetive. Tudo bem. Você tem uma ideia de como a trama vai se desenrolar, prevê as pistas falsas e os becos sem saída, os artifícios que o autor vai ter que usar para tentar ocultar a verdade bem diante dos olhos do público, como uma carta sobre uma lareira; só espera que as regras do gênero sejam seguidas, pois não há fraude maior que um livro de mistério que trapaceia.

Mais adiante voltaremos às regras; por enquanto, o carro segue ruidosamente pela estrada de cascalho que os dois homens pegaram ao sair da rodovia principal, que deve levar ao clube de caça e — segundo o que se prevê — à morte... Há placas alaranjadas de PROPRIEDADE PRIVADA presas às árvores pelo caminho, todas com o nome do clube — West Heart — e seu brasão: dois rifles cruzados e uma cabeça de urso na frente, num efeito semelhante, é impossível não notar, ao de uma caveira e ossos.

Após um longo caminho pela estrada, depois de cruzarem uma velha ponte de madeira sobre um pequeno riacho, os dois começam a passar por... o motorista havia usado o termo *cabanas*, mas na verdade são casas grandes e bem projetadas: sem dúvida, a segunda residência dos respectivos donos, isso se não forem a terceira ou a quarta — são ricos da cidade grande brincando de pobres no campo. Um lago resplandece em meio às árvores, e os dois homens avistam crianças brincando na água e mulheres reluzentes de óleo, com óculos de sol estilosos, esparramadas na areia da praia... eles finalmente chegam à sede do clube West Heart.

— Não esperava que fosse tão grande.

— Acho que são uns cinquenta quartos. Poderia dar um bom hotel, caso o lugar entre em decadência algum dia.

— Alguma chance de isso acontecer?

Nota-se com interesse e atenção o outro replicar com um dar de ombros que não é uma resposta... seu olhar treinado acompanha os olhos do protagonista enquanto estuda a sede do clube, um monumento de madeira e pedra de três andares pensado para evocar as hospedarias célebres de um tempo passado, com um enorme alpendre ao redor de todo o edifício, cingido por troncos robustos e decorado com bandeirolas para as festividades do fim de semana. Ao entrar e vagar pelo interior labiríntico de painéis de madeira e cantos escuros, ele vai descobrir um andar principal que abriga o salão de jantar, a cozinha e a sala de estar, com uma lareira enorme — que, de acordo com os boatos, é alimentada pelo zelador de forma a permanecer acesa quase ininterruptamente de novembro a março. No segundo andar ficam a biblioteca, a sala de leitura e vários quartos de hóspedes; há muitos outros ocupando o terceiro andar inteiro. O porão é usado para armazenamento, embora também abrigue a adega do clube — um detalhe, é de se imaginar, sem dúvida concebido para remeter a "O barril de amontillado", de Poe.

Tudo isso, entretanto, nosso protagonista vai descobrir só mais tarde. Agora, está em andamento a "Rodada das Seis", cujo nome faz referência à hora em que os membros do clube aparecem para os primeiros drinques do dia, pelo menos oficialmente; todo mundo conhece as piadas sobre certos membros que adoram suas "Rodadas das Cinco" particulares, ou até mesmo "Rodadas do Meio-Dia". Há cerca de dez pessoas no alpendre, todas com um copo na mão e um cigarro na outra, compartilhando histórias, fazendo pouco-caso das trágicas e assentindo respeitosas perante as cômicas. Os diálogos que se seguem incluem referências a Gerald Ford, plantação de amendoim, OLP, o Concorde e o preço salgado dos fogos de artifício durante este ano do Bicentenário — todos aqueles componentes crus de verossimilhança a sustentar um mundo de mentirinha no qual personagens vão encenar pantomimas de morte para fins de entretenimento. Não se faz o menor esforço de contextualização, pelo menos não por enquanto, e os fragmentos confusos de conversas que se consegue capturar de orelhada parecem pensados para te manter na corda bamba, conjecturando, tateando por uma sala cujas luzes ainda não foram acesas...

Ainda quer caçar amanhã?
Ele está aqui?
Quantos hectares vão derrubar?
Viu ela hoje de manhã no café?
Que horas? Comprei um rifle novo.
Quem?
Ouvi tudo do lado de lá do penhasco.
Ela estava com uma cara horrível.
Seis?
O candidato...
Deve ser uns quatrocentos hectares.
A Julia viu ela nadar pelada no lago na semana passada.
Melhor às sete. Talvez acabe tarde.
Honestamente? Não gosto dele.
É uma pena. Nós já vendemos direitos de exploração madeireira antes?
Acho que ela está acabada, coitada.
Será que devíamos convidar mais gente?

Eu também não. Ele não... se encaixa em West Heart, sabe?
Já faz décadas, acredito. É um desespero.
Importante manter as aparências, pelo menos.
Vou perguntar para o Ramsey e o Duncan.
O John só quer ele por causa do dinheiro.
É inapropriado.
Imagina o armário de remédios dela. Deve parecer uma farmácia.
O Otto não?
Duvido que um homem possa "salvar o clube", se é o que ele está pensando.
E também, árvore cresce de novo. Melhor do que vender a propriedade.
Acho que o Duncan deveria fazer algo por ela, mas a verdade é que ele tentou.
A caminhada é pesada para ele, com aquela perna.
Lógico, há quem ache que não vale a pena salvar.
Talvez a gente também precise fazer isso, antes do fim.
Todos tentamos, não tentamos...?

Então acontecem as apresentações, momento em que você fica sabendo, finalmente, que o nome do seu protagonista é Adam McAnnis e o nome do motorista, James Blake, depois se desenrolam vários parágrafos cujo propósito é apresentar a você o elenco principal, personagens com nomes que também ajudem a evocar a *mise-en-scène* anglo-saxã de classe alta, nomes com que você talvez se deparasse durante uma caminhada melancólica na chuva por um cemitério esquecido da Nova Inglaterra... Mayer, Garmond, Caldwell, Burr, Talbot, cada um representado por alguma característica física para ajudar a diferenciá-los: a mulher com a cicatriz na têmpora que tenta escondê-la com o cabelo, o homem com papada e rosto amarelado, o rapaz que manca, a mulher com uma mecha branca no cabelo escuro. Você sabe, lógico, que cada descrição traz no bojo uma pergunta. Como ela obteve a cicatriz? Será que ele tem icterícia porque bebe demais? Que acidente ou ferimento o deixou mancando, e será que ele ainda é tomado por arrependimento só de pensar? Que tragédia ou momento de pavor a teria chocado a ponto de fazer aquela mecha ficar branca?

Você está alerta: especialista que é em tramas de assassinato, sabe que um desses personagens novos provavelmente vai ser o assassino

— mas qual? Você espera que o autor seja habilidoso ao evitar pistas muito óbvias, pois até mesmo um adjetivo ou advérbio errado, até mesmo o ritmo sutil de uma oração ou frase pode entregar o desfecho da história a um leitor sagaz. Aliás, ainda que deseje que este seja um daqueles romances de mistério à moda antiga que trazem nas primeiras páginas a lista de *dramatis personae*, também se preocupa com as armadilhas do formato. Por exemplo, como o autor solucionaria o dilema tortuoso apresentado por um personagem que não é quem diz ser? Ou dois personagens que na realidade são apenas uma pessoa, assumindo uma segunda identidade, talvez em nome de uma trama torpe de vingança urdida havia décadas? Se o *dramatis personae* listar tais personagens individualmente, isso não se revelaria um golpe desonesto após a revelação final? No fim, não seria todo e qualquer *dramatis personae* uma mentira, ainda que só por omissão?

×

Dramatis personae

Família Garmond

JOHN GARMOND. Presidente do clube West Heart. ▮▮▮▮▮▮▮▮▮.
JANE GARMOND (nome de solteira: TALBOT). Irmã de Reginald Talbot. ▮▮▮▮▮▮▮▮.
RAMSEY GARMOND. Filho. ▮▮▮▮▮▮▮▮▮▮.

Família Mayer

DUNCAN MAYER. ▮▮▮▮▮▮▮▮▮.
CLAUDIA MAYER.
OTTO MAYER. Filho. Manca, pois ▮▮▮▮▮▮▮▮.

Família Blake

DR. ROGER BLAKE.

MEREDITH BLAKE.
JAMES BLAKE. Filho. Amigo de faculdade de Adam McAnnis.
EMMA BLAKE. Filha. Recém-formada na faculdade.
DR. THEODORE BLAKE. Falecido. Pai de Roger Blake. █.

Família Burr

WARREN BURR. ████████████████████.
SUSAN BURR. ██████████████.
RALPH WAKEFIELD. Sobrinho.

Família Talbot

REGINALD TALBOT. Tesoureiro do clube West Heart. Irmão de Jane Garmond. ████████████████.
JULIA TALBOT. Grávida.

Família Caldwell

ALEX CALDWELL. Viúvo.
AMANDA CALDWELL. Falecida. ████████████.
TRIP CALDWELL. Filho. Falecido. Morto em ██████████.

ADAM McANNIS. Amigo de faculdade de James Blake. Detetive particular contratado por ████████.

JONATHAN GOLD. Candidato a membro do West Heart. ████████████████████.

FRED SHIFLETT. Zelador do West Heart.

×

Você revisa com cuidado essa lista de nomes e então se dá conta de que McAnnis escapuliu para explorar a sede, vazia a não ser pelo barulho de pratos e pelo tagarelar dos funcionários na cozinha. Ele leva consigo um copo semivazio como pretexto, só para constar, um símbolo externo de pertencimento cuja casualidade não denota nada de estranho, nada além de um homem se afastando distraído de uma festa, nada de um detetive profissional à procura de algo... E é neste momento de paz que as frases finalmente se desenrolam para descrever tal protagonista: McAnnis tem trinta e cinco anos, mas parece mais velho, e um cabelo preto revolto, com cachos que descem até bem abaixo das orelhas. O bigode escuro confere ao rosto um aspecto que ele acha levemente sombrio, útil em algumas ocasiões e um problema em outras. Os pés de galinha se cravaram no canto dos olhos dele, linhas decorrentes não de sorrisos, mas do ceticismo, o esgar furtivo habitual de um homem escaldado por traições. Seus olhos são azul-claros — "são os olhos da minha mãe", confidencia ele, vez ou outra, a mulheres que façam algum comentário a respeito —, e são eles que entregam o jogo: tristes, desconfiados e feridos, o olhar de alguém que nos encara quando estamos obviamente mentindo, resultando em constrangimento e decepção para todos. O nariz é um pouco torto devido a um soco anos antes, que McAnnis sabe que deveria ter previsto. Nas costas da mão esquerda há a cicatriz redonda, branca e enrugada de um charuto apagado em sua pele: um lembrete de más escolhas e riscos que não valiam a pena — como se ele precisasse de algum.

McAnnis ainda encara ternos como um mal necessário à função, e que não se entenda como um daqueles ternos safári: um terno de verdade, barato e gasto que seja, geralmente basta para abrir portas ou fazer as pessoas falarem, em especial quando ele abre a carteira e exibe um distintivo cuja autenticidade não pareceria suspeita a inspeções menos rigorosas. McAnnis deixa as gravatas frouxas; nas noites em que se lembra de tirar a roupa para dormir, arranca a camisa com a gravata junto.

Para esta viagem, optou por um terno marrom com camisa amarela e gravata laranja e vermelho-tomate; depois de algumas horas no carro, já ficou nítido que, ao contrário do que alegava a loja, o modelito não é *inamassável*.

McAnnis subiu as escadas até o segundo andar. A luz fraca do fim de tarde deixa a biblioteca na penumbra. Numa plaquinha de bronze próxima à porta está escrito: *Em agradecimento ao dr. e à sra. Blake pela doação de sua coleção particular. Dezembro de 1929.* Caridade para fins de abatimento no imposto de renda, você imagina ser o que McAnnis está pensando. Depois da quebra da Bolsa de Valores de Nova York em 1929. A maior parte da biblioteca consiste em volumes encadernados em couro. Uma prateleira inteira é dedicada à caça e à pesca. Outra está aparentemente abarrotada de arquivos do West Heart, incluindo décadas de informativos do clube, impressos e encadernados. Em uma das paredes, não há prateleiras, mas, sim, duas enormes cabeças de cervo empalhadas, cercadas por mais de vinte placas de bronze com os nomes dos presidentes do clube e os períodos em que exerceram os respectivos mandatos, todos de cinco anos. McAnnis os estuda cuidadosamente quando é interrompido por um membro do clube. É Reginald Talbot, o tesoureiro. Um homem baixinho e inquieto, de óculos, com entradas no cabelo e, como McAnnis descobre, o hábito de piscar quase sem parar.

— Olá... você é aquele detetive, não é? McAdams.

— McAnnis. Adam McAnnis.

— Claro. Ouvi parte da sua conversa com James. Está procurando o Necessário?

— O quê?

— O banheiro, desculpe. É o termo que se usa aqui.

— Engraçado. Não, só estava dando uma olhada.

— Não para investigar algo, certo? — pergunta Reginald Talbot, com um olhar de inquietação.

— Não, de jeito nenhum. Se eu tivesse relógio de ponto, já teria batido.

— Talvez não esteja à procura de crimes, mas vai saber se os crimes não estão à sua procura? É como parece acontecer em todos os romances de mistério. Detetives de férias e, de repente, um hóspede do hotel desaparece — diz Reginald Talbot.

— Ou morre, em geral. Mas não, não costumo tropeçar em corpos nas horas vagas. Neste momento, só queria mesmo mais uma dose.

Ele ergue o copo.

— Com certeza podemos ajudar com isso.

— Apesar de que fiquei curioso... — acrescenta McAnnis.

— Sim?

— Todos os presidentes do clube constam nestas placas?

— Acredito que sim, por quê?

— Queria entender o que aconteceu com os anos 1930.

— Como assim?

— Todas essas placas cobrem períodos de cinco anos. Mas está faltando o que vai de 1935 a 1940. Temos Horace Burr, que foi presidente entre 1930 e 1935, mas depois pula para Russell Caldwell, de 1940 a 1945.

Reginald Talbot se aproxima da parede.

— É verdade. Estranho.

— Alguma explicação?

— Não faço ideia. Pode perguntar para algum dos veteranos, caso esteja mesmo tão interessado. Embora eu não entenda por que estaria.

— Não estou. É só costume.

— Detetives detectam.

— Alguma coisa assim.

— Bom. Vamos encher seu copo, então. Afinal — Reginald Talbot caminha na direção da porta matreiramente, fingindo não estar nem aí, como um ator inexperiente exagerando na interpretação —, não podemos permitir que estranhos circulem por aqui desacompanhados e exponham todos os nossos segredos.

×

No alpendre, a Rodada das Seis segue de vento em popa, as línguas já soltas pelo primeiro, segundo ou terceiro drinque da noite. McAnnis beberica mais uma dose de Pimm's, estuda os convivas e tenta ligar as pessoas aos nomes no dossiê sobre o clube que preparara para si, cuja pasta encontra-se escondida sob calções de banho em sua pequena mala de mão.

Os convivas vestem o marrom, o laranja, o amarelo e o azul-claro da época, uma estética coletiva que o autor obviamente acredita ser mais bem descrita por meio de nomes próprios e símbolos de marcas registradas: calças Acrilan® Wear-Dated® com tecnologia Sansabelt®, suéteres leves de fibra acrílica Orlon®, jeans de poliéster Fortrel®, calças de malha dupla PERMA-PREST® feitas com algodão e poliéster Dacron® e forro Ban-Rol® na cintura, calças de poliéster Trevira® e Kodel®, camisas polo Ban-Lon®, pulôveres de algodão mercerizado Durene®, camisas de botão de tricô Ultriana®, camisas estampadas de manga curta de triacetato Arnel®, saias de náilon Avril®, tops de malha dupla Nyesta® feitos com náilon Antron®, blusas de seda Qiana®, meias SANI-GARD®, sapatos de sola de borracha termoplástica Kraton® com salto anabela e bico de couro sintético Porvair® imitando pele de crocodilo...

A maioria dos homens usa variações das camisas polo Izod Lacoste ou Brooks Brothers, embora uns poucos adotem o estilo neolibertino e tentem parecer à vontade em suas camisas justas generosamente coloridas, estampadas e desabotoadas em maior ou menor grau. As gerações mais velhas suam em paletós esporte Bill Blass em tons de rosa ou amarelo-canário e calças quadriculadas justas demais para o volume acumulado na cintura.

As mulheres, como seria de se esperar, ousam mais, com blusas de mangas soltas, vestidos compridos e modelitos sem manga da Lilly Pulitzer; vestidos de botão Austin Hill com lenços de seda combinando; camisas floridas da Skyr em tons de laranja, calças Meadowbank, pulôveres Herman Geist e calças pantacourt da Gordon of Philadelphia... e só agora, vasculhando essas marcas de outra época, você percebe sua aflição com a ausência de mulheres nesta história de mistério até aqui — curioso, uma vez que mulheres quase sempre são as vítimas, as assassinas ou a motivação do crime. Até mesmo para o misógino Sherlock Holmes, o valor de Irene Adler, que aparece em um único conto, se revelou inestimável ao longo dos anos: *a mulher*, de acordo com a tradição holmesiana, que dá alguma cor às bochechas de um cânone de resto sexualmente descolorido. Assim, você fica contente ao ver Adam McAnnis conversando com Jane Garmond, cujo cabelo louro no estilo do filme *Klute: O Passado Condena* esconde parte da cicatriz na têmpora. É uma mulher atraente, cerca de dez anos mais velha que McAnnis, de olhos cor de mel e pele clara, com um vestido envelope verde Diane von Furstenberg. Ela tem o que escritores costumam descrever como um *toque de tristeza* ao redor da boca, e é o tipo de mulher que, nos séculos passados, teria um diário com poemas escritos durante toda a vida sem que ninguém soubesse, ou um maço de cartas desbotadas perfumado de um malfadado amor falecido décadas antes, itens que a família descobriria apenas depois que ela morresse.

— Seu marido é o John. O presidente do clube — diz McAnnis.
— Isso.
— Isso faria da senhora a primeira-dama?

Jane Garmond balança a cabeça.

— De forma alguma. Essa função é mais um aborrecimento do que qualquer outra coisa. Burocracia. Verdade seja dita, é só algo passado de família para família. Passar a concha ao redor da fogueira.
— *O Senhor das Moscas*, certo?
— Muito bom. Enfim, não é nada muito especial. Existem ex-presidentes aos montes por aí.
— Quem, por exemplo?
— O dr. Blake foi um deles. Duncan Mayer também.
— E a senhora? Entrou no clube por causa do marido?

Jane Garmond dá um gole lento e meticuloso em sua bebida. Os cubos de gelo em seu vinho branco tilintam no copo.

— O senhor sempre interroga seus anfitriões? — pergunta.
— É só uma conversa — protesta McAnnis.
— É brincadeira. Não, não entrei por causa do meu marido. Sou do clube desde sempre. Desde que nasci. Meu nome de solteira é Talbot. Reg Talbot é meu irmão.
— Acabei de conhecer ele na biblioteca.
— Sim, eu vi vocês dois saindo de lá. Então, estou aqui desde sempre. Conheço algumas destas pessoas desde que éramos crianças. Passávamos os verões aqui durante a adolescência.

McAnnis se cala. Você reconhece a técnica; como qualquer interrogador que se preze, ele sabe que o silêncio incentiva o interlocutor a preenchê-lo. Os suspeitos ficam loucos para atenuar qualquer clima estranho, em especial quando a culpa os deixa desconfortáveis, achando que assim vão parecer mais tranquilos e inocentes, quando na verdade é o contrário. Querer agradar é uma triste vulnerabilidade da natureza humana, e algo que qualquer detetive ou vigarista consegue usar em favor próprio.

— Foi assim que ganhei essa cicatriz — diz Jane Garmond, tocando a testa. — Tomei uma estilingada de Duncan Mayer. Sangrou à beça.

— Deus do céu. Espero que ele tenha levado uma bronca.

— Se você conhecesse o pai dele, não diria isso. Dava para ouvir lá do lago os gritos do Duncan sendo açoitado.

McAnnis tenta pressioná-la para obter mais informações, mas de repente chegam outras pessoas — Meredith Blake e Claudia Mayer, a da mecha no cabelo, além de dois homens mais jovens, o filho de Claudia, Otto Mayer (o que manca), e o filho de Jane, Ramsey Garmond.

Enquanto se esquiva de perguntas jogando conversa fora educadamente, McAnnis examina em silêncio os novos conhecidos, tentando colorir um pouco os fatos chatos e sem vida do dossiê sobre o clube. Reunira as datas e os detalhes a partir de certidões de nascimento, boletins escolares e, no caso de Ramsey, uma ficha policial inocente com um item, uma brincadeira de mau gosto de alunos de uma universidade de elite que terminara mal e fora cair no colo de um mau juiz, ou talvez de um bom juiz que acordara de mau humor. Otto Mayer tem cabelo preto e é alto, mas desajeitado; os ombros parecem desalinhados, como se a perna ruim tivesse contorcido seu tronco. Ramsey Garmond é o oposto: louro e de olhos azul-acinzentados, bonito e atlético — provavelmente era da equipe de remo, pensa McAnnis —, e, ao apertar a mão do detetive dá-lhe um tapinha no ombro como se fossem velhos amigos. O sorriso tranquilo é o de um rapaz certo de que o futuro só lhe reserva bons momentos.

McAnnis se lembra de ter visto na ficha que a diferença de idade entre Otto e Ramsey é de poucos meses. Devem ter crescido juntos naquele lugar: verões, fins de semana, férias. Compartilham a serenidade de irmãos ou pelo menos amigos de uma vida inteira, mas para McAnnis parecem dois lados de um cara ou coroa fatídico.

— ... detetive? — pergunta Ramsey Garmond.

— Oi?

— E então?

McAnnis se dá conta de ter deixado algo passar.

— Desculpe. Qual era a pergunta?

— Como é ser detetive?

— Não é que nem no cinema — responde McAnnis.

— É mais emocionante do que direito tributário — observa Ramsey Garmond.

— Depende da tributação — retruca McAnnis.

— Ramsey trabalha com o pai dele — comenta Jane Garmond.

— John. Vai por mim, não é nada emocionante.

— Não esconde o jogo. Conta uma história de detetive, vai — diz Otto Mayer.

McAnnis suspira. Grande parte do trabalho que faz consiste em tragédias mundanas: infidelidades, fraudes e gente desaparecida (além de, em um período de vacas particularmente magras, um gato desaparecido). De vez em quando, porém, é mais interessante. Certa vez, um pai perguntou se McAnnis poderia "trabalhar com seus contatos no governo" para providenciar o retorno do filho de Vancouver, depois que o rapaz queimou a convocação para o Exército ao vivo no noticiário local. Numa outra ocasião, uma mulher quis saber quanto McAnnis cobraria para matar o marido dela. No ano anterior, um rapaz triste havia lhe pedido que localizasse a mãe biológica.

Vez ou outra, McAnnis era visitado por representantes de seguradoras, caso estivessem no aperto. Não gostavam de chegar a tanto. Pareciam achar que estavam se rebaixando. Lembrava-se de um agente em sua sala olhando para os lados com cara de nojo e segurando o cartão que ele lhe dera com a ponta do polegar e do indicador como se fosse algo contagioso.

— É um caso de incêndio, sr. McAnnis. Uma loja de departamentos pequena. Um negócio familiar.

— Acidental, mas vocês suspeitam que tenha sido criminoso.
— Lógico.
— Por quê?
— Porque sempre é criminoso — respondeu o agente.

Às vezes, McAnnis fazia também bicos corporativos disfarçados de assuntos pessoais: um homem com jeito de advogado e de terno bem cortado o contratara para descobrir provas da infidelidade de outro homem.

— Sua esposa?
— Lógico que não.
— Então por que a preocupação? — perguntou McAnnis.
— Não tem preocupação nenhuma. Mas nós queremos ter alguma segurança.
— *Nós* quem?

O outro não respondeu. McAnnis, contudo, descobriu que o infiel era um executivo de primeiro escalão de um grande banco envolvido em uma aquisição complexa e custosa. O sujeito era burro e indiscreto. McAnnis conseguiu as fotos comprometedoras que o advogado queria. A aquisição acabou não acontecendo, como ele viria a ler posteriormente nos jornais.

Também apareciam problemas do tipo mais pessoal e incontrolável possível: um pai quis que McAnnis livrasse o filho da heroína.

— Não está bem no meu escopo de trabalho. Você precisa de um médico. Ou de um terapeuta. Talvez de um padre — dissera McAnnis.
— Vou arranjar, mas antes preciso cortar o suprimento. Meu filho tem um amigo… uma má influência. É o fornecedor. O traficante.

McAnnis já sabia onde aquilo iria dar.

— E você quer que eu faça o quê?
— Quero que você tente persuadir esse amigo de que meu filho não vale o esforço.

Aquela palavra — *persuadir*. Uma palavra tão flexível. Tantas camadas de significados, tantas possibilidades de negação. McAnnis sabia o que significava. Um soco-inglês, um cassetete de couro pesado. A tocaia à sombra de uma porta de bar ou restaurante, esperando o alvo sair: um golpe rápido e certeiro, um joelho esmigalhado, a promessa em tom de súplica do alvo de que faria qualquer coisa que lhe pedissem. McAnnis recebia tais ofertas de trabalho sujo com frequência, mas nunca havia aceitado. Aquele pai, no entanto, parecia tão desesperado e melancólico que McAnnis cedeu e disse que "averiguaria". No fim das contas, o traficante era o filho, não o amigo.

Dá para entender a relutância de McAnnis em compartilhar tais estudos de caso; seus detetives favoritos são criaturas taciturnas, de poucas palavras, discretas e pagas para tal, inescrutáveis. Entretanto, você sabe que seria contraproducente para ele frustrar pessoas que lhe poderiam ser úteis. McAnnis precisa que falem, e às vezes isso implica também falar. Assim, todo detetive precisa ter uma história para saciar o apetite dos curiosos. Não precisa ser verdadeira, mas tem que parecer, e tem que incluir elementos que ajudem na investigação subsequente e nos interrogatórios de quem vier a ouvi-la. A seguir, portanto, está a história que McAnnis conta ao grupo, cujo título sempre imaginou como:

O caso do culto

Aquele caso foi tenebroso. Os pais o contrataram para localizar e resgatar a filha deles de um culto na Califórnia. Semanas de tocaia e trabalho à paisana. Revolucionários estocando rifles em porões. Crianças injetando heroína no parque. O guru atendia pelo nome de Ayuva Daeva, mas seu nome verdadeiro era David Sherwin. Ele era de Manhattan, e aquela, sua segunda tentativa de criar uma religião; a primeira, McAnnis conseguira verificar, fora dissolvida após o guru ter sido acusado de passar cheques sem fundos. A filha dos contratantes havia sido amiga de Angela Atwood, conhecida como "General Celina", a "voz" do Exército Simbionês de Libertação, que morreu queimada quando o esconderijo da organização em Los Angeles pegou fogo durante um tiroteio com a polícia em 17 de maio de 1974. *Poderia ser pior*, quis dizer McAnnis aos pais da moça — embora não o tenha feito — ao encontrá-la. O guru estava embolsando os cheques e outros mimos enviados à Califórnia por pais amorosos e preocupados da Costa Leste, supostamente para bancar a liberação de todos do sofrimento causado por aquela realidade ilusória. Na verdade, caía tudo numa conta bancária no nome de David Sherwin. Haxixe, LSD e heroína obrigavam as moças a continuar colaborando. McAnnis já havia trabalhado anteriormente em um caso envolvendo um culto, e sabia que palavras não funcionavam. O que funcionava era sequestro. Ele a capturara na rua em plena luz do dia — estava acompanhada de apenas uma outra devota de Ayuva Daeva, voltando do mercado com sacolas de papel nas mãos. Ele a jogara dentro do carro que alugara, algemada — *Porco! Fascista!*, gritava a garota, apesar de McAnnis ter bigode e um cabelo mais para comprido, *Filho da puta escroto de merda!* —, e levou-a ao bangalô alugado nas colinas onde os pais aguardavam ansiosos. Lá, tudo degringolou, pois, em vez do exímio psicólogo desprogramador de seitas que estaria no local, segundo lhe haviam dito, o pai médico simplesmente enfiou uma agulha no braço da garota e mandou interná-la numa instituição em Napa. Até onde McAnnis saiba, ela continua lá. Antes de sair com o carro, levantando cascalho e poeira, o pai apenas dissera: *Me manda a nota fiscal.*

×

— Que horrível! — exclama Claudia Mayer, o desalento a perpassar seu rosto pálido.

Ela tem sobrancelhas delicadamente arqueadas e maçãs do rosto salientes, e parece não ficar à vontade com os outros, observa McAnnis, insegura como uma atriz empurrada para o palco de uma peça cujo texto não decorou.

— O que você fez depois? — pergunta Otto Mayer.

— Depositei o cheque na minha conta.

— Não tentou ajudar a moça? — indaga Jane Garmond.

— O que eu poderia fazer? Os pais eram os guardiões legais. Ela era viciada em drogas e membra de uma seita. Os tribunais gostam de despachar essas meninas bonitas, tentar restaurar a virgindade delas. Metaforicamente.

— Você deveria ter tentado ajudar — opina Claudia Mayer, calma.

— Eu faço o que posso. Como é aquela frase? "Por essas ruas sórdidas deve caminhar um homem que não é sórdido."
— O que é isso?
— Raymond Chandler. Sobre o detetive particular ter que ser um homem honrado. Claro, ele mesmo nunca foi detetive. Dashiell Hammett foi, e tinha umas ideias diferentes.
— Fiquei muito feliz por você ter vindo com o James — diz Meredith Blake, com a serenidade de uma anfitriã hábil em redirecionar conversas. Aos outros, ela pergunta: — Não víamos o Adam fazia... dez anos?
— Mais.
— E o que levou vocês dois a se aproximarem?

Meredith Blake abre um sorriso, gentil mas astuto: tem um rosto de vovó com olhos de advogado, a possível aparência de Lady Macbeth, pensa McAnnis, caso ela e o marido tivessem sobrevivido ao feitiço da ambição. O cabelo louro-acinzentado está preso em um coque, e a mulher usa um vestido florido cuja melhor descrição é "prudente". McAnnis se lembra muito bem dela dos fins de semana em que ele e James pegavam um táxi para o amplo apartamento dos Blake nos East Sixties — região jocosamente apelidada pelo pai do amigo de "terra abençoada por Deus" —, levando a tiracolo a roupa suja e a expectativa de uma refeição caseira. Certa vez, numa recepção para celebrar a promoção do dr. Blake a chefe de departamento, McAnnis ficara observando-a circular pela biblioteca servindo canapés e reabastecendo o copo dos convidados enquanto os analisava em silêncio; sempre a achara a mais inteligente da família — sem dúvida mais do que o marido. McAnnis sabe que a pergunta, na verdade, é outra: *Por que você está aqui?*

— Na verdade, fui eu que procurei o James — diz McAnnis.
— Sim, ele comentou. Só não me contou o motivo.
— Estive com uma pessoa que nós dois conhecíamos.
— Mulher? — pergunta Otto Mayer.
— Um cara que morou com a gente. Ele quis saber como o James estava e percebi que não sabia o que responder. Por isso liguei.
— Como você conseguiu o telefone dele? — pergunta Meredith Blake.

McAnnis sorri.

— Sou detetive.

Ela assente, contrariada.

— Verdade. Bem, o fim de semana vai ser dos melhores. Fogueira, jogo de polo aquático com melancia, brincadeira do ovo, fogos de artifício. É só a tempestade não acabar com a diversão. Adiantamos o cronograma todo em um dia por causa dela.

— Ouvimos alguma coisa no rádio sobre a tempestade. Pelo jeito vai ser forte, não é? Quando começa? — pergunta McAnnis.

— Não vai ser hoje — responde Claudia Mayer.

— Amanhã à noite — emenda Meredith Blake. — Tarde. Depois dos fogos. Pode ser que o clube fique sem luz. Temos geradores, mas as estradas podem ser um problema. São de terra e cascalho, como vocês devem ter notado. Andam falando em pavimentar uma parte, mas o projeto nunca sai do papel. E tem a ponte. É antiga, muito antiga.

— Talvez você fique ilhado aqui — avisa Ramsey Garmond.

— Deus me livre — diz McAnnis, e todos riem.

×

Mais tarde, McAnnis vê Claudia Mayer do lado vazio do alpendre, sob uma bandeira estadunidense da época da Revolução Americana, pendurada ali para a ocasião, e com uma garrafa semivazia de vinho branco em cima de uma mesa próxima. Seu vestido floral lilás saiu de moda há alguns anos. Ele suspeita que a mulher tenha quarenta e muitos anos, talvez um pouco mais, mas o cabelo preto já começou a ficar grisalho ao redor daquela mecha branca. É uma mulher magra. Talvez demais. Quando olha para ele, McAnnis tem a sensação peculiar de que ela espia por trás dos próprios olhos como uma prisioneira agarrada às barras da janela de uma cela de prisão.

— Se importa se eu me sentar com a senhora?

— Nem um pouco — diz Claudia Mayer, apontando com a taça para uma cadeira vazia. — Às vezes eles cansam um pouco, não é?

— Não, tudo bem.

— Você precisa conhecer o grupo melhor. Duncan sempre me faz sentir culpada, e aí acabo vindo a esses encontros.

— As Rodadas das Seis?

No sorriso fugaz que Claudia Mayer abre, McAnnis vislumbra uma mulher diferente, a mulher que ela poderia ter sido ou talvez um dia tenha sido. *O que mudou?*, pensa.

— Inteirado do jargão. Já sabe do Necessário?

— Sei. Felizmente.

— Existe um certo... *vocabulário* aqui em West Heart. Pensado para excluir. Ou talvez não, não sei se a intenção é essa. Mas o efeito acaba sendo. É difícil para quem é de fora entender. Dá para aprender, falar igual em alguns momentos, mas você nunca chega à *fluência*, se é que isso faz sentido. Duncan nasceu falando assim, óbvio.

— O linguajar do dinheiro — comenta McAnnis.

— Talvez. Embora o clube não seja mais o mesmo de antes.

Em vez de responder, McAnnis dá tempo e espaço para ela elaborar mais. Claudia, porém, não fala nada, e então ele diz:

— Desculpe se minha história abalou a senhora.

— Era só uma história?

— No sentido de ser verdade ou não?

— Isso.

— Se sentiria melhor se eu dissesse que não era verdade?

— Não.

— É verdade. Infelizmente.

— É tão fácil trancafiar alguém, se esse for o objetivo — diz Claudia Mayer. — Como o pai da moça fez. É só dizer que é maluca. Um perigo para si mesma. Que é para o próprio bem dela. Essas coisas. Argumentos irrefutáveis, certo? Explorar o desejo alheio de fazer o bem como uma forma de fazer o mal.

— Tento não pensar em termos de bem e mal.

— O que mais existe além disso? — pergunta ela, esvaziando a taça de vinho. — Sr. McAnnis, o senhor não é religioso, é?

— Não muito.

— Eu não tinha fé, passei a ter e depois perdi de novo.

— Perder a fé uma vez é uma tragédia. Duas vezes já parece falta de cuidado.

Claudia Mayer sorri de novo.

— Uma piada.

— É.

— O senhor evita os termos *bem* e *mal* porque não sabe de qual lado da linha está?

— Que ousadia, sra. Mayer. Acabamos de nos conhecer.

— Perdão.

— Outra piada. Ou uma tentativa. Vou parar.

— Tudo bem. Às vezes me esqueço... de como se deve agir. Tantas regras, tantas expectativas, não é? É difícil de acompanhar. Tão fácil cometer um erro... E os olhares, os cochichos disfarçados... Lá vai ela de novo, dizem. Coitada da Claudia. A coitada da Claudia está falando sozinha outra vez. A coitada da Claudia está pelada no lago outra vez. E essas regras todas evidentemente mudam dependendo da hora, do lugar, das companhias, do tempo, da posição dos astros... Gosta de astrologia, sr. McAnnis?

— Para falar a verdade, não.

— Eu também não, mas às vezes me pego imaginando se existe outra coisa, em algum lugar, que governe nossa condição. Pense na Lua, por exemplo. É um trilhão de toneladas de pedra pendurado lá em cima, pesando sobre nós, ditando o ritmo das marés... Como é que *não* vai nos afetar? Será que impacta nosso sono? Como sangramos? O que mais ela faz e nós ainda não sabemos? — A mulher para abruptamente, notando a expressão atordoada do detetive. — Desculpe. Eu acabo me empolgando.

— Problema nenhum.

— Às vezes esqueço como eu sou — diz Claudia Mayer, distraída. — Que frase curiosa. *Esqueço como eu sou*. Como exatamente a gente esquece como a gente é? O senhor esquece, sr. McAnnis?

— Não tanto quanto gostaria.

A brisa noturna faz as bandeirolas balançarem junto ao parapeito. Este canto do alpendre é agradável, tranquilo. Longe da Rodada das Seis, dá para ouvir os pássaros gorjeando sobre o riacho que passa ao lado da sede. Os sinos dos ventos que pendem das vigas tilintam suavemente.

— Eu que fiz — comenta Claudia Mayer, acompanhando o olhar do detetive.

— São lindos — diz McAnnis.

— Eu tocava piano. Agora faço sinos dos ventos. Um tubo está em dó. Outro em ré. Tem fá e sol também. Se o vento bate certo, eles quase... *quase* tocam a "Ode à alegria", de Beethoven. Mas nunca sai perfeito.

— Para mim estão ótimos.

Claudia Mayer se serve de mais vinho.

— Imagino que detetive seja uma ocupação solitária.

— Eu falo com um monte de gente.

— O senhor interroga muita gente. Não é a mesma coisa.

— Não, não é — admite McAnnis.

— O senhor passa muito tempo sozinho nesse trabalho, não passa?

— Passo.

— Sobre o que você pensa, então, durante esses períodos longos de... qual o nome mesmo?

— Tocaias?

— Isso. Tocaias. Para mim, esse tipo de isolamento levaria uma pessoa a pensar, pensar, pensar sem parar... É o que acontece comigo, pelo menos.

— Estar só não significa estar solitário — diz McAnnis.

Claudia Mayer sorri.

— É uma grande verdade. O oposto também é. A vez em que mais me senti solitária foi numa multidão. Por isso é que gosto de vir para cá durante a semana. Dá para caminhar por horas no bosque sem ver ninguém. Uma vez, passei três dias sem dizer uma palavra. Fiquei quase com medo de ter esquecido como falar. Mas na verdade eu gostei. Me senti uma monja, reclusa, estudando algum segredo esotérico.

— Acho que entendo o que a senhora quer dizer. Passei grande parte da vida profissional estudando segredos.

— Os segredos dos outros são fáceis. Difíceis são os nossos — opina Claudia Mayer, encarando-o sem piscar, feito uma criança ou um fanático: o olhar curioso, descarado, de alguém que parece não perceber a própria inconveniência ou não se importar com isso. McAnnis lhe devolve o olhar fixo, parecendo considerá-lo um teste de fé. — Enfim. Preciso ir. Estou bem ocupada. Aproveite a estadia aqui em West Heart — diz ela, e então acrescenta de maneira enigmática: — Imagino que você vá ter muito trabalho pela frente.

Claudia Mayer se afasta e McAnnis, na esteira daquela declaração obscura, pensa: *Que mulher estranha.* Contudo, não pode negar que as palavras dela foram certeiras. Quantas vezes já não se pegou tão solitário quanto só, desconfiado de todos, reconhecendo a traição como a regra, e não a exceção? As artimanhas que começam a se revelar assim que o cliente entra sala. Noites dentro do carro, vigiando silhuetas ilícitas por trás de janelas na penumbra, recibos retirados de sacos de lixo gotejantes, uma nota de cinco dólares oferecida a um viciado de olhar fixo... a obra vil de centenas de casos, um arquivo cheio de tragédias, comédias e relatos ambíguos demais para categorizar.

Às vezes, naquelas longas noites turvas em que exagerou na dose de remedinhos ou de uísque, ou dos dois, McAnnis imagina que todos aqueles casos diferentes são na realidade um só, por mais aleatórios e desconexos que pareçam, todos peças de um quebra-cabeça que ele vai passar a vida toda montando. O que ele está investigando de fato é a si próprio, pensa McAnnis, movido pela falsa e aguçada clareza do Dexamyl.

Ele está andando de volta para a entrada da sede quando, de repente, um grito corta o ar...

×

De repente, um grito corta o ar. No alpendre, rostos assustados se entreolham, alguém derrama a bebida, um bebê começa a chorar, e seus músculos se retesam; você pressente que se trata de um daqueles saltos na trama que os autores usam para pontuar e impelir a narrativa, como aqueles jorros de criatividade biológica que, segundo cientistas, fazem a evolução pegar no tranco. Mas isso incomoda — com tão poucas páginas, não seria cedo demais? Não deveria um livro de mistério se desenrolar de modo mais discreto? O segredo de fato por trás da empolgação do livro não estaria no suspense e na expectativa, em vez de (verdade seja dita) no desfecho que com tanta frequência não alcança a expectativa, como quando o mágico revela as cartas a um público que, na saída do teatro, percebe ter sido amargamente ludibriado?

Apesar disso, pelo menos por enquanto, você deixa de lado essas dúvidas e acompanha o grupo que dá a volta no prédio da sede e chega até onde jaz o corpo de um cachorro, atrás de um carro no acesso ao estacionamento. Um homem se ajoelha ao lado do animal: o viúvo, Alex Caldwell.

— Desculpe. Eu não vi. Não sabia que ele estava aqui.

Com as mãos em punho e uma expressão furiosa, Duncan Mayer dá um passo à frente.

— Seu filho da puta.

— Foi um acidente. Não era minha intenção.

— Você é um mentiroso de merda. — Ninguém dá um pio sequer. — Eu falei que você é um mentiroso de merda.

O homem ajoelhado se ergue.

— Chega, Duncan.

— Sai de perto dele — ordena Duncan Mayer. Alex Caldwell dá um passo para trás. — Não foi um acidente. Você fez de propósito. Queria dar um jeito de me machucar, de machucar a Claudia e o Otto, e agora conseguiu.

Alex Caldwell encara todos em volta. Ergue as mãos com as palmas à mostra, como faria um homem que tenta negociar a saída de uma iminente briga de bar: *Olha só, não quero encrenca.*

— Não é verdade. — Alex vira-se para o presidente do clube. — John, você sabe que eu não faria isso.

John Garmond dá um passo lento à frente.

— Acho que é melhor você ir para casa, Alex — diz ele, olhando de relance para Duncan Mayer. — Posso te ligar mais tarde. Deixa a gente cuidar disso agora.

— Eu juro que não vi.

— Alex, vai para casa.

Alex Caldwell hesita, parecendo se perguntar se ir para casa não soaria como uma admissão de culpa, pois estaria literalmente deixando a cena do crime — mas, ao mesmo tempo, o cadáver deve lhe causar repulsa, gerada pelo tabu milenar que acende o desejo de fugir da morte, de querer enterrá-la, esquecê-la, temê-la... Ele resmunga algo em voz baixa para John Garmond e entra no carro.

— Foi um acidente. Desculpe, mesmo — afirma ele mais uma vez aos presentes, e então vai embora.

Otto Mayer já se aproximou, mancando, e está ajoelhado na terra. Jane Garmond lhe entrega uma toalha de piquenique, que ele deposita sobre o cadáver do animal.

Duncan Mayer se vira para John Garmond.

— Pode ficar de olho nele um pouco? Tenho que pegar minha caminhonete.

— O que você vai fazer? — pergunta John Garmond.

— Enterrar ele.

— Quis dizer com o Alex.

Os olhos de Duncan Mayer não deixam transparecer nada. Ele dá meia-volta e se afasta.

×

McAnnis observa a cena por muito tempo. E observa os outros que a observam, como se fosse um jogador de cartas veterano à procura de um sinal no adversário. Ramsey Garmond pôs a mão no ombro do amigo Otto Mayer. James Blake cochicha algo para a mãe. Jane Garmond fala com o marido em tom de urgência. O homem com cara de icterícia, a quem McAnnis ainda não foi apresentado, sorri como quem se lembra de uma piada interna. A mulher de cabelo castanho ao lado dele se vira e encara McAnnis, que se sente como um *voyeur* que percebe um par de binóculos observando-o da janela escura de um apartamento. O olhar certeiro dela o faz estremecer; não é um flerte, mas também não é um olhar de reprovação; está mais para um desafio, uma abertura; exige dele aceitar a estratégia ou criar uma própria. McAnnis devolve o olhar por tempo suficiente para enviar-lhe o que espera ser uma série de sinais de interesse, sofisticação, autopercepção e leve entretenimento, apesar de estar tão enferrujado nesse jogo que não tem certeza de qual teria sido a mensagem transmitida, se é que houve alguma.

O detetive se afasta da aglomeração e volta a contemplar a sede. No alpendre, sozinha, está Claudia Mayer, que despedaça metodicamente um guardanapo; distraída, ela observa os pedaços serem levados pela brisa noturna. McAnnis dá um passo em direção a ela, mas Claudia se vira de modo abrupto e desaparece.

×

A caminho da casa dos Blake, onde vão se arrumar para o jantar, Adam McAnnis e James Blake esbarram com um homem colocando ferramentas na traseira de uma picape. Você presta atenção aos códigos externos — o macacão, a camisa manchada de suor, as mãos sujas, a barba desgrenhada. Sinalizam alguém de uma classe socioeconômica diferente, um operário, e imagina tratar-se de Fred Shiflett, o zelador, um palpite que se revela correto na rápida conversa que se segue, sobre várias questões aparentemente sem grande importância relacionadas ao clube — um urso avistado no riacho próximo à ponte, a necessidade de uma nova rede de tênis, o carvalho atingido por um relâmpago que está bloqueando a via Talbot. Não que você esteja ouvindo; na verdade se distrai com o arsenal assassino na traseira da picape desse tal Shiflett, semiencoberto por uma lona: serra elétrica, pé de cabra, machado, facão e até um tambor com algum tipo de pesticida ou veneno... tudo imundo e enferrujado, mas, ainda assim, ferramentas mais do que suscetíveis a serem erguidas por mãos enluvadas na calada da noite para ceifar uma vida e então jogadas no lago, reaparecendo apenas após dias de dragagem pela polícia — se reaparecerem. Ou quem sabe esse zelador, ressentido após anos atendendo aos caprichos dos ricos e sendo maltratado em silêncio, decida finalmente se vingar, um pouco que seja.

Você pode estar se equivocando, óbvio; o princípio tchekhoviano do revólver que aparece no primeiro ato e é disparado no fim da peça nem sempre se aplica, e, além disso, um autor astuto pode explorar essa expectativa e transformá-la em ardil. Mesmo assim, em última análise, pensa, será que a real dádiva de romances de mistério não é a premonição a que em geral apenas místicos e fanáticos têm acesso, a crença de que o mundo seja imbuído de uma chama interior de significado? Quem sabe que segredo mortal liga a solteirona de meia-idade ao espelho rachado no sótão? O maço escondido de cartas proibidas e a lápide de uma criança? Leitores de histórias de assassinato têm que amarrar com cuidado esses fios até identificarem o padrão; caso contrário, vão, por exemplo, até reparar no rifle pendurado acima da lareira e nas malcriações do adolescente pirracento uma ou duas cenas depois, mas nunca suspeitar que logo vão estar saboreando os prazeres ancestrais do parricídio...

Este é, você reflete, um dos consolos do gênero: qualquer praticante que se dê ao respeito tem que seguir as regras para tornar a verdade — por mais habilidosamente camuflada por mentiras que esteja — acessível a todos.

×

Regras

T. S. Eliot tinha cinco. Jorge Luis Borges tinha seis. Ronald Knox tinha dez (o famoso "Decálogo"). S. S. Van Dine tinha vinte. Agatha Christie, óbvio, conhecia todas as regras e quebrava a maioria com brilhantismo.

Praticamente desde sua origem, o mistério convida à elaboração e à quebra de regras. Borges articulou o ponto crucial do dilema do autor em um ensaio de 1945, em que descreve a construção de histórias de detetive em termos tão exigentes que levam a pensar se ele achava que houvera algum autor verdadeiramente bem-sucedido na tarefa:

> Tudo nelas deve profetizar o desenlace; mas essas múltiplas e contínuas profecias devem ser, como as dos antigos oráculos, secretas; poderão ser compreendidas tão somente à luz da revelação final. O autor, portanto, compromete-se a uma dupla tarefa: a solução do problema alvitrado nos capítulos iniciais deve ser necessária, mas também surpreendente.

A regra-chave é a sensação de jogo limpo — o leitor não pode se sentir ludibriado. O assassino deve ser alguém presente ao longo da trama, cujas motivações e métodos sejam acessíveis a quem lê, sugeridos por pistas apresentadas de modo honesto. Perto do final, alguns romances chegam a fazer uma pausa na narrativa para dirigir-se ao leitor diretamente, desafiando-o: *Agora, você tem todas as pistas para desvendar o crime...* Em *Ellery Queen*, série curta de TV do início dos anos 1970, o ator que interpreta o detetive para, vira-se para a câmera e diz algo do tipo:

> Além do que aconteceu à porta, é importante se lembrar do copo de conhaque no carpete e da ferida no joelho de Manning. Entendido?

Na versão cinematográfica de *Morte na Praia* (ainda que não no romance), Hercule Poirot lança mão da mesma artimanha, só que de modo mais elegante, ao dirigir-se a outro personagem e recitar as pistas que reuniu para chegar à solução, perante o deleite perplexo de um dos suspeitos: "Uma touca de banho, uma garrafa, um relógio de pulso, o diamante, o canhão do meio-dia, a brisa marinha e a altura do penhasco." Em *The Riverside Villas Murder*, de Kingsley Amis, a sobrecapa conclama leitores a "pôr sua esperteza à prova contra a do autor e resolver o mistério sozinhos" por meio de um cuidadoso "estudo das páginas 61, 82 e 160".

Jogo limpo nesse nível exige um esquema muito bem pensado, e, de fato, os cadernos de Agatha Christie revelam que ela criava listas infindáveis de possíveis motivações e métodos de assassinato, páginas e páginas de conteúdo (um leitor desavisado poderia ficar horrorizado, pensando que se deparara com o livro de receitas de um psicopata). Italo Calvino, como parte de um exercício realizado em 1973 e intitulado "L'incendio della casa abominevole", imaginava um computador capaz de desvendar ou criar crimes, desde que alimentado com os dados adequados (a história propunha doze possíveis crimes a terem ocorrido na casa e que, segundo seus cálculos, poderiam levar a 479.001.600 combinações diferentes). Décadas mais tarde, um gerador de tramas de mistério on-line prometia um milhão de combinações diferentes de histórias a partir de poucos elementos-chave: Protagonista, Personagem Secundário, Trama e Reviravolta! (sempre com o ponto de exclamação).

A escola literária Oulipo, da vanguarda francesa dos anos 1960, concebeu para si torturas arquitetônicas elaboradas: Georges Perec escreveu todo um romance sem a letra "e" (um vazio que ecoa a busca dos personagens por uma pessoa desaparecida) e outro construído em torno de uma fórmula complexa que o autor batizou de sua "máquina de fazer histórias". Jean Lescure inventou um joguinho estilístico chamado "S+7", através do qual cada substantivo é substituído pelo sétimo substantivo seguinte do dicionário (obviamente, os resultados variam de acordo com o dicionário consultado). Eis uma versão S+7 do primeiro parágrafo deste livro:

> Esta historieta de mistificador e assediador, como todas as outras da tipografia, se inicia com o evônimo do que o leiturista entende por atobá-pardo, ou seja, o acuo de pequenas detenças escolhidas a deênfase, para criar um mitônimo compartilhado de climatologia, temporalidade e espadachim — importante: não tudo de uma viação. A autorizada de lixas de mistificador, como todas as demais, precisa ser sovina, ceder as informatizações pé-d'água por pé-d'água, pois todo romancismo é uma quebra-dedos e todo leiturista, uma detração.

Obviamente, esse tipo de jogo testa a paciência do leitor — isso se em pouco tempo não a exaure. Contudo, para o autor do gênero, um interesse fundamental da escola Oulipo está na descrição feita por um de seus membros mais célebres, Raymond Queneau: "Ratos que constroem o labirinto do qual planejam escapar."

✕

Em seu quarto na casa dos Blake, Adam McAnnis desfaz a mala. Calções de banho, roupas para fazer trilhas e trajes mais finos para jantar. A pasta com o dossiê sobre o clube. E, lógico, seu Colt Detective

Special, terceira série — já um pouco antiquado, sem dúvida, mas ele sempre foi um homem de tradição. Percebendo uma presença à porta, que ele esquecera de fechar, McAnnis empurra o revólver para baixo de algumas cuecas e se vira com uma indiferença exagerada. Uma moça o observa. Será que ela viu? Ele acha que não.

— Tem maconha? — pergunta ela.

McAnnis a encara.

— Por que você quer saber?

— Porque você está cheirando a maconha.

— Não seria educado bater primeiro?

— A porta estava aberta. — Ela finge bater no ar. — Toc toc.

— Você deve ser a Emma.

— A gente já se conhece, você sabe, né? — diz ela, em tom acusatório. — Você não deve estar lembrado.

— Desculpa.

— Estou arrasada.

McAnnis se lembra muito bem dela. Na época da faculdade, havia feito uma visita aos Blake, no centro da cidade. Ela era nova ainda, e o show de horrores completo: aparelho, espinhas, timidez. Mas havia se tornado uma criatura muito diferente... e enquanto você lê o trecho a seguir, pensa como toda descrição em um romance é essencialmente um exercício de voyeurismo e fantasia, em especial quando, como neste caso, as palavras evocam os tropos do que os acadêmicos chamam de *olhar masculino*: coxas bronzeadas, short jeans desfiado, o sutiã do biquíni com a estampa da bandeira estadunidense, cabelo louro revolto destacando bochechas salpicadas por sardas de sol... descrições que, como você sempre suspeitou, revelam mais sobre os autores do que sobre os personagens que inventam.

— Desculpa, mas não posso ajudar.

— Com a maconha, você quer dizer.

— Isso.

— Que decepção. A delegacia de entorpecentes pegou meu traficante lá na cidade e ainda não achei um novo.

— Que tragédia. Em todo caso, acho que o James não ia querer que eu deixasse a irmãzinha dele doidona.

— Irmãzinha? Ele é mais criança do que eu. Já tive um aborto. Fui duas vezes à Europa. Dormi na praia em Los Angeles. Cheirei cocaína com John Belushi uma vez.

— Seus pais devem estar muito orgulhosos.

— Se achar uma brecha em meio aos comprimidos, ao vinho e à vodca, dá uma perguntada para eles. — Ela o encara com um olhar curioso. — Mas por que o James retomou o contato com você, afinal? Depois de tanto tempo.

McAnnis hesita. Ao responder, está um pouco relutante, como se não tivesse certeza se aquela era a melhor opção.

— Na verdade, eu é que procurei ele.

— Cacete, mas *por quê*? É óbvio que ele não ficou nem um pouquinho *mais* interessante desde a faculdade.

McAnnis intui que a resposta que deu a Meredith Blake mais cedo — um encontro casual, uma ligação do nada — não vai funcionar com a filha dela, então se limita a dizer:

— Você deve achar isso aqui entediante.

— Eu não usaria a palavra *entediante* — diz Emma Blake. — Mas, enfim, se mudar de ideia sobre a maconha, me fala. Até mais tarde.

×

E agora a mesa do jantar está posta — um momento importante em qualquer trama de assassinato, como todo mundo sabe. Talvez seja hora de se servir de um pouco mais de chá ou de café, colocar o celular no silencioso e fechar a porta, pois isso vai exigir atenção total. Vai ser preciso observar com cuidado quem entra, quem sai e em que momento, quem tem motivo para exagerar na bebida e por quê, o dito e o não dito, e, acima de tudo, o que este autor escolhe descrever: quem troca *olhares penetrantes*, quem fica com *as bochechas coradas de repente*, o riso que pode ser considerado *nervoso*...

O jantar vai ser ao ar livre, em uma mesa comprida, no terraço de pedra dos Blake, com vista para o lago. Caiu a noite. Uma brisa suave faz os pinheiros balançarem. Nas margens do riacho, os sapos coaxam. Um disco de Neil Sedaka toca na vitrola de alta-fidelidade. Os anfitriões são o dr. e a sra. Blake, acompanhados dos filhos, James e Emma. Os convidados: John e Jane Garmond. Warren e Susan Burr. Um menino chamado Ralph Wakefield, que escreve sentado no sofá em um canto da sala. Adam McAnnis. E outro forasteiro: Jonathan Gold, um homem de aparência séria, que usa gravata e cuja expressão é de fria perplexidade.

Susan Burr é a mulher que encarou McAnnis do lado de fora da sede; ela chega ostentando um sorriso de lábios vermelhos cheio de promessas e perigos, com braceletes de baquelite que oscilam quando ela aperta a mão do detetive. A mulher o encara, analisando-o, com os olhos esfumaçados e cheios de rímel. *O que você teria para mim?*

— Muito bom conhecer alguém novo — diz ela alguns segundos depois, quando se veem sozinhos no bar da sala, ao lado da vitrola.

— E quem você estaria investigando?

— Ninguém.

— Meio chato isso, não?

— Deveria ter dito que estava investigando você?

Susan Burr dá de ombros.

— Sempre me sinto sob suspeita, seja qual for o motivo.

— É seu? — McAnnis aponta para o menino curvado sobre um livro didático no sofá.

— Meu Deus, não. Tenho cara de mulher com filho? É da minha irmã. Ela foi passar o mês na França.

— O que ele está fazendo?

— Resolvendo uns problemas de matemática. Não é para a escola. É por diversão. Esse garoto é meio diferente, por assim dizer.

— Especial.

— Isso.

Susan Burr é atraente, pensa McAnnis, e sabe que é. Cabelo castanho comprido e liso com uma franja *à la* Jane Birkin, combinando com os olhos da mesma cor, efeito que ela acentua com delineador preto e o já mencionado rímel. Está vestindo um tubinho de Ultrasuede verde-pistache, provavelmente chique demais para a ocasião, apesar de McAnnis suspeitar que Susan Burr não dá a mínima para os olhares que recebe de outras mulheres.

— Mas então, o que vocês fazem para se divertir em um clube desses? — pergunta McAnnis.

— Bom, esse provavelmente vai ser um clássico fim de semana no West Heart. Se você for chegado a essas coisas. Lareiras e fogos de artifício. Birita. Os mais novos vão se recusar a compartilhar as drogas. E nós vamos ser forçados a recorrer a diversões mais... clássicas.

O marido dela a chama do outro lado da sala. Susan Burr faz uma careta e deixa o detetive sozinho no bar sorvendo a fragrância deixada pelo perfume dela. McAnnis ainda está tentando identificá-lo — Halston? Chanel? — quando Meredith Blake o pega pelo cotovelo e o guia para o lado de fora a fim de apresentá-lo a Jonathan Gold. Ela entrega ao recém-chegado um licor de ervas com água com gás e se retira de imediato, como anfitriãs sempre fazem com estranhos numa festa. Jonathan Gold é pálido e insípido, com lábios finos de agente funerário e economia de movimentos. Ao falar, nota-se que é o tipo de homem que recobre cada palavra de uma ironia fina e sorumbática.

— Então você é detetive — diz Jonathan Gold.

— Sou.

— Está trabalhando em algum caso agora?

McAnnis dá uma olhada no terraço. Os outros convidados estão próximos — próximos o suficiente para se tomar cuidado com o que é dito.

— Estou — responde baixinho.

— Que emocionante. O que você está investigando?

— Desculpe, mas não posso falar a respeito. Não aqui, pelo menos.

— Claro, claro, entendo.

Jonathan Gold faz uma pausa para dar um gole de seu copo alto. McAnnis percebe que o homem é o único que não está bebendo álcool. Sinal inequívoco de alguém que não liga nem um pouco para bebida, ou liga demais.

— Posso pelo menos perguntar como está indo a investigação?

— Ainda está no início. Mas estou confiante. Acho que não vai ser muito difícil.

— Interessante. — Jonathan Gold inclina a cabeça como quem teve uma ideia. — Sabe, acabei de pensar em uma coisa.

— O quê?

— Você pode estar me investigando sem eu nem saber — diz Jonathan Gold, com um fraco sorriso zombeteiro. — Será que eu sou um suspeito?

McAnnis se cala por um instante e depois diz:

— Não tem razão para ficar nervoso, sr. Gold. A não ser que tenha feito algo de errado, lógico.

Em vez de responder, Jonathan Gold olha para cima. Mesmo ofuscadas pelos lampiões do terraço, as estrelas estão lindas. Ele começa a falar sobre constelações — "uma paixão de infância, admito" — e aponta para a Ursa Maior e a Menor, Draco, Cassiopeia... Mas McAnnis não vê nada. Para ele, as linhas nas ilustrações dos livros didáticos sempre pareceram arbitrárias. Dá para desenhar a figura que se quiser, pensa ele, ligando uma estrela a outra a esmo. Os padrões no céu são pura mentira.

— Quando eu era novo, os rabinos viviam nos dando sermões sobre as grandes obras de Deus — relembra Jonathan Gold. — Claro, Deus agora está morto. A revista *Time* bem disse.

— Não acompanho as notícias — responde McAnnis.

A conversa travada continua, vaga, e você sente certo vazio nos diálogos, o não dito e, percebe, o não perguntado... McAnnis não confronta o forasteiro com as perguntas que quicam à sua frente. Quem é ele? Por que está ali? Pode ser que este autor seja descuidado com os detalhes; pode ser também, reflete, que as pessoas não façam perguntas cujas respostas já sabem.

— Gostando de West Heart? — pergunta John Garmond, juntando-se aos dois.

O presidente do clube é bonito. Quarenta e tantos anos, corte de cabelo elegante, têmporas ficando grisalhas e o bronzeado intenso de um homem que vive a dar tacadas no campo de golfe durante o horário comercial, ou então na quadra de tênis praticando seu *toss* de olhos quase fechados contra o sol. A camisa polo branca é justa o suficiente para sugerir a vaidade de um abdômen definido.

— Sim, obrigado — diz McAnnis.

— É bom estar de volta — responde Jonathan Gold.

— Caprichamos nas datas especiais. Trazemos mais funcionários da cidade. É um fim de semana e tanto. — John Garmond se volta para Jonathan Gold. — Não quero me precipitar, mas pode ser otimista quanto à sua candidatura a membro do clube.

— Bom saber. Espero que os outros tenham essa mesma opinião.

— Se não tiverem agora, tenho certeza de que logo terão. Já entregou a papelada?

— Ainda não. Minhas contas estão meio espalhadas, e leva tempo para juntar tudo.

— Claro.

— Tem alguma pressa? — pergunta Jonathan Gold.

— Nenhuma. Nenhuma — diz John Garmond, rápido. — Mas me avise se eu puder ajudar de alguma forma.

O dr. Blake surge de dentro da sala, garrafa de Dom Pérignon na mão, para fazer a pergunta clássica:

— Devo abrir o champanhe?

Desde que o vira pela última vez, o doutor mal envelheceu, pensa McAnnis. Tem o mesmo cabelo branco macio, o mesmo jeito casual e inabalável. O rosto poderia ser descrito por estranhos como *enrugado de bondade*, mas McAnnis sempre achou se tratar de uma fachada. *O único problema de ser médico*, McAnnis o imagina confidenciar a um colega enquanto tomam uísque com água com gás, *são as porras dos pacientes*. Nas raras ocasiões em que baixa a guarda, o dr. Blake é apenas patadas e soberba; exala a indiferença arrogante de um homem que tem certeza de que merece o sucesso — e os outros, os fracassos.

— O que estamos comemorando? — pergunta Jane Garmond.

— Tudo. Qualquer coisa. Nada.

— A gente precisa de um motivo? — pergunta Susan Burr.

— De forma alguma.

— Só se lembrem do coitado do Donald Caldwell — aconselha Meredith Blake.

— O que aconteceu? — pergunta McAnnis.

— O tio do Alex Caldwell. Foi tentar abrir uma garrafa de champanhe com um sabre na noite de Ano-Novo. Decepou o polegar.

— Nossa.

— Nenhuma grande perda. O fato de ele ter polegares opositores já foi uma surpresa para mim — murmura Warren Burr.

— Warren!

— Onde ele arrumou um sabre? — pergunta McAnnis.

— Em lugar nenhum. Foi uma faca de açougueiro, na verdade.

O dr. Blake abre a garrafa com um ruído discreto.

— O peido de uma freira — diz, com satisfação.

McAnnis lança um olhar questionador para Emma Blake.

— Aparentemente, só selvagens deixam a rolha voar até o outro lado da sala — explica ela, retirando uma cigarreira de cromo cheia de Virginia Slims do bolso de trás da calça. — Uma garrafa aberta do jeito certo deve soar como o peido de uma freira.

— Tenho certeza de que, independentemente de como se abra, desce igual — conclui McAnnis.

✕

Antes do jantar, McAnnis volta para dentro da casa e tenta encontrar o banheiro. Ao passar em frente ao quarto do casal, é tomado pela ânsia de se esgueirar para dentro, vasculhar o closet e bater nas paredes. Enfiar as mãos debaixo do colchão, tatear sob a gaveta de uma mesa de cabeceira na expectativa de achar um envelope colado. Uma compulsão ou instinto que ele passara a reconhecer, uma coceira que exige ser coçada. Mas muito arriscada. Após hesitar por um momento, retoma a direção do banheiro, onde, com a porta devidamente trancada, abre o armário de remédios. Como sempre, fica espantado com os segredos que as pessoas deixam expostos por livre e espontânea vontade naquelas pequenas prateleiras rasas.

Como cada leitor é, por definição, um *voyeur*, você não hesita em espiar por cima dos ombros do detetive, enquanto ele gira os vidros de remédios para ler os rótulos. Ali estão as evidências de insônia de rico: aspirina (para dor de cabeça), Valium (calmante) e Flurazepam (para dormir). Há os meramente embaraçosos: Vagisil (creme vaginal) e Preparation H (para hemorroida). Os esperados: Minoxidil (para queda de cabelo) e Premarin (para menopausa). E os intrigantes: Ritalina (estimulante) e Quaalude-300 (sedativo). Você pondera que um autor tendencioso poderia escrever uma biografia com base apenas no conteúdo do armário de remédios de alguém. Pondera, ainda, que overdose de comprimidos para dormir é um método frequente, ainda que pouco confiável, de assassinato.

No caminho de volta para o terraço, McAnnis pesca alguns comentários vindos da cozinha. São seus anfitriões.

— Já falei, não quero ele aqui — sibila o dr. Blake.

— Nós tivemos que convidar. John me implorou — justifica Meredith Blake.

— Eu não gosto dele na nossa casa.

— Por quê?

— Você sabe por quê.

— São só algumas horas.

— É bem mais do que isso. Ele está tentando virar *membro*!

As vozes ficam cada vez mais altas e McAnnis entra depressa na sala, onde dá de cara com o menino. Deve ter uns dez anos e ainda está debruçado sobre o livro didático, no sofá verde de couro artificial voltado para uma enorme lareira de pedra. Usa calça jeans boca de sino, uma camisa de rúgbi azul e branca e tênis Jox vermelhos. O cabelo castanho liso encobre seu rosto enquanto ele escreve.

— Então você é o Ralph — diz McAnnis.

— Meu nome é Ralph Wakefield — retruca o menino, sem erguer os olhos. — Mas todo mundo me chama de Ralph.

— O que é isso aí que você está fazendo, Ralph?

— Problemas de matemática.

— Odiava esse tipo de coisa quando tinha sua idade. Está difícil?

O menino dá de ombros.

— Eu não acho.
— E é por diversão? Não é para a escola?
— Não tem escola — responde Ralph, de mau humor. — É verão.
— Verdade. Está gostando das férias?
— Sei lá.
— Passando um tempo legal com sua tia e seu tio?
— Sei lá. — O lápis continua a rabiscar a página. — Ela não gosta muito dele.
— É mesmo? — diz McAnnis, tentando não sorrir. — Ela falou alguma coisa?
— Não. Mas dá pra perceber. — O menino ergue os olhos pela primeira vez. — Você é detetive mesmo?
— Como é que você sabe?
— Ouvi vocês falarem antes.
— Estava de butuca ligada, então.
— O que que é isso?
— É quando você fica ouvindo a conversa dos outros. Às vezes escuta coisas que iriam preferir que você não tivesse ouvido. É o que detetives fazem.
— Eu achava que detetives pegassem gente do mal.
— Isso também. Às vezes. — McAnnis repara em um papel todo amassado e borrado ao lado do menino no sofá. — O que é isso?
— O que é o quê?
— Isso.
O menino olha para baixo.
— É só um mapa. Eu desenhei.
— Posso ver?
O menino não responde, mas McAnnis pega o papel mesmo assim. A princípio não entende. As letras são minúsculas e as linhas na página lembram vagamente diagramas de tumbas egípcias que tinha visto certa vez na *National Geographic* — guardava várias revistas no banco de trás do carro para as tocaias —, mas quando a imagem assume forma, como a ilusão de ótica de uma velha coroca se transformando numa jovem, McAnnis percebe do que se trata.

MAPA DO RALPH

(Mapa desenhado à mão mostrando: Celeiro Velho, Caldwell, Mayer, Casa de Barcos, Ilha dos Piratas, Represa, Balanço, Praia, Garmond, Quadra de Tênis, Blake, Estrada West Heart, Sede do Clube, Playground, Talbot, Burr, Estrada de Greenfield, West Heart Kill, Área de Caça.)

— É um mapa de West Heart, né?
— É.
— É bom — comenta McAnnis.
— Obrigado. Pode ficar com ele, se quiser — diz Ralph Wakefield.
— Mesmo?
— Eu não preciso mais.

McAnnis estuda o mapa de novo, dobra-o com cuidado e o enfia no bolso.

— Obrigado.

— Quando você encontra uma pessoa do mal, alguém que matou alguém... — Ralph balança a cabeça e recomeça a frase. — Quer dizer, quando você encontra o culpado, tem que matar também?

— Geralmente, não. Prefiro não fazer isso.

— Quem mata, então?

— Como assim?

— Se você mata alguém, alguém devia te matar. Senão não é justo.

— Muita gente pensa assim. Mas outras pessoas acham que não se corrige um erro cometendo outro.

— Menos com menos dá mais — diz Ralph.

— Sério? Eu não sabia.

— Mas quem mata a pessoa que matou alguém? O juiz?

— Mais ou menos. O juiz ou o júri. Mas matar mesmo, se é que isso acontece, quem faz é gente na prisão. Mas faz mais de uma década que ninguém é executado.

— Por quê?

— Não sei — diz McAnnis, o que é verdade. — Questões legais.

— E o que acontece com os assassinos?

— Vão para a cadeia. Geralmente por muito tempo.

— Eu mataria alguém, se precisasse. Se essa pessoa estivesse tentando me matar — diz o menino, voltando para o livro didático. — Todo mundo faria isso.

— Acho que você tem razão. Mas as pessoas também encontram outras razões para matar.

✕

O jantar é vôngole casino (trazido da cidade num cooler Coleman cheio de gelo em que McAnnis havia reparado no banco traseiro do carro de James Blake), sopa fria de cereja e frango da Cornualha recheado com arroz selvagem. De vinho, algumas garrafas de um Grüner jovem para começar e depois um suprimento aparentemente infinito de Bordeaux 1970. O clima, tenso. McAnnis sente a atmosfera, que carrega um histórico de décadas, as frases cuidadosas, palavras não ditas por já estarem na mente de todos... A impressão que tem é de ter sido aprisionado numa velha piada interna cuja estrutura eles já esqueceram e cujo desfecho já perdeu a graça para todo mundo.

— Mas então, detetive — começa Meredith Blake, voltando-se para o convidado, escolhido como alvo de uma conversa neutra à mesa —, nos conte sobre você.

— Isso, justifique seu lugar à mesa — diz Warren Burr, com um sorriso presunçoso.

— Warren, por favor — repreende o dr. Blake.

— Não tenho mais histórias — protesta McAnnis.

— Não é sobre o trabalho. É sobre você. É casado? — pergunta Meredith Blake.

— Não.

— Já foi?

— Não.

— Já chegou perto?

— Claro. Todo sábado à noite.

— Se arrepende de estar solteiro?

— Todo domingo de manhã.

— Adam fez faculdade com o James — explica Meredith Blake aos presentes. — Mas você saiu antes de se formar... isso faz o quê, treze, catorze anos?

— Por aí, umas duas vidas inteiras a mais, outras a menos.

— Foi detetive esse tempo todo?

— Grande parte do tempo. Fiz uns bicos também.

— Tipo o quê?

— Trabalhei num poço de petróleo no Texas. Numa madeireira em Washington. Num barco de pesca filipino. Transporte de ópio no Triângulo Dourado — diz McAnnis, enumerando nos dedos. — Também fui chefe da segurança de uma boate em Singapura. Isso tudo, lógico, antes de me envolver com o Exército Vermelho Japonês.

— Você está zombando da gente — diz Meredith Blake, a expressão séria, os olhos faiscando uma mensagem enfática: *Chega disso*.

— De forma alguma. Só estou tentando ser um convidado interessante — argumenta McAnnis.

— Você foi para o Vietnã? — pergunta Jane Garmond.

McAnnis hesita.

— Não, dei sorte. Tenho um sopro no coração.

— Eu não chamaria isso de sorte — diz o dr. Blake.

— Talvez isso me mate um dia. Mas não vai ser hoje. Espero que não seja amanhã, também.

— Ou depois de amanhã, ou no dia seguinte — emenda Susan Burr, erguendo a taça num brinde zombeteiro.

— Todo ano, sem saber, nós passamos pela data da nossa morte — declara Jonathan Gold, passando os olhos pela mesa. — O que será que mudaria na nossa vida se soubéssemos o dia em que vamos morrer? Se pudéssemos tê-lo em conta devidamente? Celebrá-lo?

Silêncio desconfortável. McAnnis toma um gole.

— Que coisa mais macabra — diz Emma Blake, por fim, servindo-se de mais Grüner.

McAnnis nota o olhar de reprovação de Meredith Blake para os ombros bronzeados da filha sob a blusa branca de mangas soltas.

— Poderia tornar os outros 364 dias mais fáceis de aguentar — comenta Jonathan Gold.

— Acho que eu não iria gostar de saber — opina John Garmond.

— Nem eu — concorda a esposa.

— Eu gostaria — diz Warren Burr.

Ele sua de leve. É um homem avantajado numa noite quente de verão, corpulento, mas não gordo. A pele é um pouco pálida, e você percebe que deve se tratar do personagem a que se fez alusão anteriormente, na sede do clube: o Homem da Icterícia, tal qual um personagem de um deque de cartas de tarô. Ele já largou o vinho e está bebendo um uísque duplo.

— Eu daria uma festa — continua Warren Burr. — Se morresse, viraria meu velório. Se não morresse, seria a celebração de ter passado por mais um ano. De um jeito ou de outro, nós iríamos beber.

— Sr. Detetive, salve a gente dessa conversa mórbida — pede Emma Blake.

— Estou curioso sobre West Heart — comenta McAnnis, prestativo. — Vi a lista dos presidentes na sede. Tem bastante história.

— Foi criado no fim do século passado — explica John Garmond. — Foram quatro famílias fundadoras, todas representadas aqui hoje. Os Garmond, os Blake, os Burr e os Talbot. Compraram as terras quando ainda eram baratas.

John Garmond continua, explicando que Heart, no estado de Nova York, era uma comunidade utópica Shaker fundada mais de cem anos antes, época em que os Shakers ainda faziam jus ao nome, contorcendo-se, tendo espasmos e dançando em êxtase nos cultos religiosos. Agora não passava de umas poucas casas esquecidas de ambos os lados da nova autoestrada e uma placa com o nome da cidade que adolescentes apaixonados viviam roubando. Existia também uma East Heart, que consistia numa velha pedreira, agora abandonada, e uma parada de estrada ainda em pleno funcionamento e que um dia servirá aos mineiros.

West Heart foi o nome adotado pelas famílias fundadoras para o terreno florestal que compraram em 1896. Originalmente eram apenas 360 hectares, mas o terreno cresceu com o tempo, chegando ao tamanho atual pouco depois da Segunda Guerra Mundial.

— E todo mundo caça? — pergunta McAnnis.

— Todo mundo tem armas. O que fazemos com elas varia — diz Warren Burr.

— Então os armários estão cheios de esqueletos, né? Segredos debaixo das tábuas do piso, esse tipo de coisa?

— Não é seu trabalho descobrir? — pergunta Emma Blake.

— Estou sem trabalho no momento.

— Acho que o senhor nos acha mais interessantes do que realmente somos, sr. McAnnis — comenta o dr. Blake.

— Com certeza ele concorda que todo mundo tem sua história — diz Susan Burr. — É só questão de achar o jeito certo de contar. Não é isso, detetive?

McAnnis assente, erguendo a taça.

— Um brinde às pessoas de West Heart. E às suas histórias.

— O clube já não é mais o que foi — resmunga Warren Burr.

— Mas pode voltar a ser — diz John Garmond, com um olhar fulminante.

— Se ganharmos na loteria, talvez.

— É cafona falar de dinheiro à mesa do jantar — comenta Meredith Blake.

— E na frente de estranhos — acrescenta o marido dela.

— Política, então? Religião? As religiões da política? — pergunta Jonathan Gold.

— Os únicos temas dignos da nossa atenção são os clássicos. Amor. Ódio. Sexo. Morte — declara Susan Burr.

— Eu diria que isso é tudo um tema só — opina McAnnis.

— Agora, pelo jeito, estamos falando de religião — alerta Meredith Blake.

Jonathan Gold se inclina para a frente.

— Eu seria o primeiro judeu no West Heart, não é? — pergunta.

O silêncio se abate sobre a mesa, exceto pelo menino, Ralph, que cantarola sozinho o jantar inteiro. Então o dr. Blake diz:

— Não faço a menor ideia.

— Fico surpreso. É o tipo de informação que imaginei que seria de conhecimento de todos. Que seria debatida. Não acham? — indaga Jonathan Gold.

— Eu lhe asseguro, sr. Gold...

— Jonathan. Por favor. Afinal, vamos ser vizinhos — diz ele, sorrindo.

— Sim. Bem, eu lhe asseguro, Jonathan, que não tivemos qualquer conversa nesses termos. Com relação à sua candidatura — afirma o dr. Blake.

— Mas *seria* uma mudança para o clube, certo? A não ser que eu esteja equivocado.

— Os tempos são outros.

— Realmente. Só quero ter certeza de que sou bem-vindo.

— Não seja ridículo — intervém John Garmond. — É óbvio que é bem-vindo.

— Que bom. O mundo lá fora está mudando — diz Jonathan Gold. — Mas em alguns lugares a mudança é mais lenta. A portas fechadas, cercados pelos fantasmas dos ancestrais, as coisas podem parecer diferentes.

Warren Burr dá uma risada teatral.

— Acho que chegou a hora de revelarmos nosso grande segredo. Não dá mais para esconder.

— Do que você está falando, Warren? — pergunta o dr. Blake, frio.

Warren Burr o ignora.

— Você merece a verdade — diz ele a Jonathan Gold. — Não somos um clube de caça. Nunca fomos. Na verdade, somos uma célula de revolucionários marxistas. Estocamos armas durante todos esses anos. Amanhã vamos roubar um banco. Para financiar a revolta do povo. Já sorteamos. Sua iniciação vai ser matar o segurança.

— Chega disso, Warren — interrompe John Garmond.

— Desculpe meu marido. Ele se acha muito espirituoso — diz Susan Burr a Jonathan Gold.

— Só estou me divertindo um pouco — diz Warren Burr, com um sorriso ameaçador. — Alguém precisa se divertir. Mas, Jonathan... desculpe, posso chamar você assim?

— Se faz questão.

— Mas então, Jonathan, concordo aqui com meus vizinhos. Os tempos estão mudando, até mesmo aqui em West Heart. Hoje em dia, pelo que estou vendo, temos mentes abertas e espíritos generosos. Estamos todos sempre dispostos a experimentar gente nova. — Warren Burr dá uma olhada em direção à esposa. — Não é, Susan?

— Se você está dizendo — responde Susan Burr.

— Susan adora conhecer e entreter gente nova. Especialmente entreter. — Warren Burr se volta para os Garmond. — Como é na casa de vocês? Muito... entretenimento?

— Não muito — responde Jane Garmond.

— Estranho. Achei que vocês dois eram mais sociáveis.

— Se enganou — retruca Jane Garmond. Em tom nada gentil.

— Peço desculpas. — Warren Burr se volta para os dois visitantes. — Da minha parte, sou menos das modas, fico mais na minha. Caso não tenha dado para perceber. E agora acho que é hora de pegar mais uma bebida.

Warren Burr se afasta da mesa e sai em direção ao bar. Você nota que ele é bem aquele tipo de convidado que sempre estraga a festa, como um borrão numa página, e para quem as luzes parecem baixar quando entra no recinto. Dá pena da esposa, ainda que se perceba que essa é uma das intenções da cena do jantar, um episódio que deixa a mesa tomada por migalhas de pistas: as insinuações, as premonições, os comentários *estranhos*, as sementes cuidadosamente plantadas que podem germinar ou não mais tarde, o histórico pregresso que aos poucos é preenchido…

Ainda assim, esse tal de Burr deixa você alerta. Como regra geral dos romances de mistério e assassinato, o personagem mais detestável é o que tem mais probabilidade de morrer. Contudo, autores maliciosos são capazes de prever seu conhecimento a respeito desse clichê e jogar um Warren Burr da vida no centro do palco logo de cara, para mais tarde surpreender com uma vítima diferente. Ou talvez, e isso seria ainda mais malicioso, dar meia-volta e matá-lo num duplo blefe — marcado para morrer o tempo todo, uma exploração e subversão, desde o início, das expectativas de quem lê. É lógico que alguns autores, entre os quais alguns dos mais habilidosos, usam basicamente a mesma artimanha para mascarar e desmascarar seus assassinos…

✕

A noite cai. As pessoas deixam de prestar atenção ao que bebem ou a quanto já beberam. O vinho dá lugar ao licor, para detrimento geral. Convidados grogues franzem a testa perante as taças, tentando adivinhar qual lhes pertence. A comida fica em segundo plano; o cheesecake de morango que Meredith Blake encomendara de uma confeitaria na cidade mais próxima, a mais de trinta quilômetros, é futucado por garfos dispersos. Quando o jantar finalmente acaba, a mesa está em petição de miséria: garrafas de vinho vazias, copos trincados, manchas vermelho-escuras na toalha e ossos de frango ao lado de guimbas de cigarro apagadas nos pratos — uma prática que McAnnis, que não é de muita frescura em outros departamentos, sempre considerou repulsiva. Ele se oferece para ajudar Meredith Blake a limpar a mesa com um "Não, faço questão", o que lhe permite, ainda que sem intenção, ficar à espreita atrás da porta da cozinha e ouvir por alto algo que soa como uma discussão entre John Garmond e Warren Burr no bar.

— Já decidiu? — pergunta Warren Burr.
— Ainda não — diz John Garmond.
— Daqui a pouco vai ser tarde demais. Não dá para segurar os lobos para sempre.
— É muita coisa para pensar.
— Não seja sentimental.
E então, quando o detetive passa de novo:
— Você acha mesmo que esse cara novo pode salvar tudo? — questiona Warren Burr, em tom de escárnio.
— Vale tentar.
— Ele é tão rico assim?
— Parece.
— Estamos ferrados. Reg fez escolhas imbecis.
— Toda a diretoria aprovou. Você inclusive — diz John Garmond.
— Não confio nele.
— Muitos diriam o mesmo sobre você, Warren.
— Com razão. Eu não confiaria em mim também.
— Para resumir, ainda estou pensando.
— Seu tempo está acabando, John.
— O de todos nós, não é?

×

A esta altura, McAnnis se encontra bêbado o bastante para estar entediado. Examina preguiçosamente a lombada dos livros na sala, entra na varanda com tela do outro lado da casa e dá alguns passos pelo quintal... Até que percebe estar à procura de Susan Burr. Um odor pungente e familiar se faz notar no calor da noite, e ele o segue, dá a volta na casa e a encontra fumando um baseado.
— Me pegou no flagra — diz Susan Burr, encostada na base da chaminé de pedra. — Uma guerra às drogas está em andamento, não sei se você ouviu falar. Preciso me entregar aos vícios em segredo.
— Vícios secretos, minha especialidade. Sou a alma da discrição — responde McAnnis.
Susan Burr sorri.
— Quantos anos você tem?

— Trinta e cinco.
— Um bebê. Quantos anos você acha que eu tenho?
— Essa pergunta é perigosa.
— Seja sincero.
— Quarenta?
— Mas sem puxar saco.
— Quarenta e cinco?
— Faltam três meses para eu fazer quarenta e seis. Isso nos coloca em planetas diferentes. Meu primeiro voto para presidente foi no Eisenhower. Kennedy, coitado, foi o segundo. Nunca mais votei. Quando inventaram a pílula, eu já era casada. Os anos 1960 foram algo que aconteceu a outras pessoas. Os sonhos de um futuro novo e brilhante eram coisas que se liam nas revistas. Perdi tudo isso. E tudo bem. Quando deu uma merda das grandes, não senti que perdi nada. A bênção maior, lógico, foi que nunca tive filhos.
— Eu também não — diz McAnnis.
— Que você saiba.
— Que eu saiba.
Ele esperava que ela lhe passasse o baseado, mas Susan Burr vira a mão e a mantém no ar, à espera — quer que ele fume o cigarro ali, na ponta dos dedos dela. Mantém os olhos fixos nos de McAnnis enquanto o detetive traga, ciente do calor da pele dela contra os lábios dele.
— E então, o que você fez? — pergunta o detetive.
— Quando?
— Enquanto via os anos 1960 passarem. Enquanto a gente explodia laboratórios do governo, vendia mescalina e tramava a revolução.
— Você fez tudo isso? — questiona ela, confusa.
— Não.
— Óbvio que não. O que eu fiz? — Susan Burr suspira e reflete.
— Gastei dinheiro. Fiz aulas de tênis. Li livros ruins. Fiquei amiga das meninas do balcão de maquiagem da Bergdorf's, a ponto de saber o nome delas. Vi filmes do Ingmar Bergman no Ziegfeld. Começava a beber no brunch e ia até o jantar. Fiz amigos. Depois perdi. Mudava a decoração da sala a cada poucos anos. Fui para o

Club Med La Caravelle uma semana antes do meu marido. Fazer o quê? Às vezes, parece que a vida é só uma coisa que a gente faz para passar o tempo.

— Você pode se divorciar — diz McAnnis.

— Posso, mas para fazer o quê?

McAnnis decide arriscar.

— Seria esse o momento de você botar a chave de um quarto na minha mão discretamente e sugerir uma hora?

Susan Burr segura a respiração por um longo instante, julgando-o.

— Infelizmente, sr. McAnnis, aqui não é um hotel. Pelo menos ainda não.

— É claro.

— Mas a sede do clube tem quartos — continua ela, sutilmente. — Quartos vazios, destrancados, no terceiro andar. O 302, em condição um pouco menos pior do que os demais. Um homem inquieto que não consiga dormir talvez ache por lá alguma diversão por volta da meia-noite.

McAnnis assente.

— Meia-noite.

— Então não temos mais nada a dizer, certo? Afinal, se você falar mais, talvez eu mude de ideia.

Ela apaga o baseado na lateral da casa dos Blake e se afasta como uma atriz acostumada aos aplausos toda vez que sai do palco.

×

Acima das árvores — nesta parte do clube, bordos-vermelhos e bétulas-lentas, embora abetos-balsâmicos predominem em todo o restante do terreno —, a lua marca presença, branca como leite, cheia e cintilante sobre a superfície do lago. McAnnis espera do lado de fora por alguns minutos, na esperança de voltar para dentro sem que ninguém o veja, mas, ao chegar ao terraço, Warren Burr o avista e faz sinal. O detetive hesita, mas acaba indo na direção dele, contrariado e pensando se aquele homem é do tipo marido ciumento. Será que sabe ou suspeita onde McAnnis estava? Será que se importa?

— Ainda não tivemos chance de conversar — diz Warren Burr. O grandalhão está atirado numa cadeira Adirondack, com um charuto White Owl Demi Tip na mão. — Só a gente.

— Bom, estou aqui agora — afirma McAnnis.

— Você é detetive particular.

— Sou.

— O que você detecta?

— Agora? Um certo desdém.

Warren Burr semicerra os olhos. E então ri alto.

— Boa. Gostei — diz, com o jeito de quem definitivamente não gostou. — Imagino que você não possa discutir casos passados, então. Ética profissional, essas coisas.

— Algo assim.

— Mas, me diga, no geral, você faz... o quê? Divórcios? Esposas chifrando maridos? Passa as noites fotografando putaria pela janela?

— Por quê? Está querendo contratar alguém?

O que restava do sorriso desaparece.

— Você é esperto, o que é bom — replica Warren Burr, frio. — E falastrão, o que não é bom. Por aqui está tudo bem, somos todos amigos. Cavalheiros. Mas lá na cidade essa esperteza e essa língua solta podem meter você em confusão. Se não se cuidar. — Warren Burr sorri para o detetive. — McAnnis, certo? Adam McAnnis?

É como se Warren Burr estivesse dizendo o nome em voz alta para decorá-lo. Escrevê-lo mais tarde numa caixa de fósforos ou num comprovante de apostas e repassá-lo discretamente para um homem de luvas que vai *cuidar disso...*

— Isso mesmo — confirma o detetive.

— Foi um prazer falar com você. Agora, se me permite...

Warren Burr ergue a taça vazia e se retira para o bar.

James Blake, que observava a cena, atravessa o terraço balançando a cabeça.

— Cuidado, Adam. Com esse cara não se brinca.

— Sério?

— Warren Burr tem uma empresa financeira privada, bastante discreta. Ninguém sabe quem são os clientes, mas parecem "não ser gente boa", se é que você me entende. Gente que precisa depositar o dinheiro em lugares escondidos, onde o governo não vá olhar. Uma vez eu ouvi Warren falar para o meu pai que ele tinha um cara que "dava um jeito" nas coisas.

— Você está dizendo que ele pode querer "dar um jeito" em mim? — pergunta McAnnis.

— Estou dizendo para você tomar cuidado. Só isso.

James Blake continua a falar sobre as profissões de vários homens de West Heart, mas são informações que McAnnis já tem nas fichas dele, por isso, em vez de ouvi-lo, estuda o velho amigo e pensa como havia sido fácil arranjar um convite para o fim de semana. James era sempre assim: inocente e generoso até demais. Enquanto outros em Columbia evitavam McAnnis, o rapaz de origem pobre de fora da cidade, James fizera o oposto, adotando-o como a um vira-lata. Não se incomodara com o fato de que McAnnis trabalhava no refeitório, com o uniforme cinza-azulado dos funcionários e recolhendo os montes de pratos sujos deixados por outros alunos, afinal, *tem gente aqui para isso*. James engordou um pouco e ostenta agora um bigode castanho-alourado, vários tons mais escuro que o do cabelo, que o faz parecer Robert Redford em *Butch Cassidy*. De resto, está com a mesma cara. Nem sinal de casamento; a solteirice de James, suspeita o detetive, deixa os pais dele irritados e é fonte de fofocas por aí. Quaisquer segredos que descubra nesse sentido não precisam entrar no relatório para seu cliente, pensa McAnnis.

— Posso fazer uma pergunta? — começa o detetive.

— Depende.

— O clube está mal de dinheiro?

— Por que você quer saber?

— Andei ouvindo umas conversas.

— Entendi. Bom, não sei muito a respeito. Mas, sim, acho que está. Não sei bem o motivo. Aparentemente, existe uma pressão de alguns membros para vender o clube. Outros discordam. E outros não sabem o que pensar.

— O que você acha?

— Não acho nada.

— Não tem uma opinião?

— Eu não tenho direito a uma opinião. Não sou membro. Meus pais é que são. Quando você vira adulto, deixa de ser sócio. Sou só um visitante aqui.

— Que nem eu.

— Exatamente. Se quiser entrar, tenho que comprar uma casa e pagar as mensalidades eu mesmo, ou, acho, posso ficar só esperando meus pais morrerem.

✕

Os Burr foram os primeiros a ir embora. Ao sair, Susan Burr não olhara sequer de relance para McAnnis, caminhando devagar no encalço da silhueta oscilante do marido, que se arrastava a caminho da rua. Jane Garmond saiu logo depois — *Se não for embora agora, vou cair de sono no seu sofá*, dissera a Meredith Blake. O marido havia ficado. Portanto, quando McAnnis avista John Garmond sozinho no terraço, sorvendo um armanhaque, sabe que é a oportunidade pela qual estava esperando.

— Achei que o senhor administrou muito bem aquela situação mais cedo — diz McAnnis, aproximando-se por trás.

— Qual situação?

— A do cachorro.

John Garmond faz uma careta de desgosto.

— Ah, sim. Tudo aquilo foi bem desagradável.

— O que o senhor acha que aconteceu?

— Não sei.

— Deve ter uma teoria. Ou uma sensação.

John Garmond contempla sua taça em forma de bolota e toma um gole. McAnnis repara que ele derramara um pouco de sopa na camisa polo branca.

— Acredito que qualquer homem, ou mesmo mulher, ao olhar pelo espelho retrovisor e enxergar uma chance de vingança, talvez a aproveite.

— O senhor acha que foi deliberado, então.

— Acredito que nem Alex Caldwell saiba ao certo. Motivações são curiosas. Minha esposa gosta de histórias de detetive, e nos livros sempre existe um motivo bem definido. Amor. Ódio. Ganância. Etc. Mas imagino que na vida real, no seu trabalho, você tenha descoberto que as pessoas podem ter vários motivos para querer matar. Alguns que elas não admitem nem para si mesmas.

— Talvez. Descobri que, no geral, quem mais nos magoa é quem está mais próximo. Especialmente quem nós amamos ou que nos ama de volta.

— Tenho que concordar — responde John Garmond, em tom sombrio. — Imagino que isso tudo — acrescenta, num gesto que compreende todo o clube — pareça antiquado para você. Ultrapassado.

— Não sei ao certo — diz McAnnis, cauteloso.

— Fora de compasso com os tempos.

— Em tempos como os atuais, talvez isso não seja ruim.

— Hoje em dia, é uma vulgaridade falar em tradição. Mas graças a Deus tenho um filho. Meu avô ajudou a construir este lugar. Espero que ainda esteja aqui quando Ramsey for avô.

John Garmond passa os dedos pelo cabelo, o tipo de tique, McAnnis pensa, que revela mais do que ele gostaria. O detetive já teve clientes como ele antes: homens bem-sucedidos cuja vida procedeu exatamente de acordo com o planejado, mas que hoje em dia não conseguem identificar direito a fonte de um sentimento vago e desconcertante de que algo, em algum lugar, deu errado. As contas dos sócios não estão fechando. Os velhos mimos já não satisfazem a esposa. Os âncoras dos noticiários descrevem um mundo que eles não reconhecem. Tais homens têm tudo, mas, no íntimo, temem que não signifique nada, e pagam a McAnnis porque são orgulhosos demais para recorrer a um analista ou a um padre.

— As coisas parecem estar ocas, não é? — continua John Garmond. — Tudo parece igual ao que sempre foi, talvez até a sensação superficial seja de que nada mudou, mas é só dar uma batidinha para perceber o vazio por dentro. Se bater forte demais, tudo se despedaça.

— É do West Heart que estamos falando?

— Estamos falando de tudo. — O homem suspira. — Sabe do que sinto falta? Nova York. A velha Nova York. Eu amava a cidade. Jane e eu íamos a restaurantes, ao museu, ao teatro. Ramsey estudava em uma escola pública. Dava para caminhar no Central Park depois de escurecer. Mas aí tudo mudou. Não sei como aconteceu. Não sei se foi culpa de alguém. Ou talvez de todo mundo. Mas a cidade parou de funcionar. Deixaram de recolher o lixo. Ramsey foi assaltado três dias seguidos. Romancistas começaram a se candidatar à prefeitura. Nossos vizinhos nos perguntaram se a gente fazia swing. Gente que eu conhecia, gente composta, começou a ter colapsos nervosos. Agora a cidade só me entristece. Se arrasta, feito um animal gravemente ferido pelo mato, incapaz de entender que está morrendo.

— Como Ford diria: "Morra, Nova York" — cita McAnnis.

— Exatamente.

— E você encara West Heart como um bastião contra tudo isso?

— Ou um refúgio. Olha, eu não tenho ilusões quanto a este lugar. Sei que é uma caricatura fácil. Posso imaginar como parece aos seus olhos. Precisa de mudanças, sem dúvida. Mas vale a pena. E não é preciso botar fogo em tudo para mudar.

— Ainda é de West Heart que estamos falando?

John Garmond sorri, melancólico.

— Ainda estamos falando de tudo.

Ele se inclina para a frente. McAnnis acompanha seu olhar: uma sombra se move pelo mato, em direção à sede do clube.

— Oi? Oi! — grita John Garmond.

Sem resposta.

— Vai ver a pessoa não ouviu — diz McAnnis.

— Ouviu — confirma John Garmond.

— Quem era?

— Um dos nossos bêbados do grupo, perdido na floresta. Ou Fred Shiflett, talvez. Ele não responde a ninguém se não precisar responder.

Os dois continuam uma conversa tranquila, mas você percebe que o clima ficou mais leve, como se o tom fosse baixando. As notas que descrevem John Garmond têm agora uma afinação distinta — rosto *vincado*, olhos *cansados*, ombros que *pesam* —, e você suspeita que a intenção seja gerar empatia, se não pena. Os dois escutam o gorjeio de um pássaro noite afora, um canto que a esta hora provavelmente indica a proximidade de um predador, e de repente você teme muito pelo destino de John Garmond nestas páginas.

O presidente do clube suspira.

— Boa noite, sr. McAnnis.

— Boa noite, sr. Garmond.

McAnnis olha de relance para o relógio: 22h25.

×

Meia-noite e dez. As luzes da sede estão todas apagadas. McAnnis se esgueira com todo o cuidado para dentro, ciente de estar invadindo. Não há explicação para a presença dele ali, e certamente nenhuma presunção de inocência. Andar principal. Segundo andar. Terceiro andar. Quarto 302. Ele faz menção de girar a maçaneta, mas ela se vira sozinha. A porta se abre silenciosamente para dentro, e lá está Susan Burr. Ele entra. Por um instante, não fazem nada, apenas saboreiam a emoção daqueles momentos finais antes do salto: o prazer da espera, a consciência do bater acelerado do próprio coração. E então se beijam. Até agora não disseram nada. Eles se jogam na cama.

Algum tempo depois, ela sussurra:

— Abre a janela.

McAnnis se levanta, obediente, abre as cortinas e, em seguida, a janela. A luz da lua invade o quarto. Ele treme de leve ao sentir o contato do ar noturno na pele. Já sentira a ponta dos dedos dela percorrendo a cicatriz enrugada que perpassa suas costelas e sabe que agora ela consegue enxergá-la. McAnnis sacode um Winston do maço e volta para a cama.

— Eu sei o que você está pensando — diz Susan Burr, com uma voz suave.

— Você é vidente, ainda por cima? — responde McAnnis, o tom de voz igualmente sereno.

— Você está pensando: será que ela pega um a cada fim de semana?

Ele balança a cabeça.

— Não mesmo. Na verdade, estava só pensando em como é que ela escolhe a presa.

— Quer saber meus critérios?
— Estou curioso.
— Alto. Moreno. Bonito. Sem medo de ser assassinado por um marido ciumento.
— Isso é provável?
Ela dá de ombros.
— Depende do homem.
— Ele quer vender o clube?
— Por que a pergunta? E por que se importa?
— Só curiosidade. Uma coisa que ouvi por aí.
— Só perguntando para ele.
— Acho que ele não está muito disposto a explicar.
— Para um homem como Warren, negócios equivalem a pegar empréstimos e gastar. Quem gasta da forma correta paga o que deve e fica com um bom dinheiro de sobra. Quem gasta da forma errada vai ter umas conversinhas desagradáveis com gente desagradável.
— Ele precisa do dinheiro, então.
— Tem outro critério. Bem importante — diz Susan Burr, mudando de assunto.
— Qual?
— Tem a ver com a lei da oferta e da demanda. Minha demanda era muito alta, mas a oferta estava muito baixa. Sinto informar que você era a única opção. Ainda que uma boa opção.
— Você poderia ter escolhido o cara novo, o advogado.
— Tento evitar quem faz negócios com meu marido.
Uma longa pausa — longa demais.
— Warren conhecia Jonathan Gold antes de ele se candidatar a membro do clube? — pergunta McAnnis, cauteloso.
Susan Burr se vira de lado.
— Mas que detetive mixuruca esse, gastando todo o seu papo de alcova para perguntar sobre o marido. Será que não existem segredos mais estimulantes para descobrir?
— Com certeza. Tenho algumas perguntas.
— Tipo?

— Você só escolhe desconhecidos? Ou se diverte com os residentes também?

— Me divirto.

— Quem?

— Adivinha.

— John Garmond — arrisca McAnnis.

— Por que você acha isso?

— Por causa do jeito que ele olhou para mim quando olhei para você.

— O famoso instinto de policial? Mas você não é policial.

— Tenho outras perguntas.

— Diga.

— Por que todo mundo acha que Alex Caldwell matou o cachorro de Duncan Mayer de propósito? E por que tem uma placa faltando…

— Shhh — interrompe Susan Burr.

— Que foi?

— Escuta.

De um outro quarto, mais à frente no corredor, eles ouvem o ruído abafado de vozes. Um gemido ou suspiro. Silêncios que dão asas à imaginação.

McAnnis não está suficientemente familiarizado com as vozes para identificá-las, mas Susan Burr obviamente está.

— Quem são?

— Se eu chegasse e simplesmente *dissesse* para você, não tiraria toda a graça da sua bisbilhotagem amanhã?

— Não estou aqui para investigar ninguém.

— Claro que não.

Os corpos no outro quarto se entregam a um ritmo familiar. McAnnis nota que a respiração de Susan Burr se acelera.

— Mais uma? — pergunta ela.

×

McAnnis desperta. Algo deve tê-lo incomodado. E então escuta outra vez: um ranger do outro lado da porta. A traição de uma das tábuas do piso. Alguém à espreita no corredor. As palavras que descrevem os passos — *delicados, hesitantes, cautelosos* — sugerem se tratar de uma mulher, embora isso possa ser um mero estratagema do autor, a mentira suave do despiste. McAnnis escuta, imóvel. Os passos aveludados cruzam o corredor e param diante da porta do outro encontro furtivo, e agora você também tem perguntas. Será que ela vai entrar? Vai parar silenciosamente ao pé da cama e observar o sono dos amantes, sem noção do perigo? Teria ela uma arma? Será que tem fúria suficiente para usá-la? A mão dela vai tremer ao mirar? Em quem vai atirar primeiro?

McAnnis precisa pensar no que fazer. No entanto, tudo depende de a maçaneta girar ou não, de as dobradiças rangerem ou não. Ele espera. E espera. Por fim, os passos se encaminham irregularmente até a escadaria na outra ponta do corredor.

×

Adam McAnnis vai andando de volta para a casa dos Blake. Tinha se levantado em silêncio, pensando talvez em perseguir a mulher no corredor, a pessoa, e vestido a roupa. Ao se virar de costas, deparara-se com Susan Burr o observando, envolta no lençol retorcido.

— Geralmente sou eu a primeira a sair — comentara ela.
— Eu também.
— Amanhã é a fogueira.
— Já é amanhã.
— Hoje à noite, então.
— Vejo você lá — dissera McAnnis.
— Eu não criaria grandes expectativas. É só mais uma das tradições de West Heart. Aqui tem várias. Essa meio que remete aos tempos pagãos. A expiação dos nossos pecados pelo fogo.

Ele se inclinara na direção dela para um último beijo. Quando a mulher se virou para o outro lado, ele percebeu um hematoma na região lombar, do tamanho de uma bola de tênis, preto-azulado sob as sombras do luar.

McAnnis está próximo à casa dos Blake quando vê, ou pensa ver, uma silhueta muito à frente na trilha. Assim como ele, sem lanterna. Ao contrário dele, familiarizada com o caminho. McAnnis não tem como saber se é a mesma pessoa de antes. Mas acha que não. A silhueta desaparece pela trilha em uma das encruzilhadas que perpassam os muitos hectares do clube. McAnnis olha de relance para o relógio: 2h56.

Ele se esgueira feito um arrombador para dentro da casa dos Blake, entra no quarto de mansinho e desaba na cama, ainda todo vestido e de sapatos. A cabeça pesa com a bebida, o sexo e a promessa de ressaca na manhã seguinte. Está cansado demais para refletir sobre os homens e as mulheres a quem foi apresentado mais cedo, portanto você assume essa tarefa, um por um, como quem conta carneirinhos...

Jane Garmond, que tenta esconder sua cicatriz.

Reginald Talbot, que patrulha a biblioteca.

Warren Burr, que gosta de fazer ameaças.

Jonathan Gold, que não é o estranho que finge ser.

Alex Caldwell, que tem (ou acham que ele tem) um desejo de vingança.

Claudia Mayer.

John Garmond.

Susan Burr.

Os amantes no outro quarto.

Os passos no corredor.

Os andarilhos do bosque.

×

Problemas de matemática

1. Ela pesa 61 quilos. A garrafa na mesa de cabeceira contém 25 comprimidos, cada um com 10 miligramas. O cantil de vodca está pela metade. Lá fora faz 23 graus, o céu está escurecendo e ela mal sai de sua cabana há 3 dias. *Calcule a probabilidade de que esteja viva de manhã. Apresente seu raciocínio.*
2. O marido da mulher se agacha sobre um poleiro de caça a 3 metros do chão. O candidato a assassino está a 45 metros de

distância e porta uma Winchester 70. O vento sopra na direção sudoeste a 8 km/h. Em sua varanda, a mulher afasta uma mecha de cabelo dos olhos, linda como no dia em que se conheceram. *Ele atira?*

3. Uma mulher está casada há 25 anos com um homem que não ama. Nos 8 últimos anos, ela se encontra em segredo, com o propósito de congraçamento sexual, com o vizinho da casa estrada abaixo, por sua vez casado há 24 anos. Os quatro jantam juntos, em média, a cada 6 meses. Com o passar dos anos, as esperanças de uma resolução feliz se aproximam assintomaticamente de 0. *Qual é o limite do desejo deles?*
4. A faca foi fabricada no Canadá 7 anos antes. A lâmina tem 15 cm, serrada, com agudeza de 300 BESS. Está há 5 anos na gaveta da cozinha. A mulher passou a abominar os fins de semana na casa. *Qual seria o tempo total, em minutos, que ela passou fantasiando sobre enfiar a faca na nuca dele?*
5. O filho de um casal morreu 5 anos antes num acidente de carro. O nível de álcool encontrado no sangue do motorista foi de 0,17%. Ele estava 48 km/h acima do limite de velocidade, mas usava cinto de segurança. O filho do casal, não. O casal e os pais do motorista eram melhores amigos. *Qual é a proporção mínima de ódio para luto necessária para que a dor, por fim, se esvaneça misericordiosamente?*
6. O detetive particular está dormindo entre estranhos num local remoto a 25 km do posto policial mais próximo. O hospital mais perto fica a 35 km. Ele encontra-se cercado por x suspeitos com y motivações. Há 102 armas de fogo na propriedade. *Ele tem noção do perigo?*

×

"Porque", disse o doutor, com franqueza, *"estamos numa história de detetive, e não enganamos o leitor fingindo não estarmos."*

SEXTA-FEIRA

Acordei com uma senhora dor de cabeça, um gosto de arrependimento na boca, o sol brilhando impiedosamente por uma janela aberta e meus olhos tinindo de dor. Ainda estava com a roupa da noite anterior. Cheirava a bebida e sexo e o lençol estava ensopado, o que significava que havia sido atormentado por mais um episódio de terror noturno. Geralmente conseguia interromper as crises com drogas ou uísque, mas às vezes nada adiantava e, em especial nos meses insuportavelmente quentes de verão na cidade, o olhar dos meus vizinhos entregava que haviam escutado tudo.

Um dia, o homem que de vez em quando passava a noite no apartamento das minhas vizinhas de porta me abordou enquanto eu saía do prédio. Ele fumava um cigarro, sentado em cima de uma lata de lixo.

— Ei, cara.

— E aí?

— Tem um cigarro?

Olhei para ele.

— Você fuma dois ao mesmo tempo?

— Que nada, cara. — Ele riu, soltando fumaça. — Vou guardar para depois.

Talvez fosse um cafetão. Talvez só gostasse de roupas empetecadas. Sei lá. Dei o cigarro. Ele o acomodou no chapéu.

— Ei, cara.

— Hum?

— Qual é a da gritaria, cara?

Uma pergunta para a qual eu não tinha uma boa resposta. Nem todo mundo voltava para casa do jeito que eu tinha voltado. Ainda mais no início, quando ninguém prestava atenção. Antes dos protestos, das marchas, das crianças colocando margaridas nos canos de rifles de homens da Guarda Nacional. Antes de Allen Ginsberg tentar levitar o Pentágono. Antes da epifania de Walter Cronkite, do *The New York Times* explicar o que era o napalm, antes de toda aquela merda. Antes de qualquer pessoa conseguir entender que cacete havia de errado comigo, por que eu ensopava os lençóis de suor, mulheres que acabara de conhecer pulando da cama, me acordando — *Você tem noção de que tem um problema sério?* —, e as moças da porta ao lado me encarando com os olhos baixos.

Eu me sentei, apoiando a cabeça nas mãos. Será que os Blake tinham ouvido? O que eu iria dizer, caso tivessem?

Acendi um cigarro, tentando não pensar no problema maior: a probabilidade de que meu mais novo cliente — e no momento o único — não tivesse sido honesto comigo. O trabalho foi descrito como *simples*, embora *pagasse bem*, e sem dúvida *valeria a pena*. A diretiva, estranhamente vaga.

— Fique de olhos e ouvidos abertos.

— Para quê?

— Qualquer coisa incomum. Ou indesejável.

— O que eu talvez deseje ou deixe de desejar pode ser muito diferente do que você deseja — eu havia respondido.

— Verdade. Mas palavras são amarras. Limitam ou prejudicam os pensamentos. "Não pense num elefante", sabe como é. Se eu disser o que acho que você deveria procurar, sua mente vai filtrar todo o resto inconscientemente. Não quero esse filtro. Você é minha tábula rasa, sr. McAnnis. Um inocente enviado para balançar o ninho de vespas.

— Parece incrível.

— Boa sorte com as investigações. E cuidado...

Achei o trabalho estranho, mas não tinha nenhum outro, e o verão de Nova York vinha se resumindo a tiroteios e heroína, então aceitei. O passo seguinte era simples. Como meu novo cliente havia sugerido, procurei um velho amigo de faculdade, James Blake. Alguns comentários oportunos sobre o calor da cidade e o feriado que se aproximava levaram a um convite para o West Heart, que aceitei com cara de surpresa e gratidão. Uma tarde na prefeitura e no prédio principal da biblioteca pública, na rua 42, me deram algum contexto sobre o clube. Depois, mais alguns dias para inquirir discretamente sobre meu cliente e os clientes do meu cliente — precaução padrão, que costuma ser elucidativa. Então, ontem de manhã, James Blake apareceu recostado no carro dele, em frente ao meu prédio, no Lower East Side, balançando a cabeça em desalento enquanto eu cruzava uma calçada cheia de lixo, camisinhas descartadas e seringas quebradas.

— Não acredito que você mora aqui.
— Estou infiltrado.
— Há quanto tempo?
— Uma década, mais ou menos.
— Você estaria melhor na polícia, que nem seu pai — disse James Blake.
— Ele vivia me dizendo isso.

E então, ali estava eu. Lidando com a ressaca numa casa de campo, tramando o que faria em seguida.

O monólogo continua nessa nova e claustrofóbica perspectiva, o "eu" de um protagonista em primeira pessoa, um ponto de vista de que se desconfia desde aquela primeira leitura inocente de *O assassinato de Roger Ackroyd*, de Agatha Christie. No geral, trata-se de uma técnica de frustração. Você está dentro da mente do detetive, mas partes dela encontram-se "muradas", por assim dizer, inclusive as que contêm informações de que você adoraria saber: Quem o contratou? Como o encontrou? Como sabia a respeito de James Blake? Por que o West Heart?

Pelo menos agora você sabe que era importante para McAnnis estar no clube de caça neste fim de semana, e que talvez tenha sido contratado explicitamente *por causa* das conexões com a família Blake. Você também fica um pouco triste ao suspeitar que a noite dele com Susan Burr tenha sido apenas um ato de manipulação;

muitos detetives usam a profissão como justificativa para transar com testemunhas ou suspeitos em potencial, mas em geral você prefere acreditar que se trata apenas de uma fachada, uma mentira que contam a si próprios. Quer acreditar que detetives vão atrás de tais seduções porque o desejo é potencializado pelo risco, afinal, eles entram na vida de uma mulher na pele não deles mesmos, mas de todos os detetives que ela conhece de livros ou filmes. Uma vez solucionado o crime, o detetive parte e ela retorna à vida cotidiana com um segredo para zelar por todos os anos ou décadas que lhe restem. A menos que seja ela a assassina...

No quarto, McAnnis anda de um lado para outro enquanto você se digladia com esses pensamentos; ele troca de camisa, e você repara em arranhões nas costas dele causados por unhas. Da primeira gaveta da cômoda, ele puxa uma pequena cartela de comprimidos e, com uma careta, engole dois, sem água. Cambaleia até a cozinha. O resto da casa ainda dorme. Os utensílios o deixam confuso, então McAnnis sai de mansinho para refazer os passos da noite anterior em direção à sede, em busca de café.

×

Estava tudo tranquilo. Dava para sentir o cheiro do bacon sendo fritado na cozinha. Do foyer, eu ouvia vozes femininas e uma risada indecorosa que reconheci. Era do zelador, Fred Shiflett: típico papo de funcionários quando têm certeza de que os patrões ainda estão na cama se recuperando da noitada. Subi as escadas até a biblioteca sem nenhum motivo específico, exceto o fato de o tesoureiro do clube, Reginald Talbot, não me querer lá.

Parei de frente para a prateleira cheia de volumes encadernados de informativos do West Heart. Quando não se sabe o que se está procurando, qualquer lugar é um bom ponto de partida. Comecei a tirá-los da prateleira a esmo, pulando alguns ao acaso ao longo das décadas. A barra das saias das mulheres ia ficando mais curta. O cabelo dos homens, mais comprido. Numa edição de 1971, vi a primeira (e única) foto de um homem negro — um convidado? — sorridente, ao lado de James Blake. Então me lembrei dos anos que faltavam nas placas dos presidentes — 1935 a 1940 — e voltei a atenção para os volumes mais antigos.

Um artigo de junho de 1931 sobre como, "à luz da atual crise econômica e de seu efeito sobre as finanças dos membros, o clube começou a vender árvores para uma madeireira, para ajudar a equilibrar os custos operacionais". Uma prática que, a julgar pelos caminhões com troncos que vi nas clareiras no caminho, eles voltaram a adotar.

Um artigo de março de 1932 sobre um palestrante convidado, o "ilustre" dr. George Roberts, que apresentaria sua "assombrosa" invenção, reveladora dos mistérios do sistema elétrico do corpo humano. Seu "oscilóforo" media vibrações: sangue irlandês vibrava a quinze ohms, sangue italiano, a doze, sangue judeu, a sete etc.

Uma foto de dezembro de 1933, com dois casais sorridentes na varanda da sede do clube, os copos altos erguidos, sob a manchete FIM DA LEI SECA, A ANIMAÇÃO DE VOLTA A WEST HEART. O tom celebratório do artigo, salpicado de insinuações irônicas, deixava claro que, na verdade, a animação nunca havia se ausentado.

Num artigo de julho de 1938, a manchete era LINDBERGH E FORD EM WEST HEART. A foto, de um homem cumprimentando os dois convidados famosos, ambos de olhos semicerrados por conta do sol, trazia a legenda: *O dr. Theodore Blake recebe os heróis norte-americanos Charles Lindbergh e Henry Ford, por ocasião de seus discursos no Clube acerca do momento político atual e da situação na Europa.* Em uma segunda foto, menor, Lindbergh se curvava para apertar a mão de um menino de feições sérias. Franzi a testa — o garoto me pareceu familiar...

Ainda estava no primeiro parágrafo do artigo — *uma reunião concorrida com um público caloroso* — quando ouvi uma tábua do piso ranger.

Fred Shiflett, com uma caneca de café na mão, estava obviamente satisfeito por ter me encurralado.

— Acordou cedo.

O comentário soou como uma acusação.

— Eu xereto melhor de manhã — respondi.

Fred Shiflett sorveu seu café, sem pressa. Parecia satisfeito com a coisa toda. Encarei-o de volta, reparando na pele curtida pelo sol e no cabelo cortado rente. *Guerra da Coreia*, pensei. Provavelmente.

— Está fazendo o que aqui? — perguntou ele.

— Estava entediado. Não acho lá muita graça em livros de caça, então resolvi folhear esses aqui. Algum problema?

— São livros do clube. Nada muito interessante para alguém de fora.

— Sou um sujeito curioso. Leio qualquer coisa.

— Você vem para cá sozinho. Sobe de mansinho. Fica fuxicando a biblioteca. O que o sr. Garmond diria se soubesse?

— Conta para ele e a gente descobre.

Fred Shiflett fechou a cara.

— Não confio em você — disse, com todas as letras.

— Então você é bom em julgar o caráter dos outros. Mas, sinceramente, não sei por que se importa.

— Eu cuido deste lugar. Moro aqui também. É minha casa, tanto quanto deles.

— Sério? Eu vi um monte de casas no caminho, mas a sua deve ter passado batida. Qual era? — comentei, e ele continuou a me encarar com olhar pétreo. Não havia mordido a isca, pelo menos ainda não. — Eles chamam de "cabanas", mas na verdade estão mais para mansões de campo, você não acha? Onde fica a sua cabana? Lá no meio do mato, onde não dá para ver? Onde não vai envergonhar os membros?

— Você não sabe nada sobre mim — disse Fred Shiflett.

— Sei que não te valorizam. Que te ignoram até precisarem de alguma coisa. Que provavelmente gastam mais dinheiro em bebida do que você ganha por ano. Que quando você estiver velho ou fraco demais para carregar madeira e consertar banheiros, vão encontrar alguém que dê conta do trabalho e descartar você na hora. Ou estou errado sobre eles?

— Certo ou errado, acho que você deveria se retirar.

— Eu entendo o espírito de lealdade. É louvável. Mas tem que ser uma via de mão dupla. Você viu essas pessoas. Viu o que elas têm. Você entra na casa delas quando estão longe? Eu entraria. Para ver o que têm, como vivem. Se acham tão inteligentes, tão bons em esconder segredos. Mas não são. É por isso que estou aqui. — Esperei um segundo. — Se tiver algo que você acha que eu deveria saber, algo fora do comum, pode me contar.

— Se eu fosse você — disse Fred Shiflett, devagar —, tomava cuid...

Nisso ele foi interrompido pelo barulho de uma picape do lado de fora, espalhando cascalho e guinchando até parar, homens berrando "Abram a porta!", "Ajudem ele!", "Cuidado, cuidado...".

Um último olhar fulminante de Fred Shiflett — *isso aqui ainda não acabou*, era o que dizia —, e corremos para baixo. John Garmond, pálido, passava pela porta apoiado no filho, Ramsey, junto a Duncan Mayer e Reginald Talbot. Garmond pressionava um pano ensanguentado contra seu ombro esquerdo. Todos usavam coletes de caça de lona fina, por causa do calor, camisas de manga comprida Orvis (exceto Ramsey, que estava de camiseta) e calças cargo cáqui.

— Cozinha. O kit de primeiros socorros está lá na cozinha — grunhiu Duncan Mayer.

Reginald Talbot saiu correndo.

Os outros dois ajudaram John Garmond a se sentar num sofá de couro no salão.

— O que aconteceu? — perguntei.

— Eu atirei nele, foi isso que aconteceu — disse Duncan Mayer, limpando as mãos trêmulas e cheias de sangue na calça.

— Foi sério?

— Não é nada — respondeu John Garmond. — Mesmo. Pegou só de raspão.

— Deixa eu ver — falei.

— O que você entende disso? — perguntou Ramsey Garmond.

— Não é a primeira ferida a bala que vejo. Deixa eu olhar.

A bala arrancara um naco de carne do ombro dele. Havia sangue por toda parte, mas John Garmond estava certo: parecia pior do que era de fato.

— Vai levar ponto? — perguntou Ramsey Garmond.

— Com certeza. Mas por enquanto temos que limpar a ferida — instruí.

Reginald Talbot retornou com o kit de primeiros socorros, deixou-o no chão e, num clique, abriu a tampa branca de plástico. Duncan Mayer retirou uma garrafa marrom.

— O que é isso? — perguntou Reginald Talbot.

— Iodo. Prefere que eu use vodca? — replicou Duncan Mayer.

— Se vai jogar isso na ferida, vamos tirar ele do sofá bom — disse Reginald Talbot, lívido. Seu rosto estava tão pálido que, por um momento, achei que ele fosse vomitar. — Não, no carpete também não. Era da minha mãe. Ela doou para o clube.

— Deus do céu, Reg — rebateu Duncan Mayer, olhando fixamente para o colega mais franzino. Ele espalhou iodo sobre a ferida às pressas. John Garmond grunhiu. — Eu sei que arde. Desculpa, John. Mesmo. Desculpa por tudo. Foi estupidez minha.

— Tudo bem. Foi culpa minha. Eu não devia ter me separado do grupo daquele jeito — respondeu John Garmond, entredentes.

— Você pelo menos acertou no que tinha visto? — perguntou Fred Shiflett, que permanecera junto à porta. E fez um gesto com a caneca de café em direção ao homem no sofá. — Supondo que não tenha sido nele.

— Não sei — respondeu Duncan Mayer.

— Não sabe se acertou o alvo ou não sabe se era nele que estava atirando?

— Chega, Shiflett — retrucou John Garmond.

— Quer um café? — perguntei a ele.

— Por favor, pelo amor de Deus. Água também.

Na cozinha, os funcionários contratados para o fim de semana se ocupavam com os preparos do grande jantar à beira da fogueira. Assim que entrei, pararam de falar. Espiei a lavanderia e vi uma moça enfiando lençóis na máquina de lavar. Ela parou para me encarar. Desviei os olhos, constrangido. Seria aquele um olhar acusador? Ou meramente os sussurros de uma consciência culpada, dádiva ou maldição recorrente legada pelas freiras severas da St. Thomas Academy, no Brooklyn?

Voltei com água, café e um pouco de bacon que peguei de uma prateleira. A cor retornava ao rosto de John Garmond.

— Você devia levar ele ao hospital — falei para o filho dele.

— Quem sabe o dr. Blake não... cuida do assunto aqui mesmo? — opinou Reginald Talbot.

Fulminei-o com o olhar.

— Esse homem precisa ir para o pronto-socorro.
— Tudo bem, tudo bem. Eu ajudo.
— Quer que eu ajude também? — perguntou Duncan Mayer.
— Não — disse Ramsey Garmond.

Levaram John Garmond para a picape, e fiquei sozinho no salão com Duncan Mayer. Dava para sentir o desconforto mútuo, dois estranhos em uma proximidade forçada, como num jantar formal quando os conhecidos de ambos deixam a mesa. Duncan Mayer era um homem de aparência séria, quarenta e muitos anos, alto, com ombros largos de nadador, olhos azul-acinzentados e cabelo preto ficando grisalho. A expressão dele era inescrutável naquele momento, mas eu me lembrava da fúria intensa que perpassara seu rosto na noite anterior ao confrontar Alex Caldwell. Em alguns homens, o potencial para a violência tremeluzia como uma luz-piloto; Duncan Mayer poderia passar anos, ou mesmo décadas, cozinhando seus infortúnios antes de entrar em ação, pensei.

— Tudo bem com você? — perguntei.
— Por que não estaria? — retrucou ele, desconfiado.
— Não é todo dia que se atira em alguém. Mesmo por acidente.
— Foi muito estúpido. Poderia ter sido bem pior. Dei sorte.
— O John também.
— Com certeza.
— Incomum isso de caçar cervos no verão — comentei, casualmente. — Imagino que a temporada tenha começado mais cedo.

Duncan Mayer me encarou com frieza.

— Imagino que sim.
— Achava que fosse em outubro.
— Olha só, você está certo. Mas esse é um caso especial. Desde que West Heart existe, fazemos uma caçada no fim de semana da Independência. Dizem que Teddy Roosevelt compareceu certa vez, embora eu não acredite muito nisso. É basicamente uma coisa da família Garmond, que passa de pai para filho. O pai do John foi quem levou a gente na nossa primeira vez. Tínhamos dez anos de idade.

— Seu pai não levou você?
— Não.

— Mas essas caçadas são ilegais, não são?
— Tecnicamente.
— Já vi homens irem parar na prisão por causa de tecnicalidades.
— Ninguém está nem aí para o que fazemos aqui, no meio do nada. E mesmo que dessem bola, não tem como ninguém descobrir. Fazemos nossas próprias regras.
— E numa propriedade desse tamanho, quem consegue ouvir o som dos tiros no bosque, né?
— Exatamente.
— Sua esposa e seu filho estão bem?
Duncan Mayer ficou tenso.
— Como assim?
— Depois de ontem. O cachorro.
Ele relaxou.
— É verdade, você viu aquilo.
— Eles estão bem?
— Estão. Mais ou menos. Mais para menos, sinceramente.
— Foi por isso que ele não quis caçar com vocês?
— Quem?
— Seu filho. Otto, certo?
— Isso. Otto não é muito de caçar — disse Duncan Mayer, driblando habilmente a questão da perna do filho. — A verdade é que poucos de nós somos. Caçamos aqui pela mesma razão que jogamos golfe na cidade. É uma chance de estarmos ao ar livre, longe das esposas. De beber num horário que seria considerado alarmante em outros contextos.
— Você bebeu hoje de manhã?
O maxilar de Duncan Mayer enrijeceu.
— O senhor não está me interrogando, não é, sr. McAnnis?
— De jeito nenhum. Só batendo papo.
Ele olhava para baixo, contemplando alguma coisa. Percebi que era minha mão, tremendo ao lado do corpo.
— Noite difícil? — perguntou, com as sobrancelhas arqueadas.
— Jantar na casa dos Blake — respondi, enfiando as mãos nos bolsos. — Tentando acompanhar o ritmo de Warren Burr.

— Boa sorte — murmurou Duncan Mayer. — Aquele homem tem um problema. Nós todos temos, na verdade. Mas o dele é *sério*. Ela foi atrás de você?
— Não entendi.
— A esposa dele. Susan. Nada tímida.
— Não, não foi. Não devo fazer o tipo dela.

Duncan Mayer me olhou como quem fosse dizer alguma coisa, mas se conteve.

— Vejo você mais tarde, certo? — perguntou, sem muito entusiasmo.
— Na fogueira? Parece ser um espetáculo.
— É. Se tiver algum sacrifício para fazer aos deuses, leve hoje à noite.

×

McAnnis caminha até a varanda principal da sede enquanto ouve do rádio na cozinha o boletim meteorológico de urgência, sem ter ideia (óbvio) de que você tem acesso a seus pensamentos. Ele se digladia consigo próprio, se perguntando se não teria forçado a barra, se não teria revelado demais; ao contrário de advogados, que aprendem a nunca fazer perguntas cujas respostas não saibam de antemão, detetives precisam especular e provocar, por disposição e necessidade. Às vezes, pensa McAnnis, ele se sente uma criança idiota enfiando um graveto numa toca, sem saber ao certo que tipo de fera vai despertar, se é que há alguma.

Você se surpreende um pouco com o episódio de autopiedade de seu protagonista nesta manhã, reflete se, na verdade, ele não estaria simplesmente sofrendo com ressacas de natureza física e espiritual. Será que McAnnis está às voltas com o peso metafísico de buscar fraquezas para explorar, confianças para trair e segredos para desvendar e depositar sobre o palco, nus, obscenos, contorcendo-se? Será que está desconfortável com sua escolha de obter informações a partir da indução da infidelidade alheia, hoje em dia longe de ser pecado capital, mas ainda assim suficiente para gerar uma ponta de remorso?

Você conclui que esses arrependimentos fazem McAnnis ganhar pontos como pessoa, ainda que não como detetive, e percebe sentir certa pena dele. Não é este o risco que os leitores correm com a narrativa em primeira pessoa? Que seja impossível não se identificar tanto com um Humbert Humbert quanto com um Huck Finn? Isso não tornaria quem lê vulnerável à manipulação e ao despiste?

Você se dá conta de que McAnnis voltou a pensar na biblioteca da sede. Alguma coisa o deixou cismado. Um detalhe ou pista que viu, mas não reconheceu. O que seria? Os informativos? Os livros? A parede com as placas?

Ele então se lembra: um leve contorno na parede, no finalzinho da fileira de placas de presidentes do clube. Uma fora retirada. O local onde estaria sugere se tratar da mais recente, mas a que está acima do contorno é a atual — nela está gravado *Reginald Talbot 1970-1975*. Você começa a entender ao mesmo tempo que McAnnis. A placa referente ao período 1935-1940 foi retirada há pouco tempo, e todas as seguintes foram meticulosamente postas no lugar da predecessora. Em uma fileira como aquela, um espaço vazio no meio é mais perceptível do que um no final.

Alguém havia se dado a todo aquele trabalho por causa de algo muito pequeno. Mas quem? E por quê?

Leitores, assim como detetives, não têm nada em que se basear a não ser na própria experiência, e, portanto, já na primeira frase deste livro, talvez sem nem ter consciência, você já revisava ficções passadas do mesmo modo que um investigador consultaria os próprios arquivos de casos anteriores atrás de possíveis soluções ou, pelo menos, linhas de investigação. Estudante de assassinatos que você é, sabe que todo crime traz, de saída, um rol virtualmente infinito de pistas e narrativas em potencial. No entanto, ao serem devidamente conduzidas, todas as investigações se afunilam e acabam por se resumir às motivações que levam pessoas a matar outras há milhares de anos — amor, ódio, medo, ganância e ciúme —, somadas a uma profusão de vícios menores — tesão, ambição, raiva, vaidade, vergonha, covardia.

Assim, como um detetive forense que procura conectar as digitais colhidas na cena do crime com um banco de dados de criminosos conhecidos, você entende que as respostas para o mistério podem ser achadas nos arquivos das leituras anteriores.

Mas de volta a nosso protagonista: McAnnis retorna à casa dos Blake, cansado, faminto e de ressaca, pensando, assim como você, que a honraria de recepcionar convidados famosos como Charles Lindbergh e Henry Ford recairia, provavelmente, sobre o presidente do clube.

×

Estudo de caso: O detetive culpado

Este dispositivo complicado de trama tem longa, ainda que frágil, tradição na cultura ocidental, de Sófocles a Agatha Christie. Começamos com *Édipo rei*, que, passados dois mil anos, continua a ser uma maravilha da construção. A história, em resumo, é: Édipo se tornou rei da cidade amaldiçoada de Tebas, fugido de Corinto para escapar de uma profecia que diz que ele vai matar o pai e se casar com a mãe. O oráculo revela que Tebas vai se livrar da maldição apenas se Édipo conseguir encontrar o assassino do rei anterior, que foi morto por bandidos em uma encruzilhada. Édipo se lembra de que ele próprio havia matado um homem em circunstâncias semelhantes, mas é tranquilizado pois acha que os pais estão em segurança em Corinto. Ele inicia a investigação do crime. Um mensageiro chega de Corinto e revela que Édipo, na verdade, foi adotado; é então revelado que seu pai verdadeiro era o homem que ele matou, e a viúva do velho rei é agora sua esposa, cumprindo, portanto, a profecia. Tomado pela dor e pelo desespero, Édipo fura os próprios olhos com alfinetes de ouro e passa o resto da vida vagando em exílio.

Um fato particularmente genial da peça de Sófocles é que Édipo *não sabe* que o homem por quem procura é ele mesmo, o que torna ainda mais excruciante para o público sua investigação obsessiva e fadada a uma conclusão trágica. Em *The Big Clock*, romance *noir* de 1946, de Kenneth Fearing, a trama é a reversa: a tensão e a ironia dramática derivam de o protagonista *saber* que é o procurado. George Stroud sai em segredo com a namorada do chefe. Certa noite, Stroud o vê entrar no prédio onde a moça mora. Mais tarde, ela é encontrada morta — assassinada. O chefe sabe que alguém o vira entrar ali e designa Stroud para encontrar a testemunha, que obviamente é ele próprio. Apesar de ele fazer de tudo para atrasar a própria investigação, o cerco começa a se fechar à medida que o chefe se aproxima da verdade.

Essa premissa se assemelha perigosamente ao melodrama, risco potencializado por um caso real tão improvável que a maioria dos autores o teria descartado como absurdo demais para uma obra de ficção: o de Robert Ledru, um detetive francês da Belle Époque. Em 1887, durante as férias de Ledru, a polícia local pediu ajuda a ele numa investigação: um homem fora encontrado baleado e morto na praia. As pegadas na areia revelaram que o assassino não tinha o dedão do pé direito; Ledru também não. Ele havia acordado naquela manhã com meias úmidas e uma bala a menos no revólver, sem lembrança do que ocorrera na noite anterior. O exame de balística provou que o tiro fatal fora dado pela arma dele. Ledru, ao perceber ter matado o homem num ataque de sonambulismo, confessou aos policiais: "Já tenho o assassino e a prova, mas não o motivo. Fui eu quem matou Andre Monet." Ele foi para a prisão e passou a vida sob vigilância numa fazenda afastada (por mais inacreditável que o caso possa parecer, a literatura legal e médica está cheia de histórias de homicídio sonambulístico, nas quais as vítimas costumam ser cônjuges ou filhos; júris tendem a desacreditar e a não aceitar as alegações de assassinos que recorrem a essa linha de defesa nos tribunais).

Devotos de Agatha Christie — há algum dispositivo de trama que ela *não* tenha experimentado? — vão reconhecer que a autora utilizou uma variante dessa tática em seu último romance de Hercule Poirot publicado, *Cai o pano*.

×

No caminho de volta à casa dos Blake, me deparei com Ralph Wakefield, o sobrinho de Susan Burr, andando pela trilha de terra, com um binóculo pendurado no pescoço e um livro grosso nas mãos.

— Está fazendo o quê, Ralph? — perguntei.

— Observando pássaros.

— Você sabe muito sobre pássaros?

— Sei. Bastante. Só hoje já vi um tordo-dos-bosques, uma toutinegra-do-pinho, uma galinhola e um búteo-de-cauda-vermelha. Eu sei a espécie da maioria só de olhar, mas, quando não tenho certeza, procuro aqui. É por isso que eu tenho esse livro.

— Foi sua tia quem sugeriu?

— Foi. Ela disse que precisava de um tempo sozinha e que era para eu sair da casa.

Sorri.

— Sabe onde ela está agora?

— Não sei direito. Ela disse que talvez fosse até o lago.

— Obrigado — respondi. O menino ficou inquieto, e tocou no binóculo. — Posso perguntar mais uma coisa?

— Pode.

— Mas você precisa dizer a verdade, ok?

— Ok.

— Você usa o binóculo para espiar dentro da casa das pessoas às vezes, Ralph? Pelas janelas?

— Às vezes. Isso é ruim?

— Não necessariamente. Depende do motivo. Você me faria um favor, Ralph?

— Tudo bem.

— Se alguma vez vir alguma coisa estranha, alguma coisa incomum, acontecer em uma dessas casas, você me diz?

— É para o seu caso de detetive? — perguntou o menino, animado.

— Isso.

— Ok. Eu brinco de detetive para você. Vou encontrar alguma coisa estranha e incomum.

— Ótimo. Mas, Ralph...

— Oi.

— Não deixa ninguém pegar você.

✕

O lago brilhava ao sol do verão. Crianças se penduravam em uma corda para mergulhar. Mulheres tomavam sol na praia, deitadas na areia levada até lá de caminhão, de lugares a quilômetros de distância. Na água, alguém numa canoa remava em silêncio rumo à casa de barcos — uma composição clássica de cenas em que corpos são descobertos. Eu esperava encontrar Susan Burr, mas quem estava lá era Emma Blake, de biquíni amarelo, deitada sobre uma canga, com os olhos escondidos por enormes óculos de sol de lentes marrons.

— Dormiu bem? — perguntei, cauteloso.
— Por que você quer saber?
— As pessoas não perguntam isso? Se a outra dormiu bem?
— Eu ouvi os gritos, se é o que você quer saber — disse Emma Blake. — Pode ficar tranquilo. Duvido que os outros tenham ouvido. Todos tomam remédio para dormir. — Ela me examinou por um instante. — Isso acontece toda noite?
— Não toda noite.
— Quase toda noite?
— Algumas noites.
— Por quê?
— Sou eu lutando com os anjos — respondi.
— Tá bom.

Apontei para o espaço ao lado dela.

— Posso?
— É um país livre. Supostamente. Na faculdade, me ensinaram o contrário.
— Você fez Vassar?

Ela pôs a língua para fora.

— Smith.

Eu me deitei apoiado nos cotovelos. Olhos semicerrados por conta do sol, e me sentindo um pouco deslocado com a camisa solta de botão e o short jeans cortado. Observei as crianças brincando na parte rasa, e Emma Blake girou o corpo levemente em minha direção. Libélulas pairavam sobre a superfície da água.

— O sono é engraçado, né? Se for parar para pensar — disse Emma. — Todo mundo decide se aninhar na cama feito um bebê para parar de pensar em qualquer coisa, parar de fazer qualquer coisa. Parar de *viver*, essencialmente. É sinistro. Às três da manhã, a gente é só uma nação de cadáveres esperando para renascer quando o sol surgir.

— A única coisa que eu sei sobre o sono é que não durmo o suficiente.

— Aí a culpa é sua. Que nem ontem. Foi tão bom para você quanto foi para ela?

— Não sei do que você está falando.

— Acho que sabe.

— Vou ignorar. — Tapei os olhos com a mão, protegendo-os do sol. — Meu Deus, como está forte.

— Olha para mim.

Emma Blake tirou os óculos de sol para estudar meus olhos. Os dela, azul-acinzentados, brilhavam. Quando me virei para o lado, ela segurou meu queixo e me mandou ficar quieto.

— Suas pupilas estão dilatadas — disse, afinal, pondo os óculos de sol de volta. — Seja lá o que você tomou, cuidado. Imagino que não vá querer que meu pai note.

No deque flutuante no meio do lago, um grupo de meninos brincava de Rei da Montanha. Todos idênticos: sem camisa, cabelo comprido, absurdamente magros e já da cor de avelãs de tão bronzeados. Um deles escorregou na madeira lisa e levou um tombo cujo estrondo deu para ouvir da praia. Os outros riram. Um começou a cantar o hino nacional num falsete propositalmente desafinado. *O say can you see...*

— Fazia tempo que eu não via tanto vermelho, azul e branco. Todas as cabanas têm bandeiras, na sede tem as bandeirolas... — comentei.

— Os cidadãos de bem de West Heart amam seu país. É meio que um requisito.

— Ame-o ou deixe-o.

— Exatamente.

— Quem dera tivesse um jeito de amar o país e ao mesmo tempo deixá-lo.

Um a um, os garotos pulavam do deque flutuante e nadavam a braçadas largas em direção à praia. Da última vez que eu tinha visto Emma Blake, ela devia ter a idade deles. Como quem não quer nada, perguntei como havia sido crescer em West Heart. Como eu pretendia, ela começou a me contar histórias do clube. A ilha no lago onde as crianças brincavam de Tom Sawyer em luta contra os piratas. O anexo ao lado da represa, onde muita gente perdeu a virgindade. A trilha no penhasco que ganhou o nome da senhora que caminhava lá todos os dias até despencar e morrer. A filha adolescente que sumiu por nove meses, cujos pais logo depois anunciaram que tinham adotado o bebê de uma parenta distante. Os jogos de pôquer que duravam a madrugada toda, dos quais homens de rosto pálido voltavam para casa, largavam a carteira vazia sobre mesas de cabeceira e se esgueiravam para se deitarem na cama ao lado das esposas sob a desolação de um amanhecer cinzento.

O clube, continuou Emma Blake, consistia em dois mil e oitocentos hectares que tecnicamente faziam parte da região administrativa do vilarejo de Middleton, mas na prática eram um feudo à parte. O lado norte concentrava colinas, que se projetavam das montanhas como os últimos ecos de uma discussão, cheias de cavernas e pedras enormes de granito depositadas por geleiras em retração. Também havia dois lagos; no passado, ambos haviam sido cristalinos e próprios para o banho, mas nos últimos anos um fora sufocado por vitórias-régias, juncos e restos de árvores caídas.

— Mais uma década ou duas e vira um pântano — disse Emma Blake.

A represa na extremidade do lago era o cantinho das travessuras. De dia, era possível encontrar meninos aos calafrios, desafiando uns aos outros a saltar nove metros até o tanque do outro lado; ao cair da noite, era a vez dos adolescentes, que compartilhavam vícios ilícitos que evoluíam de um ano para outro, de cigarros e bebida a barbitúricos e alucinógenos. A propriedade era cercada por cento e sessenta quilômetros de trilhas, nem todas assinaladas; um dos caminhos, que passava por trás das casas na parte central do clube, era apelidado de "Alameda dos Amantes", uma rota clandestina para adúlteros que quisessem evitar a rua principal. Havia uma história, boa demais para ser verdade, de dois maridos que se esbarraram a caminho de encontros da meia-noite, um com a esposa do outro, e disseram apenas um amargo e conciso *Boa noite*.

A região sul do clube, que compreendia o grosso da propriedade, era dedicada à caça. A área parecia selvagem e malcuidada, pelo menos em comparação ao restante, com trechos de floresta densos a ponto de serem quase intransponíveis — mas, na verdade, tratava-se de um terreno de matança meticulosamente produzido. Por décadas, os zeladores haviam plantado e podado a região para maximizar o retorno dos caçadores, cultivando lotes com pedras de sal para os animais lamberem, trevos e rabanetes para os cervos, morangos, grãos e chicória para os ursos. Visitantes do West Heart que caminhassem pelas trilhas da parte sul viviam mencionando o que lhes pareciam belos campos de mirtilos silvestres, groselhas e hortelã — na realidade, armadilhas mortais cuidadosamente pensadas.

— Também abarrotavam o lago de peixes, mas pararam com isso faz alguns anos.

— Por quê?

— Sei lá. Vai ver era caro demais.

Dava para ver águias-carecas ao longo do rio, em alguns momentos em guerra com os corvos na copa das árvores. Nas áreas pantanosas, de vez em quando uma garça-azul aparecia. Emma Blake se lembrava de ter surpreendido uma no ninho: ela saíra voando como uma criatura pré-histórica, batendo as imensas asas com dificuldade, guinchando de fúria e defecando em pleno ar enquanto avançava lentamente em meio às árvores, na tentativa de assustá-la.

— Temos companhia — avisei, com um aceno de cabeça.

Otto Mayer mancava na faixa de areia a caminho de uma cadeira Adirondack. Uma longa cicatriz subia por sua coxa esquerda e desaparecia por baixo da bermuda de banho.

— O que aconteceu com a perna dele? — perguntei.

— Essa informação não sai de graça. Aonde você foi ontem?

— Quando?

— Meia-noite nem é tão tarde. É quase um insulto ter um encontro furtivo uma hora dessas.

— Achei que ninguém ia se importar.

— A gente não dá bola. Só que dá. O pessoal aqui gosta de saber tudo sobre todo mundo. Me fala, você curte mulheres mais velhas, então?

— Ela não é tão velha.

— Para mim, *você* já é velho. Ela é uma anciã. Mas me fala de mulheres mais velhas: elas são "experientes"? "Sabem do que gostam"?

— Para falar a verdade, sim.

— Que fascinante. E isso tudo compensa a peitaria caída, aquele troço no pescoço, como é o nome?

— Chega, Emma.

— A papada?

— Você conhece ela. Por acaso é assim?

— Não — respondeu, com um biquinho irônico. — Infelizmente. Sabe que não é só com você, né?

— Estou ciente.

— Para onde ela te levou? Quarto 302?

Aquilo doeu.

— Que informação mais detalhada. Você devia ser detetive.

— A camareira gosta de mim. Mary. De vez em quando arrumo uns Quaaludes para ela — respondeu Emma Blake.

— Mas o que aconteceu com a perna do Otto Mayer?

Emma Blake fez cara feia e pegou uma revista.

— Acidente de carro. Muito triste — respondeu, sucinta.

— Triste por causa de um problema na perna?

— Ele não estava sozinho no carro. O outro não sobreviveu.

— O outro?

— O filho do Alex Caldwell. Trip.

Um flash de um homem ajoelhado no chão por causa de um cachorro morto — *Você queria dar um jeito de me machucar, de machucar a Claudia e o Otto, e agora conseguiu.*

— Foi por isso que...

Fui interrompido por um zumbido alto acima de nós. Um biplano passava pelo lago voando baixo. Inclinou as asas em saudação aos nadadores, que acenaram, e depois fez a curva rumo ao que, presumia eu, era o aeroporto da área.

— Será que é o John Garmond? — comentou Emma Blake.

— Por que você diz isso?

— Porque ele é piloto amador. Voei com ele uma vez, quando era pequena. Me contou que é obcecado por aviação desde criança.
Forcei a vista.
— Acho que não é ele.
— Por quê?
— Porque ele levou um tiro hoje.

Descrevi a cena que havia ocorrido mais cedo na sede, observando-a com cuidado para ver se tinha alguma reação ao tiro. Nada. Mas desandou a falar sobre caça e depois sobre armas. O arsenal de West Heart, pelo jeito, era numeroso.

— O que está acontecendo ali? — perguntou Emma Blake de repente, apontando para a praia.

Um grupo de crianças, antes sussurrando em tom conspiratório, de repente saiu em disparada rumo à casa de barcos. As mães erguiam o pescoço das cadeiras de praia e se sentavam, confusas, enquanto os filhos corriam e voltavam a se aglomerar em torno de algo à beira d'água. Mesmo de longe, o nervosismo no rosto deles era perceptível, todos se virando para olhar os adultos na praia.

— Tem alguma coisa errada — disse Emma Blake.
— Tem, sim. Vou dar uma olhada.

Há algo de especialmente péssimo em cenas de horror em plena luz do dia. Ao cruzar a praia, sentia os olhos das mães me seguindo por trás dos óculos de sol e ouvia o zumbido dos insetos no lago. Assim que me aproximei, notei que as crianças estavam estranhamente quietas, fora um ou outro empurra-empurra — *para olhar mais de perto*, pensei.

— Deixa eu passar — falei.

Quem estava mais perto era uma menininha. O lago lambia seus pés. Ela ergueu os olhos azuis inescrutáveis e esbugalhados para mim, e então se virou e apontou.

O corpo boiava de leve em poucos centímetros de água, preso em um galho caído e com o rosto virado para baixo. A cada poucos segundos, a ondulação fraca tentava soltá-lo. Era uma mulher de roupão de tecido grosso. O cabelo estava todo espalhado. E havia uma mecha branca.

Claudia Mayer.

Um momento delicado para qualquer romance criminal: o primeiro cadáver. É o instante para o qual o livro foi escrito, você pensa, como se um fósforo largado há séculos numa gaveta por fim liberasse seu brilho incandescente, tão ofuscante que até dói olhar, para então começar a se consumir de imediato. Nestas páginas iniciais, você vinha saboreando a expectativa, o acumular lento de energia em potencial, a construção meticulosa do cenário, armando o palco para o que está por vir. Contudo, uma vez encontrado o corpo, não há mais volta. O mistério ganha velocidade de acordo com a própria lógica inexorável e um rol inteiramente novo de perguntas vai se apresentar. Será que o assassino vai cometer um erro? Quem vai emergir como suspeito? Que pistas falsas e soluções vão iludir o detetive? E, lógico: o assassino vai voltar a atacar?

Enquanto saboreia as emoções do segundo ato, não há como não sentir certa melancolia, ou mesmo nostalgia, pelo início, como um amante que, passados alguns meses, recorda com carinho o começo do relacionamento. Mas é o início das cerimônias de morte em West Heart. A notícia já se espalhou. Uma aglomeração se forma. Você volta à página, na pura curiosidade de descobrir que reviravoltas vão se seguir a essa primeira e inevitável morte, um momento que você viu alguns encenarem como tragédia e outros como farsa.

Veículos de emergência estacionados na grama atrás da casa de barcos.

Uma ambulância, o 4x4 do xerife, uma viatura policial.

A faixa amarela de isolamento.

A insistência de Otto Mayer em ver o corpo, pálido e perplexo.

Quebrada por Ramsey Garmond, que o leva dali.

Emma Blake tentando espantar as crianças do local.

John Garmond, com um curativo visível sob a camisa polo.

A conversa solene dele com o xerife.

O ruído da parada da picape de Duncan Mayer e cabeças se virando na direção dela.

Olhos vermelhos.

Cadê ela?
Voz rouca.
A mão de John Garmond no ombro de Duncan Mayer.
O chega para lá dele.
O caminhar pesaroso até a ambulância.
A subida na traseira do veículo.
O paramédico retirando o lençol.
A expressão de derrota de Duncan Mayer.
A queda do lençol da mão do paramédico.
As pessoas se afastando em sinal de respeito.
Menos duas.
O xerife, que observa o marido desolado.
E Adam McAnnis, que observa o xerife.

×

Meu primeiro corpo foi o de uma mulher morta a tiros pelo marido após uma bebedeira. Eu estava com meu pai e o parceiro dele no carro. Era a primeira vez que ele me levava para o trabalho. Do banco de trás do Plymouth Deluxe 1948 preto, ouvia o papo regado a palavras chulas que não conseguia entender — mal tinha altura para espiar a paisagem pela janela. Tinha passado o dia morto de medo de eles prenderem um criminoso e eu ter que me sentar ao lado dele. Meu pai estava diferente de como era em casa — mais imponente e cruel. Naquela manhã, havia me levado até a delegacia e apoiado as mãos grandes nos meus ombros.

— Este é o meu garoto — dissera.

— Teu velho é casca-grossa, moleque. E você? É casca-grossa também? — perguntara outro detetive.

Dei de ombros. Todos riram.

— Manda ele lá para a Narcóticos. Bora tirar esse cabaço — comentou outro detetive.

Eles usavam terno, chapéu fedora e fumavam o cigarro até o cotoco. Informais e perspicazes, pareciam não dar bola para o que ninguém pensava — exceto seus pares. Predadores do alto da cadeia alimentar numa cidade de carniça. Um dos detetives, com a camisa ensopada de suor, sem terno e as mangas enroladas, martelava as teclas de uma máquina de escrever preta que parecia absurdamente pequena para alguém daquele tamanho e soltava um palavrão a cada erro que cometia.

— O cu da minha mãe, porra! — exclamava, e os outros riam.

Ao receber a ligação, meu pai ficou sério.

— Boca calada e olhos abertos. — Foi o que me disse.

Fiz que sim.

— Quer um café antes de a gente sair?

Fiz que não.

O crime havia acontecido no quinto andar de um prédio sem elevador em Hell's Kitchen. Os corredores eram escuros; ao caminhar, esmigalhávamos cacos de vidro. O fotógrafo já estava no recinto, mascando ruidosamente seu chiclete. Ergueu uma sobrancelha ao me ver entrar, depois olhou para o meu pai e deu de ombros. No corredor, um policial uniformizado conversava com o zelador.

Eu não sabia que dava para alguém viver daquele jeito. Moscas sobrevoando pilhas altas de pratos na pia. Garrafas de bebida por toda parte. Um sofá imundo cuja "estampa" de bolinhas consistia em furos causados por cigarros acesos. Uma planta enorme murcha em um canto (depois meu pai me contou que o assassino havia começado a fazer xixi no vaso quando estava bêbado demais, com preguiça de andar até o banheiro).

— H.B., olha isso — disse meu pai ao parceiro, que se chamava Horatio Brown, mas ninguém usava esse nome, exceto eu, anos depois. Meu pai ergueu uma corrente que havia sido deixada em cima do espelho, da qual pendiam placas de identificação militar e uma orelha humana encarquilhada. — Você trouxe algo desse tipo quando voltou para casa?

H.B. resmungou.

— Em Midway, os fuzileiros navais vendiam isso aí por cinco pratas o par. No Havaí, por dez.

O corpo estava no quarto. Totalmente vestido. Cabelo preto, batom vermelho. Um único sapato de salto alto branco pendia precariamente do pé esquerdo. O tronco era puro sangue.

— Quantos tiros?

— Não dá para saber com essa sujeira.

— Deve ter esvaziado a câmara.
— Cadê a arma?
H.B. apontou com a cabeça para a janela aberta.
— Vamos checar o beco daqui a pouco. Cadê o meliante? — disse meu pai.
— Esfriando a cabeça na solitária.
— A gente dá uma prensa nele depois do almoço. — Meu pai me lançou um olhar impassível. — Tudo bem aí?
Assenti.
— Bickford's? — perguntou meu pai.
— Lindy's? — contrapropôs seu parceiro.
— Não, não aguento mais aquela merda.
Escolheram o George's Cafe, na West 33, meu primeiro almoço em Manhattan. Tomei um milkshake de chocolate. Meu pai pediu bife malpassado.
— Não está com fome? — perguntou, enquanto o sangue se acumulava no prato branco.

Meu primeiro corpo. Não o último. Cadáveres presos em armadilhas e deixados na selva para apodrecer. Bolsas pretas que continham adolescentes com etiquetas de identificação no dedão do pé, à espera da volta para casa. Vilarejos de mortos dos quais se sentia o cheiro antes de avistá-los. E depois: chamado ao necrotério por velhos colegas do meu pai para identificar uma mulher nua na mesa. *Ela estava com seu cartão na bolsa, imagina. Podemos saber qual é a dessa história?* Ou: o fim incerto de um caso de pessoa desaparecida, um rapaz que largara a faculdade e aparecera morto nas docas abandonadas em que os garotos de programa batiam ponto. *Quando informamos onde ele havia sido encontrado*, me dissera o babaca da Homicídios, *os pais falaram que você podia vir identificá-lo...*

E, lógico, o corpo do meu pai. Caixão aberto, velório irlandês, bar fechado ao público e cheio de homens que eu idolatrara na infância, agora velhos, gordos e aguardando o próprio ataque cardíaco. Aposentados por invalidez ou apenas aposentados do jeito comum. Ou, apesar de tudo, ainda coletando provas da cena de mais um crime em mais um apartamento imundo. Os amigos do meu pai me encaravam com desgosto, como se eu tivesse traído algum chamado divino: não gostavam de detetives particulares. H.B., na época, já estava doente demais para comparecer, e talvez tenha sido melhor assim.

Minha mãe voltara para o condado de Clare, na Irlanda, logo depois, como se os Estados Unidos não tivessem passado de um sonho que tivera na infância, e então acordara anos depois, velha, em uma casa vazia. Fora morar na casinha de pedra na qual havia nascido e às vezes me escrevia cartas falando de assuntos tão estranhos que pareciam ter sido escritas por, ou para, um desconhecido: histórias de cordeiros natimortos, fungos na cevada, padres bêbados e rapazes adolescentes que sumiam na noite e acabavam morrendo nas ruas de paralelepípedos úmidas de sangue de Belfast, com seus rifles nas mãos...

... e você aí curtindo esses bocadinhos biográficos. Você não é do tipo que deseja um sujeito totalmente enigmático no papel de detetive. Quer um pouco de história. Não em excesso — a narrativa não é sobre ele —, apenas o suficiente para se importar, apenas o suficiente para entender como ele difere do detetive do último livro que leu. Ou será que também está refletindo sobre o seu primeiro cadáver? Alguém que você conhecia? Alguém que amava? Você compreendia, na época, que a realidade fria e brutal da morte é ser definida pela ausência? A mágica se foi. Uma cortina sem graça se fecha num teatro vagabundo e, na coxia, o mágico, cansado da vida, enfia os objetos de cena de segunda categoria numa mala gasta, a passagem do ônibus aparecendo no bolso do blazer. No fim das contas, você pensa, só nos resta um diagnóstico de mecânico sobre o que deu errado: uma válvula defeituosa, uma perda de fluido, uma fagulha que não acende mais.

Claudia Mayer havia se matado. Qualquer idiota perceberia. Eu percebi que a mulher não estava lá muito bem da cabeça já naquela primeira conversa, com os sinos dos ventos tilintando sobre nós. O corpo não trazia sinais visíveis de violência. O roupão pesava com as pedras enfiadas nos bolsos. Eu ouvia os sussurros das pessoas ao redor: *Ultimamente ela parecia pior do que de costume... Sabia que ela andava deprimida, mas nunca pensaria... Tinha ouvido falar que ela andava bebendo...*

E ainda assim: o xerife havia estudado Duncan Mayer atentamente, bem atentamente, percorrido os cantos escuros da casa de barcos como quem procura algo. Um breve interrogatório ao recém-viúvo abatido, sentado no banco do motorista de sua picape. *Não, ela não deixou bilhete*, parecera dizer Duncan Mayer. Depois o xerife partira, pegando uma estrada secundária.

— Está indo para a casa do Alex Caldwell — conclui Emma Blake, que havia tirado os óculos de sol. Os olhos dela estavam inchados.

— Aquele xerife... — falei.

— O que tem ele?

— Ouvi ele dizer ao John Garmond: "Vocês aqui têm um problema com o Quatro de Julho."

— É.

— O que ele quis dizer com isso?

Emma Blake suspirou.

— Eu contei para você do acidente de carro. Otto Mayer e Trip Caldwell. Trip morreu. Faz cinco anos nesse fim de semana. Exatamente um ano depois, a mãe dele, Amanda Caldwell, se matou.

— Como? — perguntei, embora já tivesse adivinhado.

— Se afogou no lago.

×

Nada a ver comigo. Uma mulher morta num lago. Todos os sinais apontam para suicídio. Andava deprimida, bebendo, tomando remédios. Nada a ver com nada. E nada a ver comigo. Não era problema meu.

Queria que fosse verdade. Mas o cliente estava interessado em "qualquer coisa incomum". Uma mulher morta num lago. Aliás, duas. Com anos de intervalo. Conectadas por uma tragédia, pela dor e pela raiva. Teriam ambas se matado? Ou nenhuma delas? Àquela altura, o cliente já devia saber sobre a morte, estaria curioso quanto a eu estar ou não curioso e, se não estivesse, por que não? Percebi que perguntas teriam que ser feitas.

Eu ainda estava na praia. Os veículos de emergência já haviam partido, e algumas crianças tinham arrancado pedaços da fita amarela da cena do crime e amarrado na própria cabeça e nos pulsos, rindo, admirando seu reflexo nas janelas da casa de barcos. Me faziam lembrar dos membros de gangues que eu costumava ver na cidade, com chapéus e distintivos da polícia que arranjavam sabe Deus onde ou como, exibindo-os nas esquinas como troféus da vitória sobre um inimigo. Às vezes dava para ouvir até a estática de um transmissor de rádio sintonizado com a delegacia local. As pessoas do meu bairro me encaravam com certa curiosidade: não era exatamente policial, mas sem dúvida alguém deslocado, uma recordação ou relíquia, o tipo de pessoa que já deveria ter se mudado dali havia muito tempo.

Ramsey Garmond explicava a Emma Blake que acabara de vir da casa dos Mayer. Eram todos da mesma geração, pensei. Emma, Ramsey, Otto... o que morrera, Trip. Dez anos mais novos do que eu. Assistiram à cobertura do assassinato de JFK em TVs em preto e branco, cheios de espinhas, confusos e mais do que apenas um pouco assustados. Havia sido o primeiro assassinato com que tinham contato, mas não o último.

O rosto de Ramsey Garmond se anuviou ao me ver. Devia estar achando que eu dava azar. Primeiro o cachorro, depois o pai levara um tiro, e agora Claudia Mayer. No dia anterior, ele parecia um príncipe, com o cabelo louro brilhando à luz do sol. Mas naquele momento o sorriso despreocupado já havia se apagado.

— Como está o Otto? — perguntou Emma Blake.

— Um caco. Mais do que o normal — respondeu Ramsey Garmond.

— É de se esperar — comentei, juntando-me a eles.

— É.

— Seu pai parece ok — arriscou Emma Blake.

— Está tudo bem. Foram só alguns pontos.

— Como foi no pronto-socorro? — perguntei.

— Foi tudo bem.

Ele precisava de uma pressãozinha.

— A emergência de um hospital é que nem uma prisão — falei.

— Como assim? — perguntou Ramsey Garmond, cabreiro.

— É um espelho da comunidade. Para o bem ou para o mal. Você já foi ao hospital de Bellevue?

— Não.

— Recomendo aos novatos ir até lá às duas da manhã de um sábado à noite. É a experiência mais pura. Gente que tomou tiro. Gente esfaqueada. Viciados que exageraram na dose ou ficaram sem a droga favorita. Bebuns do Bowery morrendo de desidratação. Prostitutas apertando as costelas e tossindo sangue, ao lado de cafetões amuados por terem calculado mal aquele último chute. Uma vez vi um artista de circo, ainda a caráter, que tinha sido mutilado por algum animal. Ele estava com medo de me contar qual dos bichos era o responsável por aquilo.

— Medo de quê? — perguntou Emma Blake.

— De perder o emprego.

— E você estava fazendo o que lá? — questionou Ramsey Garmond.

— Trabalhando num caso. Mas imagino que o pronto-socorro de hoje não tenha sido assim.

— De jeito nenhum. Era um bêbado que tinha dado perda total no carro. Uma mulher que tinha caído da escada. E o coitado de um garoto que tinha perdido dois dedos soltando fogos.

— Mandaram algum policial ir falar com você?

— Mandaram. Como é que você sabe?

— Procedimento padrão quando alguém leva um tiro. Mesmo que por acidente.

Pela primeira vez naquele dia, uma nuvem encobriu o sol. Uma rajada de vento agitou momentaneamente a superfície do lago, um prenúncio da tempestade que se aproximava. Emma Blake estremeceu.

— O policial pareceu interessado? — perguntei.

— Não exatamente — respondeu Ramsey Garmond.

— Quis falar com o Duncan Mayer?

— Não.

— Então você não contou a ele que o tiro tinha sido do Duncan, né?

— Olha só — disse Ramsey Garmond, lançando um rápido olhar para Emma Blake. — Nós não contamos ao policial o que aconteceu. Não exatamente.

— Porque a caçada era ilegal.

— Quem é de fora não entenderia. É uma tradição de família. De pai para filho. Metade das vezes, a gente nem chega a atirar em nada.

— Você contou o quê, então?

— Meu pai disse que estava limpando a arma, e ela disparou.

— O policial não suspeitou?

— Não — disse Ramsey Garmond, impaciente. — Olha, o pessoal daqui, o pessoal que importa, conhece meu pai. Quando ele disse que foi um acidente, acreditaram.

— E você?

— Eu o quê?

— Acredita?

Ramsey Garmond ficou tenso. Fechou os punhos. Comecei a pensar em como acertá-lo se conseguisse me desviar do primeiro soco.

— Qual é o seu problema? — perguntou, por fim.

Era o tipo de pergunta que eu havia parado de tentar responder fazia tempo.

×

Emma Blake observou Ramsey Garmond caminhar pela areia a passos pesados em direção à sede. Então deu meia-volta e me empurrou, exasperada.

— Você é de uma delicadeza — disse ela.

— Deve ser por isso que não sou médico.

— Ramsey não merecia isso.

— Não?

— Nós fomos criados juntos. Ramsey, Otto e eu.

— E Trip Caldwell.

Ela recolocou os óculos de sol.

— Isso.

Emma Blake se virou de novo para o lago. Algumas crianças tinham voltado a usar o balanço de corda, mergulhar e rir.

— Elas deveriam estar brincando assim? — perguntou ela.

— Por que não? Acha que a água ficou contaminada?

— Não. É só que parece... desrespeitoso.

— São crianças, deixa elas. Quanto tempo faz que você não se balança para mergulhar no lago?
— Anos.
— Talvez o problema esteja aí.
Observamos as crianças brincando e rindo na água. Mais cedo, quando a ambulância fora embora com o corpo de Claudia Mayer, algumas haviam corrido atrás do veículo cantando uma musiquinha um pouco perversa.

> Mão no nariz
> Mão no dedão
> Ambulância, não quero, não
> Mão na gola
> Não enrola
> Até ver um cachorrão

— Vou dar uma caminhada — falei.
— Aonde?
— Qualquer lugar.
— Quer companhia? — ofereceu Emma Blake.
— Não — respondi, em tom gentil. — Mas depois encontro você.
Peguei o mesmo desvio que o xerife havia pegado e tirei do bolso do short o mapa de Ralph Wakefield para me assegurar de estar no caminho certo. Segui os sons de corte de madeira que ecoavam em meio às árvores. Em pouco tempo, me deparei com Alex Caldwell, machado em riste, com uma pilha de madeira rachada aos pés, recuperando o fôlego.

×

Adam McAnnis começa a interrogar Alex Caldwell, mas você pensa em Emma Blake e sua oferta de acompanhar o detetive, não para o bem dele, suspeita-se, mas para o dela. Um desejo de não estar sozinha. Você sente que ela está abalada, inquieta talvez, por uma premonição do custo que as décadas em West Heart, vivendo entre aquelas pessoas, pode impor ao espírito de uma mulher. E, de fato, as mulheres desta história, como em tantas outras do gênero, parecem ser todas vítimas. Se não de assassinatos, da vida. Emma Blake furtando sedativos do armário de remédios dos pais para compartilhá-los furtivamente com uma camareira da cidade. Os medicamentos contra ansiedade e depressão receitados para a mãe. A solidão de Susan Burr. A tristeza do quarto 302. As mortes de Amanda Caldwell e Claudia Mayer. Quaisquer segredos que podem ou não se esconder por trás dos olhares desconfiados de Jane Garmond.

Há um desespero aqui, você pensa, mulheres aprisionadas pela idade e pela classe em papéis que nunca desejaram e dos quais já não sabem mais como fugir, conservadas em âmbar, enquanto o mundo ao redor de West Heart evolui. A sensação é de perigo...

... e agora já deu tempo de as apresentações terem sido feitas, McAnnis explicar o motivo da presença dele e Alex Caldwell falar sem parar. É um homem esguio, pele e osso, de bochechas afundadas com tendões aparentes, tensionados como uma mola. É como se tivesse sido lixado até restar apenas o essencial. A aparência de um homem cuja esposa e o filho estão mortos.

— Então você está aqui porque é um forasteiro. Não tem medo de ser visto junto ao pária do vilarejo — disse Alex Caldwell.

— Como assim? — perguntei.

— Ninguém mais fala comigo. Acham que sou um assassino.

— De cachorros ou de gente?

Alex Caldwell ficou em silêncio por um instante.

— Essa é a parte em que eu digo que não matei Claudia Mayer?

— É.

— Eu não matei Claudia Mayer.

— O xerife chegou a perguntar isso?

— Chegou.

— E o que você respondeu?

— Que estou seguro de que ela cometeu suicídio. Um assunto com o qual eu tenho certa familiaridade.

— Fiquei sabendo. Meus sentimentos. Mas é exatamente por isso que suspeitam de você. É curioso que sua esposa e Claudia Mayer tenham se matado do mesmo jeito, no mesmo lugar, praticamente na mesma data, com apenas alguns anos de diferença.

— Ela deve ter tido suas razões.

— Deve, mas nós não sabemos. Diz a polícia que ela não deixou bilhete. A maior parte dos suicidas deixa.

— Minha suicida não deixou — replicou Alex Caldwell, seco.

— E isso pode doer muito. Quando não deixam, em geral é porque a razão é óbvia. A morte do seu filho, por exemplo. Mas às vezes os suicidas não deixam bilhete porque o motivo, o verdadeiro motivo, é um segredo ou uma vergonha que querem levar para o túmulo.

— E você acha que é o caso?

— Não acho nada. Por enquanto.

— Você está investigando esse caso, então?

— O caso Claudia Mayer está nas boas mãos do Departamento de Polícia do Condado de Stafford. Mas eu sou um homem curioso. Faço perguntas. Às vezes, as pessoas me respondem. Não consigo evitar.

— Fiquei surpreso de você ser convidado para cá.

— Por quê?

— Um homem com a sua profissão não é algo bem-vindo. Muitos segredos. Muitas mentiras. Uns para os outros e para nós mesmos. Essa merda de lugar... — disse Alex Caldwell, com certa ferocidade. Pôs outro tronco no cepo e partiu-o ao meio num único golpe forte e preciso. — Devíamos ter saído daqui há anos.

— Por que você não sai agora?

— Sinceramente? Estou esperando venderem. Se é para sair, que seja com um bom dinheiro na mão. Que o investimento do meu bisavô compense.

— Você apoia a venda, então? — perguntei.

— Apoio.

— Diria que a maioria dos outros apoia também?

— Não faço ideia. Sou o rejeitado, lembra?

— Uma última pergunta. Que precisa ser feita.

— Pode falar — disse Alex Caldwell, cauteloso.

— Você disse que não matou Claudia Mayer. Mas não era aonde eu queria chegar.

Alex Caldwell me encarou por um longo tempo. Modificava a pegada no machado inconscientemente. Por fim, disse:

— Ninguém nunca me perguntou isso. Exceto você.
— Sinto muito.
— Mas não. Também não matei minha esposa.

×

E é agora, neste rápido interlúdio de uma respiração, entre soltar o ar e inspirar mais uma vez, que você para e considera um problema que te incomoda desde os primeiros parágrafos do romance: você havia notado a presença de outros personagens espreitando pelos cantos das páginas como almas no purgatório. Afinal, James Blake não havia dito que trinta e poucas famílias faziam parte do clube? Então onde estavam elas? O detetive não avistara crianças e outras famílias na praia? Não havia várias pessoas na varanda para a Rodada das Seis de quinta-feira? No entanto, apenas algumas foram identificadas com nomes. Quem eram as outras? Quem eram aqueles que se aglomeravam na cena do suicídio de Claudia Mayer?

Você nota que o autor se encontra numa saia justa entre as demandas das regras do gênero (manter o número de personagens dentro de um limite razoável) e as da verossimilhança (o tamanho provável de um clube de caça como este, sua população num fim de semana com feriado etc.). No fim das contas, não importa, reflete, desde que ele jogue limpo, desde que não trapaceie fazendo surgir um assassino no último ato que não havia sido apresentado no primeiro.

Essas preocupações te distraem momentaneamente da história, que continua a se aproximar, impávida, do acontecimento principal do segundo dia — a fogueira — e de uma nova série de questões. O que é uma fogueira antes de arder? (O que é um dançarino antes da dança?) Nada senão um amontoado de lixo, uma pilha de madeira. Pura energia e expectativa em potencial, delírios de uma performance efêmera, o prazer de saber que o que se vê existe apenas naquele momento e nunca mais vai se repetir exatamente da mesma forma... A fogueira era aguardada havia várias páginas e, de fato, naquela noite, quando McAnnis chega ao local, no meio de um vasto gramado próximo a um celeiro abandonado, você fica contente em descobrir que a fogueira do Quatro de Julho de West Heart é enorme — uns quinze metros de diâmetro, metade disso em altura no centro, e como ainda não está acesa, se vê a lenha na base mas também o refúgio de vidas descartadas: cadeiras dilapidadas, escrivaninhas, porta-retratos quebrados, paletes de madeira, um trenó infantil, os destroços de uma mesa de piquenique, algo que parece parte de um barco a remo... e, a cereja no bolo daquela cena surreal, depositada no topo da pilha como se fosse uma estrela ou um anjo numa árvore de Natal: o que sobrou de um piano vertical, sem pernas e com várias das teclas pretas e brancas faltando, levemente tombado de lado e incongruente por completo, como um navio de guerra num milharal.

— Falei para o Shiflett colocar ali com um dos tratores de extração de madeira — disse o dr. Blake, radiante de satisfação. — Estava desafinado há anos. Os ratos até já andavam roendo.

— Impressionante — comentei, e era sincero. — É sempre assim?

— Um piano é a primeira vez. Teve um ano em que foi uma carruagem velha. Mas sim, no geral, sim.

— Já viu *O Homem de Palha*, doutor? — perguntei, espiando a torre de gravetos.

O dr. Blake deu um sorriso torto.

— Sinto muito, Adam. Mas você descobriu nosso segredo. Nós atraímos você até aqui para queimar o senhor vivo no nosso sacrifício anual. Foi tudo pensado para garantir uma boa colheita de anuidades e participação nos lucros. Toca piano?

— Não toco.

— Que pena. Seria uma forma adorável de partir. Tocar o próprio canto fúnebre enquanto vai embora. Ou talvez um *ragtime* alegre? Tipo a segunda linha de um funeral de jazz. — De repente, o dr. Blake adotou uma expressão sombria, provavelmente por ter se lembrado de que tinha que se importar com o trágico fim da vizinha. — Acho que não pega bem fazer piada depois do que aconteceu hoje.

Hesitei.

— É complicado — respondi, por fim.

— John pensou em cancelar tudo. Mas insisti para que não. A gente iria fazer o quê? Ficar sentados sozinhos em casa? Melhor estarmos juntos. Exceto o Duncan e o Otto Mayer, lógico.

— Posso fazer uma pergunta?
— Claro.
— As pedras no roupão dela eram muito pesadas?
O doutor suspirou.
— Eram pesadas o bastante, se a pergunta foi nesse sentido. Embora, conhecendo a Claudia e tendo visto um bom número de suicídios ao longo da vida, eu suspeite de que remédios e álcool também contribuíram.
— Ela era desequilibrada?
— Todos somos, não? Mas sim, era.
— Problemas com o casamento?
O dr. Blake deu de ombros.
— É da natureza humana procurar explicações. Algum significado velado. Mas acho que nem sempre existem razões para esse tipo de coisa. Ou, para usar sua linguagem, *motivações*. Às vezes as pessoas pensam. E às vezes simplesmente *fazem*. Pode não existir motivo algum. Ou um milhão deles, o que dá no mesmo.

O trecho mais afastado do campo havia sido designado como estacionamento e já começava a encher: McAnnis avistava Range Rovers, Harvester Scouts, Land Cruisers, Jeep Wagoneers, Ford Broncos, um AMC Javelin e algo que parecia ser um Willys MB totalmente restaurado. O rádio tocava Linda Ronstadt. Crianças pequenas corriam pelo local com estrelinhas. Um menino mais velho segurava firme uma caixa com pequenos fogos de artifício. As primeiras estrelas da noite começavam a cintilar, e o céu ainda não dava nenhum sinal da tempestade iminente.

— A propósito, queria agradecer pela hospitalidade — comentei.
— O prazer é nosso, certamente — respondeu o dr. Blake.
— Nem todo mundo está muito feliz com a presença de um detetive particular na casa.
— Não temos nada a esconder — disse o dr. Blake, em um tom de indiferença. — E, em todo caso, eu estava curioso a seu respeito. Fiquei surpreso quando James disse que viria. Já fazia tanto tempo...

Dava para sentir a pergunta pairando no ar, mas contanto que continuasse a não ser feita, não seria eu a respondê-la.

✕

O jantar foi servido em mesas ao ar livre e nos chegava em carrinhos trazidos pelos funcionários da cozinha que eu vira pela manhã. Bandejas cobertas com papel laminado, que, quando retirado, revelava porções ainda fumegantes de estrogonofe de carne, macarrão com queijo, brócolis... havia tigelas de pipoca espalhadas para as crianças, além de uma gigantesca gelatina tremelicante cujo interior era salpicado do que pareciam ser damascos, ameixas e morangos, como se fossem borboletas aprisionadas sob um vidro.

Para os adultos, garrafas de vinho e um balde cheio de um líquido rosado e espumante.

— O ponche de rum do dr. Blake — disse John Garmond, com um sorriso irônico. — Cuidado.

Entre os funcionários estava a camareira que eu vira antes na sede. Tinha uma aparência bastante comum, com o cabelo preso num coque e touca de cozinha. Uma pessoa jovem exercendo uma função de idosos. Esperei até que o jantar estivesse devidamente organizado e ela ficasse sozinha para fazer meu movimento.

— Mary, certo?

— Isso mesmo — disse ela, desconfiada.

— Amiga da Emma?

— Ela falou?

— Surgiu numa conversa, não me lembro como. — Fiz um gesto apontando o bufê do jantar. — Ótimo trabalho hoje. Não que alguém aqui vá notar.

— Obrigada.

— Aposto que você não recebeu um único elogio dessa gente.

— Não recebi. Não que eu me importe com o que eles pensam.

— Isso aí. Um trabalho é só um trabalho. Você está aqui faz muito tempo?

— Uns dois anos. Não muito.

— Ainda assim, aposto que já viu... coisas interessantes.

Ela me olhou de uma forma que eu havia aprendido a reconhecer.

— Você é da polícia?

— Não.

— Você fala que nem um policial.
— Meu pai era da polícia. De repente incorporei um pouco dele.
— Não gosto de policiais.
— Nem eu. Por isso não segui a carreira. Imagina ser adolescente com um pai policial. Enfim, desculpa se passei essa impressão. Posso tentar consertar?
— Como?
— Eu ia fumar um baseado agora. Adoraria ter companhia.
Mary continuava arisca.
— Se você for da Narcóticos, não tem obrigação de me dizer se eu perguntar?
— Acho que a lei determina isso, sim.
— Você é da Narcóticos?
— Juro, não sou da Narcóticos. — Puxei o baseado. — Vem.

Os carros estavam estacionados na grama do outro lado do campo. Atrás de uma picape, longe da vista dos demais, passávamos o baseado um para o outro e soltávamos a fumaça no ar denso do verão. Tossíamos e ríamos. Conversar com funcionários: uma tática manjada, e com toda a razão. Intimidade, ressentimento e língua solta à base de drogas ou álcool — uma combinação certeira para desenterrar podres.

— Os andares de cima da sede do clube são sempre vazios assim? — perguntei.

— Geralmente. Às vezes membros do clube reservam quartos para casamentos, festas e coisas assim. Nos feriados também é comum virem muitos parentes. Dia de Ação de Graças. Natal. No Ano-Novo tem uma festa grande.

— Mas e o resto do tempo?

Ela sorriu sarcasticamente.

— Você está querendo saber se as pessoas usam aqueles quartos para chifrar maridos e esposas?

— Digamos que sim.

— A resposta é sim. Lógico. Para onde mais iriam?

— Normalmente as pessoas vão para um hotel.

— O motel "discreto" mais próximo fica a trinta quilômetros. E é uma pocilga. Essa gente daqui é muito esnobe para isso. Enfim, a sede do clube é conveniente. Você dá sua escapada, faz o que tem que fazer e volta antes de os outros acordarem. — Mary faz uma pausa para mais uma baforada. — O quarto 302 é o mais movimentado. Sra. Burr. Já conheceu?

— Já.

— Era você ontem à noite?

— Não entendi.

— Desculpa, foi só uma pergunta. Alguém foi lá. A bagunça estava maior do que o normal. E também no 312, no fim do corredor.

— Esse é muito usado?

— Às vezes. A janela dá para o riacho. Imagino que as pessoas gostem disso.

— As pessoas?

— Aquele eu não sei quem usa. Só sei da sra. Burr porque uma vez ela deixou uma presilha. Reconheci porque tinha visto no cabelo dela mais cedo.

— Você devolveu?

— Não — disse Mary, tocando a presilha no próprio cabelo: uma cobra dourada com olhos de esmeralda.

— Pegou para você? — perguntei, surpreso.

— Por que não? Ela não ousaria me pedir de volta. E o marido nem notaria. Pensei que talvez alguma das outras mulheres pudesse reconhecer, mas ninguém nunca disse nada. Devem ter ficado com medo de que depois eu aparecesse com as roupas delas.

— Então são só esses dois quartos, o 302 e o 312?

— Esses são os únicos onde o movimento é constante, se é que você me entende. Também usam outros, mas menos.

Arrisquei mais algumas perguntas sobre outros assuntos — Emma Blake, drogas, a condição financeira do clube, novos membros —, mas não consegui tirar muito dela.

— Foi bom conversar com você, Mary. Volta logo para casa. Tem uma tempestade vindo aí.

De fato, a tempestade era o assunto de todos quando voltei para a fogueira ainda apagada — previsão do tempo era um tema mais seguro do que suicídio, sem dúvida. Emma Blake estava sozinha numa cadeira de praia verde e branca tecida em plástico, um pouco afastada do grupo.

— Você andou fumando maconha de novo — falou, em tom acusatório.

— Procurei você antes, mas não te achei em lugar nenhum.

— Aí achou outra pessoa?

— Sua amiga. Mary.

— Dando uma prensa na criadagem? Não é meio clichê, não?

— Os velhos truques são os que mais funcionam.

— Imagino. Sabe, acho que você não escolheu o melhor fim de semana.

— Por quê?

— Está parecendo que a tempestade de hoje vai ser braba.

— Vamos ser um Quarto Fechado — comentei.

— O que é isso?

— Especificamente, é quando uma vítima de assassinato é encontrada sozinha num quarto, geralmente trancado por dentro, com as janelas vedadas, esse tipo de coisa. Mas eu quis dizer no sentido mais amplo de qualquer local isolado: uma ilha, um trem preso na neve, uma casa de campo nas colinas...

— Um clube de caça num lugar remoto?

— Exatamente.

— Só existem duas rotas de entrada e saída de West Heart. Não precisa de muito para que as duas fiquem bloqueadas. Uma não passa de uma trilha lamacenta e a outra vai pela ponte velha que cruza o kill.

— Cruza o quê?

— O kill. Você mesmo passou por lá vindo para cá. É o riacho debaixo da ponte. West Heart Kill. É uma palavra antiga holandesa — explicou ela, percebendo minha confusão. — Significa *córrego* ou *riacho*.

— Tudo explicado.

— Ouvi falar que aconteceu uma nevasca no Ano-Novo umas duas décadas atrás. As pessoas ficaram presas aqui por mais de uma semana.

— Começaram a devorar uns aos outros?

— Metaforicamente, talvez. Carne estranha.

— Como é?
— É o que o César de Shakespeare acusa Marco Antônio de comer durante uma malfadada travessia nos Alpes.
— Carne estranha — repeti. — Gostei disso. De outros homens?
— É o que todo mundo acha.
— Não é meio contrarrevolucionário ler Shakespeare hoje em dia?
Emma Blake o encarou, sem expressão.
— O seu Shakespeare é diferente do meu.

×

Estudo de caso: O Quarto Fechado

O Quarto Fechado é o dispositivo de trama mais famoso de todo o cânone. As variações são infinitas, mas, como regra geral, todas incluem uma vítima encontrada em um quarto trancado por dentro, em que, assegura-se ao leitor, ninguém teria conseguido entrar. Antes de entrarem, as vítimas estão vivas, e, ao serem descobertas, estão mortas. É um enigma que tende a evocar o sobrenatural — a frase *trancado por dentro*, proferida por um mordomo ou policial pálido de terror, pode arrepiar a espinha —, mas geralmente desemboca numa decepcionante explicação extremamente mundana. Isso ocorre porque o Quarto Fechado é, para resumir numa palavra, *difícil*. O melhor que Poe e Conan Doyle conseguiram foi engendrar a entrada de animais (um orangotango, uma cobra) de formas que seriam impossíveis para um ser humano. Outros escritores recorreram a soluções cada vez mais barrocas e implausíveis que, sinceramente, insultam os leitores com discernimento: arma de ar comprimido, zarabatana com dardos envenenados, uma pistola atrelada a um balão, uma bala feita de gelo que derrete dentro do corpo após ser disparada...

Um enigma de Quarto Fechado da vida real resume essas soluções mirabolantes: em 1936, uma mulher foi encontrada morta diante de uma caldeira de carvão, aparentemente baleada. Ninguém mais fora visto entrando ou saindo do recinto. Nenhum revólver fora achado no local. Um cientista, ao estudar a morte, descobriu que a "bala" era na verdade um projétil de cobre, um fragmento de uma tampa de detonador usado para abrir túneis nas minas. A tese era de que havia sido deixado por acidente em meio ao carvão entregue na casa da coitada da mulher e que, uma vez depositado na caldeira e mediante o aumento da temperatura, explodiu e perfurou o peito da vítima, provocando uma morte bizarramente improvável, mas inteiramente acidental.

Das poucas soluções aceitáveis na ficção, uma atenção especial deve ser dada à primeira pessoa que entra no recinto. Esse indivíduo costuma ser o assassino, e da seguinte forma: quando o suposto comitê de resgate irrompe pela porta, a vítima na realidade ainda está viva (mas em coma, talvez induzido por drogas); o assassino então dá cabo dela friamente, na frente de todos os presentes, abismados com o espetáculo do que presumiam já ser um cadáver. Esse tipo de crime é mais bem perpetrado por médicos, legistas ou veterinários; deve parecer lógico, e o fato de a pessoa ser a primeira a examinar o corpo, não despertar suspeitas. Também é preciso conhecimento de anatomia para se matar com habilidade e de supetão, curvado sobre a vítima, bloqueando a visão dos outros — um picador de gelo inserido na orelha e que perfure o cérebro viria a calhar. A arma mais engenhosa seria uma que não parecesse deslocada no interior daquele Quarto Fechado específico, mas que o assassino teria escondido antes: um abridor de cartas da predileção dele, talvez, ou um estilete fino de prata que o coronel guardava de lembrança de alguma aventura colonial despropositada, quem sabe enfiado pela axila esquerda direto no coração... o assassino finge checar sinais vitais com uma das mãos enquanto dá cabo da vítima sorrateiramente com a outra.

O praticante mais diligente e que melhor explicou o recurso do Quarto Fechado foi John Dickson Carr, cujos romances eram quase que exclusivamente centrados nesse artifício. Em *The Hollow Man*, de 1935 (publicado nos Estados Unidos como *The Three Coffins*), ele dedica um capítulo inteiro ao famoso "Sermão do Quarto Fechado", em que seu detetive, o dr. Gideon Fell, delimita sete possíveis categorias de soluções, cada uma delas com infinitas variações. O sermão provocou uma comoção no universo dos autores de mistério — poucos anos depois, o romancista e crítico Anthony Boucher fez seu tenente da polícia embasbacado de *Nine Times Nine* (1940) estudar o livro de Carr na esperança de achar uma explicação para seu assassinato de Quarto Fechado da "vida real". No fim, o tenente decide que nenhuma das soluções se aplica ao caso dele, embora o leitor atento do romance de Boucher reconheça a dica da opção nº 5: "É um crime cujo problema deriva da ilusão e da imitação..."

Uma observação: entre seus muitos outros interesses, Anthony Boucher era um ávido entusiasta de histórias de detetive do mundo afora. Era fluente em diversas línguas, inclusive o espanhol. Assim, talvez não seja nenhuma surpresa que para uma edição especial internacional da *Ellery Queen's Mystery Magazine* Boucher tenha convencido os editores a publicar sua tradução de um poeta e ensaísta argentino basicamente desconhecido nos Estados Unidos. Naquela fatídica edição de agosto de 1948 da revista, sob uma capa tipicamente vistosa na qual uma mulher de luvas pretas levava um tiro nas costas de outra mulher de vestido verde de festa, e junto a contos com títulos como "O assassino de cáqui" e "Sendo eu mesmo um assassino", os leitores encontrariam uma narrativa detetivesca surreal chamada "O jardim de veredas que se bifurcam", de Jorge Luis Borges, publicado pela primeira vez em inglês.

×

O crepúsculo começava a se derramar sobre o campo. Vaga-lumes piscavam, perseguidos por crianças risonhas. A brincadeira do ovo havia acabado; um homem que eu não reconhecia fora coroado vencedor em meio a rumores de que trapaceara, levando ovos cozidos em vez de crus. Aplausos irromperam quando ele provou aos céticos que estavam errados, quebrando um ovo na própria cabeça e virando uma taça de champanhe enquanto a gema escorria por sua têmpora.

Eu tinha algumas perguntas a fazer a Reginald Talbot, o tesoureiro, então fui procurá-lo. Encontrei-o plantado ao lado do ponche do dr. Blake, parecendo ansioso.

— Algum problema? — perguntei.
— O quê? — respondeu, alarmado. — Não. Por que a pergunta?
— Você parecia... aflito.
— É só o meu rosto.
— Difícil ser tesoureiro, quando o tesouro está em declínio.
— O que você sabe sobre isso? — perguntou, desconfiado.
— Ouvi um papo ontem à noite no jantar. Pelo que entendi, os investimentos do clube não estão exatamente enchendo os olhos de ninguém.
— É a economia. Nada tem dado certo. Todos os retornos têm sido baixos, na melhor das hipóteses. Isso é um peso danado sobre as finanças do clube. Todo mundo quer manter as instalações, mas ninguém quer pagar mais.
— Também sinto isso. Em relação à economia, quero dizer.
— Ah, é?
— Um detetive virou coisa supérflua. Vamos encarar a real. Ninguém *precisa* de um detetive. Quando o dinheiro está curto, ou você aprende a viver com suas suspeitas ou cuida delas você mesmo.
— E como se faz isso?
— Atirando e estrangulando, basicamente. Envenenando também. Maridos estrangulam as mulheres. Mulheres envenenam os maridos. Todo mundo atira em todo mundo. De certa forma, detetives fazem um serviço valioso para a sociedade.
— E qual seria esse serviço?
— A gente se mete no meio.
— Um brinde às intromissões — disse Reginald Talbot, erguendo um copo de plástico cheio de ponche.
Permanecemos em silêncio por um momento. Vemos as crianças jogarem gravetos na pilha de madeira. Ouvimos o ruidoso *pop!* de uma rolha de champanhe. *Esse não foi exatamente o peido de uma freira*, pensei.
— Mas existe uma solução — ponderou Reginald Talbot.
— Para o quê?
— Para as finanças do clube. Para a economia.
— Vender?

— Bem, sim, mas não só isso. É preciso achar o comprador certo. Já esteve num cassino?

— Lógico.

— É um bom modelo de negócios?

— Parece que sim.

— É o modelo de negócios *perfeito* — declarou Reginald Talbot, com as pálpebras vibrando de entusiasmo. — O dinheiro jorra. Para cada bom jogador, como eu, há centenas de otários fazendo fila e praticamente implorando para jogar dinheiro fora. Não importa o que aconteça no emprego de cada um, não importa se a economia está péssima, os idiotas vão estar lá, pulando dos ônibus com a carteira na mão. Cem por cento de certeza. E nos negócios, isso tem um valor inestimável.

— Faz sentido. Imagino. Não tenho muita vocação para os negócios.

— Aonde você foi? — perguntou Reginald Talbot.

— Como é?

— Quando você foi ao cassino, foi onde?

— Las Vegas, óbvio.

— E essa é a questão. Era sua única escolha.

— Não sei bem se entendi aonde você quer chegar.

— É a capital do jogo no país. Quer dizer, 99,99% da população vive fora de um raio de cento e cinquenta quilômetros de Las Vegas. As pessoas precisam ir até lá, planejar uma baita viagem. Mas e se eu propusesse — Reginald Talbot agora chegava ao X da questão — que, em vez de levar as pessoas aos cassinos, trouxéssemos os cassinos às pessoas?

— De trem ou de caminhão?

— Estou falando sério. Em novembro, vai acontecer um referendo para legalizar o jogo em Nova Jersey, e dessa vez pode ser que passe. Mas existe uma opção melhor. Já ouviu falar do povo Seminole, da Flórida?

— Os indígenas?

— Isso, os indígenas. Tenho um amigo no escritório da Receita lá. Ele diz que, dentro de mais alguns anos, o povo Seminole vai abrir *o próprio cassino* dentro da reserva. Entendeu? São terras originárias. Eles têm a soberania. As leis dos Estados Unidos não valem por lá.

— Não sei se isso é exatamente verdade — respondi, com cuidado.

— É complicado, mas, de qualquer forma, dessa questão tenho certeza. Os indígenas vão abrir o próprio cassino. E não vai parar por aí. Quando acontecer, todos os grupos indígenas do país vão tentar embarcar na onda. Escreve o que eu estou dizendo!

O ponche de rum havia manchado de rosa os lábios de Reginald Talbot. Ainda que não soubesse, ele contribuía com meu dossiê do clube: confirmando alguns detalhes, acrescentando outros, inclusive alguns dos quais talvez meu cliente preferisse que eu não estivesse a par, imaginava.

— Posso contar um segredo? — perguntou.

— Sem dúvida — respondi.

— Esta propriedade, as terras do West Heart, são terras indígenas.

— Está brincando.

— Brincando nada. Quando os Patriarcas criaram o lugar...

— Patriarcas?

— Como na Bíblia. É como chamamos os caras. As famílias fundadoras. Blake, Garmond, Talbot, Burr. Quando eles compraram as terras, elas faziam parte do território Oneida original.

— Nunca ouvi falar.

— Era meio que uma colcha de retalhos. Terras espalhadas por todo o estado que eram consideradas parte da reserva Oneida. Trechos mais distantes, como este, eles não se importavam de vender.

— Em troca de miçangas que valiam vinte dólares?

— Não exatamente, mas também não está muito longe disso. A questão é que, em teoria, os Oneida poderiam comprar a terra de volta e arrendar por 99 anos para que alguém... a gente, mais exatamente... criasse um negócio.

— Um cassino?

— Exato.

— Me parece meio surreal.

— Confia em mim — disse Reginald Talbot, fervoroso. — Em vinte anos, todos os bosques da Nova Inglaterra vão estar cheios de cassinos em propriedades de povos indígenas de que você nunca ouviu falar. Quem chegar primeiro vai se dar muito bem.

— E isso vai resolver todos os seus problemas?

— A maior parte.
— E os outros?
Ele ergueu um copo de ponche de rum do dr. Blake e bebeu.

✕

John Garmond acendeu um sinalizador, e fagulhas vermelhas crepitantes começaram a chiar na mão dele, depois o jogou dentro do que suspeitei ser um pedaço de madeira encharcado de gasolina, pelo jeito como as chamas se projetaram de imediato. Em poucos minutos, as labaredas haviam se espalhado pela totalidade da madeira exposta.

De repente, houve uma rápida série de explosões — *POP POP POP POP!* Enquanto os presentes se retraíam e soltavam gritinhos, minha mão instintivamente procurou sob a camisa a arma que naquele momento repousava sem uso numa gaveta, sob uma pilha de cuecas.

— Bombinhas — praguejou John Garmond. — Garotada estúpida. Avisei para eles não fazerem isso este ano.

— Perigoso — comentei.

— Faz alguns anos, um idiota enterrou uns cartuchos bem no meio da pilha. Voaram farpas de madeira para todo lado. Demos sorte de ninguém ter morrido.

As chamas haviam lambido a pilha até alcançarem o piano no topo, cujas cordas começaram a ranger e se esticar com o calor. Uma delas se rompeu com uma vibração ruidosa e violenta; as pessoas ao redor da fogueira recuaram por instinto. E então mais uma corda se rompeu, e outra. Eu me sentia como se estivesse assistindo a um animal morrer.

Através da fogueira, ouvi uma mulher cantando. Ópera, a plenos pulmões. Jane Garmond.

— Ela era cantora substituta no Met. Antes de a gente se casar — disse o marido, sucintamente.

— Puccini. *Madame Butterfly* — explicou Meredith Blake, ao meu lado.

— Nunca vi. Nunca vi ópera nenhuma — respondi.

— É aquela em que a gueixa, Butterfly, se casa com um oficial da Marinha norte-americana chamado Pinkerton.

— Que nem o nome da agência de detetives.

— Se você diz — respondeu Meredith Blake, sem muita certeza, e então continuou: — Depois de se casarem, Pinkerton deixa o Japão por três anos. Durante esse período, Butterfly tem um filho dele. Quando Pinkerton retorna, está acompanhado da nova esposa, norte-americana, que concordou em adotar a criança. Quando percebe que perdeu tanto o marido quanto o filho, Butterfly comete suicídio.

— Um final feliz, né...

— Para os padrões das óperas.

Ouvimos a ária. Embora não compreendesse as palavras, eu reconhecia a famosa melodia e o tom doído de amor e destino trágico. Num ponto mais afastado da fogueira, vi Susan Burr escapulir do lado do marido e ir em direção às árvores próximas à extremidade do campo. Alguns momentos depois — provavelmente não o bastante para evitar suspeitas, mas eu estava impaciente —, fui atrás dela.

×

— Meia-noite? Quarto 302? — perguntei.

— Adoraria. Mas melhor não. Está vindo uma tempestade grande. Não seria nada bom ficarmos ilhados lá — respondeu Susan Burr.

— Não?

Já fazia algum tempo que estávamos encostados numa árvore, aos amassos, como se fôssemos adolescentes. Ali, pouco além do início do bosque, o burburinho das pessoas e o crepitar do fogo estavam suficientemente distantes para ouvirmos os sons da floresta à noite: os grilos, o vento sobre a copa das árvores, o farfalhar de criaturas não vistas nos galhos acima de nós.

— Quando eu era criança, chamávamos isso de "bolinação". Faz um tempo — disse Susan Burr.

— É uma arte esquecida.

— Agora preferimos a gratificação imediata. Eu prefiro, pelo menos.

— Eu também.

— Mas quando tudo é permitido, algo se perde. A expectativa. O prazer do prazer adiado. O suspense se acumulando devagar.

— Quer um baseado?

Revezávamo-nos nas tragadas. De onde estávamos, os membros do West Heart eram apenas silhuetas contra a fogueira.

— Quanta infelicidade aqui, né? — comentei.

— Aqui e em todo lugar. Está todo mundo na mesma. A Era da Tristeza, vai ser como os historiadores vão chamar, imagino. A Era da Embriaguez. A Era do Choro de Desespero Sufocado.

— Você ficou surpresa hoje?

— Com a Claudia? É, fiquei. Eu não a conhecia tão bem. Era uma mulher calada, reservada. Do tipo que pensava demais e tinha tempo demais sobrando.

— Você e Duncan Mayer já...?

Alguns segundos de silêncio. A ponta vermelha brilhante do baseado se acendeu e retraiu.

— Não — disse ela.

— Por falta de oportunidade ou por falta de interesse?

— Digamos apenas que ele estava comprometido. Minha vez de fazer perguntas agora.

— Pode mandar.

— Quem contratou você?

— Quem disse que eu fui contratado por alguém?

— Pode parar com o charminho. Todo mundo aqui faz fofoca, você sabe. Você anda fazendo perguntas pelo clube.

— É só o meu jeito.

— Conversa mole. Mas tudo bem. Mas e eu? Me seduzir era parte do seu plano?

— Eu seduzi você? Achava que você que tinha me seduzido.

— Está de olho em mais alguém? — perguntou ela.

— Em West Heart?

— É.

— Não.

— E a Emma Blake?

— Quem?

— Ela não é do tipo que tentaria um homem mais velho?

Em vez de responder, beijei-a de novo.

Passados alguns minutos, quando precisamos dar um tempo para atenuar a tentação de voltarmos ao quarto 302, Susan Burr retomou o interrogatório.

— Qual é sua história, então, Adam McAnnis, da finada, outrora grande, cidade de Nova York?

— Como assim?

— De onde você é? Quem é você? Como virou detetive?

— Você quer uma história de origem? E se eu não tiver uma?

— Inventa.

— Tudo bem. Meu pai era policial. Detetive da Divisão de Homicídios. Ele queria que eu entrasse para o negócio da família...

— Por "negócio da família" você quer dizer investigação de assassinatos?

— Exatamente. Mas acabei indo para a faculdade.

— Que ótimo.

— Aí larguei.

— Para fazer o quê?

— No início eu não sabia. Fiquei um tempo meio sem direção. Aí me alistei no Exército e fui despachado para o Vietnã.

— Por que você fez isso? — perguntou Susan Burr, incrédula.

Olhei para ela na escuridão.

— Qual a coisa mais idiota que você já fez?

— Não sei. Teria que pensar.

— Bom, eu não preciso — retruquei.

— Por que você mentiu sobre isso ontem à noite? No jantar.

Dei de ombros.

— Estou acostumado.

— Acostumado a mentir?

— É.

— Sobre a guerra?

— E outras coisas. Mas sim, sobre a guerra. Não preciso da dor, nem quero. Sou um herói. Um criminoso de guerra. Um imperialista. Um combatente da liberdade. Eu devia ter fugido para o Canadá. Eu devia ter voltado ao front.

— Os filhos de West Heart não estavam nas trincheiras.

— Não. Imagino que não.
— O que você fez depois do Vietnã?
— Precisava de emprego, então me juntei ao ex-parceiro do meu pai, que tinha uma agência de detetives particulares. Meu pai nunca perdoou ele. Foi onde fiz meu estágio.
— Aprendendo o ofício.
— Pois é. Horas e horas sentado num carro. Em pé na chuva que nem um desgraçado, observando silhuetas em janelas de apartamentos desrespeitarem votos matrimoniais. Testamentos contestados. Sócios roubados. Gente desaparecida. Um marido desaparecido que eu fui encontrar, anos depois, com uma nova família. Uma moça sumida, os pais achando que o marido tinha matado a garota, e tinha mesmo.
— Como era seu chefe? O seu mentor?
— O nome dele era Horatio Brown. Um cara das antigas — respondi, sorrindo com a lembrança. — O tipo que guardava uma garrafa de uísque na gaveta da mesa, fumava três maços por dia e às vezes folheava uma pasta grossa com as fotos prediletas de sacanagem que havia tirado na função. Acreditava, como se fosse uma lei da física, que todos os clientes mentiam para ele. Nisso, acabei descobrindo que não estava necessariamente errado.
— O que aconteceu com ele?
— Um derrame. Depois que ele morreu, comecei a trabalhar sozinho.
— Você fez faculdade de quê?
— Filosofia.
— Sério?
— Sério.
— E isso — ela tentava não rir — ajudou você em alguma coisa?
— Enquanto estudo de como as pessoas *deveriam* viver, na teoria, nem um pouco. Mas é útil para pensar em como as pessoas *de fato* se comportam, e por quê. Se nós sabemos mesmo aquilo que achamos saber. Como nossa mente nos ilude, fazendo com que criemos falsas conexões entre coisas que não se relacionam. O que significa "verdade", afinal? E que definições usar para coisas como conhecimento, culpa, inocência...?
— Nossa, me surpreendeu — disse Susan Burr, zombeteira.

— Surpreendi como?

— Metafísica é coisa de gente jovem. Só os idiotas continuam apegados a isso depois que envelhecem.

— São ócios do ofício. Muitas horas sozinho, fechado dentro da minha cabeça. Um pensamento correndo atrás do outro o tempo todo. Refletindo sobre pistas falsas e becos sem saída do cosmos. Na esperança de os amantes infiéis andarem logo com aquilo para a gente conseguir dar uma mijada.

— Você fica nessa neura quanto a existir verdade ou não... Mas encontrar a verdade não é o seu trabalho?

— Uma vez peguei um caso de uma mulher cujo marido havia sido condenado por assassinato. A moça tinha certeza de que ele era inocente.

— Era?

— Cheguei a resultados inconclusivos. Não descobri nada novo, fora testemunhas que eram ainda menos confiáveis anos depois do que tinham sido na época do crime. Não existia uma prova física ligando o marido ao assassinato. Nem álibi. Nada categórico, nem para um lado nem para o outro. Não havia outros suspeitos. O que a polícia tinha era frágil, mas fazia certo sentido, pelo menos na teoria. O promotor levou a coisa a júri e colou. Foi isso. Confuso e insatisfatório. Não consegui respostas. E um homem continuou cumprindo a pena de prisão perpétua e a esposa dele, sozinha, pensando se de fato conhecia o marido como achava que conhecia.

— E quanto você cobrou dela por isso tudo?

— Um cavalheiro nunca revela.

A verdade é que eu não havia cobrado nada. Brown sempre me disse que eu tinha o coração mole demais para ser detetive.

×

Definição

Mistério: miʃ.tˈɛ.rjʊ, do grego *mystērion* (μυστήριον). Os lendários setenta tradutores da primeira Bíblia em grego, a Septuaginta, usaram a palavra para expressar um segredo divino que se poderia vislumbrar apenas através da revelação. A mesma palavra foi usada em um contexto pagão para descrever os rituais esotéricos das religiões de mistérios da Grécia antiga. Séculos depois, atores em "peças de mistério" da Inglaterra medieval encenavam cenas-chave da Bíblia, da Criação ao Juízo Final (acadêmicos dizem que tais peças influenciaram Shakespeare e seus contemporâneos; por exemplo, a cena com o porteiro em *Macbeth* supostamente evocaria os demônios porteiros que tentam pateticamente impedir a entrada de Cristo na Descida aos Infernos). A palavra, no inglês pré-moderno, também era associada à *habilidade* ou à *arte*, pois muitas peças de mistério eram encenadas por associações de classes de trabalhadores (carpinteiros navais poderiam encenar a história da Arca de Noé; vinicultores, a transformação de água em vinho por Cristo; ourives, a oferta de presentes pelos Reis Magos etc.). Esses sindicatos medievais se inspiravam nas religiões ancestrais de mistérios gregas, protegendo seus membros com gestos secretos e símbolos por meio dos quais eram capazes de reconhecer discretamente outros adeptos.

Os acadêmicos sabem que a palavra *mistério* sempre foi associada ao oculto e à descoberta ou revelação de algo que estava, ou talvez devesse estar, escondido. As conexões com os místicos e o misticismo são óbvias, um elo que sem dúvida teria enriquecido muitas sessões espíritas do notório espiritualista Sir Arthur Conan Doyle.

×

John Garmond checava o relógio e confabulava com Reginald Talbot. Ambos estavam inquietos, vasculhando com os olhos o bosque na direção do lago.

— O que está acontecendo? — perguntei a James Blake.

— É hora dos fogos de artifício. Na verdade, já passou da hora — respondeu ele.

— Quem está cuidando disso?

— Fred Shiflett, lá na praia. Ele é o responsável há anos. Já virou um expert em pirotecnia.

Eu saíra da floresta vários minutos antes com Susan Burr, tentando agir de forma casual, mas me sentindo meio ridículo ao me reaproximar do grupo reunido em volta da fogueira. Emma Blake me lançou um olhar, que ignorei.

As pessoas aguardavam havia algum tempo. Começava a se criar a impressão de que algo dera errado. Pensei em Fred Shiflett, imaginando seu cadáver todo enrugado na praia — seria possível matar um homem com um fogo de artifício, se fosse necessário? —, mas então ouvimos o zunido distante de um lançamento, depois alguns segundos de nada; se forçasse os olhos, talvez, *talvez*, conseguisse identificar o pontinho que chispava pelo céu noturno, e em seguida veio o estouro radiante de vermelho, dourado e verde...

Enquanto membros do West Heart se misturam ao redor das chamas, felizes com o calor que pulsa nas bochechas de cada um, você conclui que um autor esperto poderia explorar a fogueira como recurso da trama. Um assassino de pendor teatral poderia se deleitar com a ironia de estar queimando provas bem debaixo do nariz das pessoas, ciente de que os últimos vestígios capazes de condená-lo foram imolados perante uma centena de testemunhas incautas. Ou talvez nem sequer fosse fanfarronice, mas, sim, necessidade, pois o assassino não teria tido oportunidade de se livrar das provas antes — por exemplo, se alguém tivesse que queimar um bilhete de suicídio cuja existência fora negada à polícia.

Enquanto o detetive e os outros personagens assistem à exibição noturna, com a cabeça jogada para trás e explosões refletidas nos óculos e nos para-brisas dos carros estacionados na beirada do campo, você também pensa que fogos de artifício seriam um bom disfarce para tiros. Afinal, o som do disparo de uma arma não passaria despercebido em meio à cacofonia geral daquele entretenimento? Aliás, seria possível cronometrar tudo com precisão para que o tiro na nuca coincidisse com a detonação de um dos fogos? A vítima desabaria no chão sem ninguém notar, enquanto o assassino descartaria a arma em meio ao fogaréu tão conveniente e tão próximo. Será que alguém nessa multidão pensou nisso? Será que alguém havia planejado tal coisa? Teria coragem de agir?

É assim que você faria se fosse assassino. Ou se escrevesse mistérios. Contudo, não parece ser o caso aqui. Você reconhece os sinais característicos de um episódio que romancistas ou críticos julgam necessário por questões de ritmo, para relaxar a tensão antes do próximo giro da engrenagem. Neste caso, literalmente, a calmaria antes da tempestade... E nessas frases os personagens parecem mais desolados, perdidos em pensamentos, com o rosto erguido para o céu, lembrando-se de quando eram crianças, como cada explosão provocava suspiros de admiração e encanto, uma sensação hoje impossível de recapturar: fogos de artifício e infância perdida são empreitadas melancólicas. Você sente que a história para e respira. John Garmond dá a mão para Jane Garmond. Susan Burr está sozinha. James Blake enche o copo de plástico de Ramsey Garmond. Warren Burr murmura algo para Reginald Talbot. Jonathan Gold, ao lado de Emma Blake, gesticula para o céu. Adam McAnnis está no fundo, sozinho, observando, observando...

Você percebe que o autor está permitindo que se contemple uma última vez cada um dos potenciais assassinos ou vítimas antes do crime.

O ar noturno ganhou eletricidade, está carregado de presságios. A fumaça do último fogo de artifício se espalha em meio às árvores quando, ao longe, o clarão de um raio ilumina o céu, crepitando sob o acúmulo de nuvens. Alguns segundos depois, ouve-se o trovão.

Uma gota de chuva. E mais outra.

— É melhor a gente sair daqui — diz John Garmond.

Em questão de minutos, enquanto a chuva fica cada vez mais forte, o campo se esvazia por completo. As mesas são abandonadas, para serem retiradas dali no dia seguinte ou depois. Os sacos de lixo cheios de garrafas vazias de vinho e as bandejas com comida ainda intacta são abandonados. As pessoas vão correndo para os respectivos carros, cobrindo a cabeça com o casaco. Pneus já começam a afundar na terra que se afofa, e faróis altos cortam a escuridão — afinal, não dá para correr o risco de atropelar alguém por acidente no escuro e na chuva...

Deixado para trás, sem ninguém para testemunhar, resta um certo milagre. Em meio ao dilúvio, a fogueira ainda arde em fúria insana, tão intensa que parece intocada pela tempestade. Entretanto, se esse momento de transcendência contém alguma mensagem, não há ninguém para recebê-la: os indivíduos se secando dentro dos carros estão tão alheios à fogueira que arde em meio à chuva quanto os transeuntes na lenda de Ícaro, que ignoram o rapaz que despenca do firmamento. As pessoas pleiteiam epifanias, é o que vem à sua mente, clamam por elas e, no entanto, quantos desses indivíduos, estando ao alcance de uma, conseguem reconhecê-la? Ou, ao testemunhá-las, escolhem agir?

×

E agora, os momentos finais da vida de uma pessoa. Nestes derradeiros parágrafos sobre o dia, a perspectiva muda, simula abertamente a linguagem do cinema, o olhar onisciente e impiedoso de uma câmera que percorre West Heart e revela os efeitos da tempestade. Torrentes de água inundam o porão da sede. Um poste de eletricidade caído na estrada solta faíscas e se retorce feito uma cobra. Uma quadra de tênis virou pântano e está submersa até a altura da rede. A câmera vaga pelo canal lamacento que um dia foi uma estrada e se aproxima do carvalho antigo e imponente que, pela primeira vez em séculos de vida, começa a se curvar, traído não pelo vento, mas pela água empoçada que afrouxa seu apego ao solo. E então a árvore cai, despenca, uma queda grande e calamitosa bem no meio da estrada.

A câmera agora foca em uma velha ponte de madeira. O riacho abaixo se transformou em um rio caudaloso que transborda das margens. A ponte começa a verter para um lado. Tábuas de madeira encharcada e podre se rompem. Devagar e, de repente, de uma vez só, como uma fera idosa cujas patas exauridas desmoronam sob o próprio peso, a ponte desliza para dentro d'água.

A câmera se encontra de frente para a sede do clube, enquadrando-a do ponto de vista do estacionamento de cascalho. É quando... ali! Há um breve clarão em uma janela do primeiro andar. Surge e desaparece.

O relâmpago. O rugido do trovão. E a chuva incansável.

Em meio a tamanho ruído, quem conseguiria registrar o estalo seco e cortante de um solitário tiro de revólver noite adentro?

×

Questionário

1. Você acredita que a morte de Claudia Mayer tenha sido suicídio?
   SIM
   NÃO

2. Você acredita que a morte do cachorro da família Mayer tenha sido acidental?
   SIM
   NÃO

3. Circule os nomes de prováveis vítimas de assassinato. Selecione todos que se encaixem.
   A. JANE GARMOND
   B. JOHN GARMOND
   C. DUNCAN MAYER
   D. ALEX CALDWELL
   E. SUSAN BURR
   F. WARREN BURR
   G. EMMA BLAKE
   H. DR. ROGER BLAKE
   I. REGINALD TALBOT
   J. JONATHAN GOLD
   K. ADAM MCANNIS

4. Circule os nomes de prováveis assassinos. Selecione todos que se encaixem.
   A. JANE GARMOND
   B. JOHN GARMOND
   C. DUNCAN MAYER
   D. ALEX CALDWELL
   E. SUSAN BURR
   F. WARREN BURR
   G. EMMA BLAKE
   H. DR. ROGER BLAKE

I. REGINALD TALBOT
J. JONATHAN GOLD
K. ADAM MCANNIS

5. Quem contratou o detetive? E por quê?
_____
_____

6. Você acredita que nosso fascínio cultural por assassinatos reflete uma propensão inata, talvez evolucionária, para a violência? E que ler compulsivamente sobre o ato de matar é uma maneira de satisfazer tais paixões de forma tolerável para a sociedade civil?
SIM
NÃO

7. Que emoção teria mais probabilidade de levar você a matar? (Escolha apenas uma.)
AMOR
ÓDIO

8. Você às vezes contempla seu cônjuge ou amante, em momentos em que a pessoa não percebe seu olhar — enquanto lê um livro como este, talvez —, e pensa sobre seus arrependimentos? Às vezes imagina a vida sem aquela pessoa e reflete sobre o que estaria disposto a fazer para vivê-la? Às vezes se pergunta se aquela pessoa não estaria pensando o mesmo sobre você?

✗

... uma turba de Watsons, todos observando de olhos esbugalhados como corujas...

SÁBADO

Quando acordamos, a chuva continuava a cair, uma nação mais velha, ainda sem saber que as estradas estavam bloqueadas, ainda sem se dar conta de que um de nós era um assassino. Teria essa pessoa passado a noite insone na cama, sem conseguir dormir por causa da fúria da tempestade e do medo da descoberta inevitável do cadáver pela manhã? Teria ensaiado seu ato? Pesquisado como a surpresa e o desalento desfiguram as feições dos inocentes? Examinado seu álibi à procura de brechas?

Verdade seja dita, os inocentes devem ter dormido tão mal quanto o culpado em meio à tempestade, aos trovões e relâmpagos e ao silêncio chocante quando a luz caiu. Uns poucos preciosos segundos de silêncio, exceto pela chuva torrencial do lado de fora, antes dos cliques que anunciavam os geradores entrando em funcionamento e da volta dos sons da casa, um por um — o zumbido ambiente da geladeira, o tique-taque do relógio da cozinha, a linguagem dos objetos inanimados à qual nem sequer atentamos —, como o ar retornando a um corpo.

Em manhãs como aquela, o normal seria todos telefonarem para todos a fim de saber das fofocas, se entregarem ao frenesi que a desgraça alheia proporciona — querendo descobrir quem havia tido o porão inundado, no telhado de quem uma árvore abrira um buraco —, mas não foi possível. Ao erguerem o bocal dos telefones, não ouviram nada: a linha havia caído. Calçamos as galochas, pusemos os casacos impermeáveis e nos aventuramos na chuva. Jane Garmond foi encontrada cambaleando na trilha lamacenta.

Bastou uma pergunta — *não sei onde ele está, não o vejo desde ontem à noite* — para a busca começar a sério.

Foram Meredith e Emma Blake que o encontraram, estatelado no salão da sede do clube, em frente à despojada lareira cinza. Os olhos abertos, sem expressão. Uma poça de sangue coagulado sob a cabeça, quase preto. E o detalhe desolador que mais ficou em nossa memória, uma vez que entendemos do que se tratava: a mancha deixada pela passagem de algum bicho — quem sabe um rato, vindo do porão — sobre o sangue ainda úmido, deixando uma trilha medonha até a cozinha.

Você imagina o rato besuntado no sangue de John Garmond arrastando a barriga sobre os suprimentos da despensa, e então reflete sobre a nova estratégia do autor, a passagem para o "nós", para a primeira pessoa do plural, algo que raramente deve ter encontrado em romances criminais, e por um bom motivo, visto que o "nós" acaba por obscurecer o "quem" — e, percebe-se, talvez seja esse o motivo de se adotar essa direção num momento em que o "quem" se move para o coração da trama. Uma artimanha que concede à identidade individual do assassino o disfarce no interior do "nós", como uma folha oculta na floresta ou um corpo no campo de batalha. Nota-se, ainda, que a primeira pessoa do plural pretende evocar um coral grego, assim como, talvez, a culpa coletiva dos não tão inocentes assim, a voz de um *dramatis personae* no qual todos são vítimas ou suspeitos.

×

— Alguém tem um rádio de ondas curtas? Não? Então até as estradas serem liberadas e os telefones voltarem a funcionar, estamos sozinhos. Se for para descobrirmos o assassino, o tempo é nosso inimigo. Neste momento, a pulsação dele está acelerada. Não dormiu, os pensamentos estão todos uma bagunça. Mas logo deve se recompor, revisar o álibi, remendar as brechas na história dele e se passar por inocente com êxito. Se digo *dele*, é só por conveniência. Óbvio que também pode ser uma mulher. Proponho que a gente comece a investigar de uma vez. Alguém discorda? — perguntou Adam McAnnis.

Estávamos reunidos na saleta ao lado do salão de estar, no qual o corpo de John Garmond ainda se encontrava, coberto por um lençol. Fred Shiflett saíra com seu 4x4 na chuva, descera a estrada West Heart e a Greenfield e confirmara nosso isolamento. Houve certa picuinha sobre a velha ponte do West Heart Kill — já não falávamos havia anos do péssimo estado daquela coisa? No entanto, ninguém estava disposto a gastar dinheiro para consertá-la. O que levou a um princípio de discussão sobre as velhas queixas relativas a investimentos errados e aumento de mensalidades, até o dr. Blake nos repreender pela falta de compostura, lembrando-nos do cadáver no aposento ao lado.

Meredith Blake evocara a sensatez e sinalizara que precisávamos de um café — *ou de alguma coisa mais forte*, foi o resmungo previsível de Warren Burr — e, auxiliada pelo filho, trouxera da cozinha algumas bandejas com café e doces. Até retornarem, ficamos ali sentados em silêncio, com medo de falar, medindo com olhares de soslaio o grau de ressaca uns dos outros, um estado familiar instituído por falta de sono e pela dura realidade que mal começava a se impor: West Heart havia se tornado uma cena de crime. Desconfiados, olhamos para o detetive.

— Por que a gente deveria ouvir você? — perguntou Warren Burr.

McAnnis cruzou os braços, estudando-nos um por um, enquanto nos ajeitávamos, desconfortáveis, nos sofás marrons de couro e poltronas da saleta.

— Porque quem me contratou foi John Garmond — disse ele.

Um burburinho de surpresa perpassou a sala. Trocas de olhares. Tentávamos decifrar o choque ou alarme que líamos no rosto uns dos outros: seria apenas surpresa ou uma suspeita mútua? Ou outra coisa totalmente diferente? Quem estaria agora recalculando o nível de suspeita do coitado do John? Qual de nós estaria agora pensando: *O que será que esse detetive sabe?*

O dr. Blake quebrou o silêncio.

— Por que John faria isso?

— Ele tinha motivos para acreditar que estava em perigo. Eu deveria ficar de olhos abertos e ouvidos atentos a qualquer tipo de ameaça — explicou McAnnis.

— Se sua função era proteger o John, não deu certo. É óbvio — ressaltou Meredith Blake.

— Não fui contratado como guarda-costas. John achava que era capaz de garantir a própria segurança e a da família. Queria que eu corroborasse ou refutasse as suspeitas dele.

— E você fez isso?

— Eu descobri que havia uma ameaça, sim.

— Poderia nos explicar? — perguntou Warren Burr.

— Acho que não é recomendável.

Outro momento de silêncio. O tique-taque do relógio da lareira. Do lado de fora, a chuva inclemente.

— Olha só — disse Reginald Talbot —, não importa o que você disser sobre o escopo da sua investigação. O fato é que seu cliente morreu. Por que deveríamos confiar em você para conduzir esta investigação?

— Porque eu sou a única pessoa nesta sala que não é suspeita — respondeu McAnnis.

Ficamos todos em silêncio, tentando nos acostumar àquela nova suposição. A paranoia se instalava com força total no recinto abafado, com as janelas fechadas contra a chuva. Estávamos plenamente conscientes de que fazer objeções à investigação poderia, em si, ser encarado com suspeita.

— O que você propõe, então? — perguntou Meredith Blake.

— Que eu interrogue cada um de vocês, individualmente. A sós. Isso inclui Duncan Mayer.

— Ele está de luto. Não tem como deixar o Duncan fora disso?

— Infelizmente, não. Também vou precisar conversar com Jane Garmond. Imagino que ela tenha voltado para casa — disse McAnnis.

— Voltou, a Emma foi com ela — respondeu Meredith Blake. — Isso é mesmo necessário, assim tão rápido depois de...?

— É. Sinto muito. — McAnnis observava a sala. — E o outro convidado. Jonathan Gold. Onde ele está hospedado?

— Na cabana vazia vizinha à dos Talbot.

— Pode pedir que ele venha até aqui? Obrigado. Também é recomendável revisar os registros financeiros do clube. Sr. Talbot, pode trazer os livros-caixa, por favor?

— Não tenho tanta certeza de que isso seja apropriado...
— Os dois conjuntos, por favor.
Silêncio.
— Reginald, do que ele está falando? — quis saber Meredith Blake.
— Nada — respondeu Reginald Talbot, que parecia furioso.
— Também estou interessado nisso. O que ele quis dizer, Reg? Os dois conjuntos de livros-caixa? — perguntou o dr. Blake.
— Ele não quer dizer nada. Não sabe do que está falando — afirmou Reginald Talbot.
— Fui levado a concluir que há dois conjuntos de registros do West Heart — explicou McAnnis. — Talvez seja uma prática anterior à sua nomeação como tesoureiro, não sei. Mas suspeito que mais gente tenha ciência disso. Dinheiro pode ser um motivo poderoso para um crime. Preciso olhar esses livros-caixa.
— Reg... — começou o dr. Blake.
— Tudo bem — interrompeu Reginald Talbot. — Eu pego os livros. E gostaria de saber com que diabo de pessoa você andou conversando.
McAnnis o ignorou.
— Muito bem, gente. É melhor começar de uma vez.
— E o que vamos fazer com...? — perguntou delicadamente Susan Burr, que até então se encontrava calada, gesticulando em direção ao salão.
— Não podemos deixar o John lá, obviamente. Isso pode levar dias. Alguém tem uma câmera? James? Por favor, vá pegar. Vamos tirar o máximo possível de fotos da cena do crime. — McAnnis fez uma pausa, ciente de que a proposta que tinha em mente soaria bem desconfortável. — E então, dr. Blake, se o senhor concordar, vamos colocar John no frigorífico da cozinha.

Meredith Blake engoliu em seco. Susan Burr segurou o choro. O sangue se esvaiu da face de James Blake. Tamanho choque e desconfiança, cada um de nós um possível suspeito ou vítima, absorvíamos o efeito retardado de um assassinato: a tenebrosa assimilação da rapidez com que um ser humano vivo, risonho, amoroso e pulsante pode se tornar um cadáver.

— Acho que seria o melhor — disse o dr. Blake, solene.

✕

Adam McAnnis se postou sobre o corpo junto ao dr. Blake e a James Blake. O sangue empapara o lençol branco, formando uma grande mancha abaixo da cabeça. Deixamos os três a sós com o coitado do John. Estremecemos ao passar pelo salão, todos aliviados por sermos poupados das tarefas desagradáveis que os aguardavam. Tínhamos, afinal, cafés da manhã a preparar, ressacas a tratar e cães a alimentar. A vida continua, pensávamos. O triunfo secreto, impregnado de vergonha, dos vivos sobre os mortos.

McAnnis segurava uma ponta do lençol, e o dr. Blake a outra. Na deixa, os dois puxaram devagar o lençol de cima do corpo no que parecia uma macabra paródia da revelação de uma estátua ao público.

— Meu Deus do céu — soltou James Blake.
— Você está bem? — perguntou o pai dele.
— Estou.
— Não precisa ficar — disse McAnnis.
— Não é o primeiro corpo que vejo — replicou James Blake. Percebendo as sobrancelhas arqueadas de McAnnis, acrescentou:
— Fui eu quem encontrou Trip Caldwell e Otto Mayer no carro.

Os três estudaram o cadáver a seus pés. Um rombo havia sido aberto na nuca de John Garmond, e o sangue coagulado embaraçava seu cabelo. A pele estava pálida e os lábios, repuxados, expondo os dentes num esgar horrendo.

— Ele sentiu dor quando morreu? — perguntou James Blake.
— Esse esgar é por conta da tensão na pele gerada pelo *rigor mortis* — respondeu o pai. — É mito que se deva a uma morte violenta. Nem é preciso dizer, mas também não é verdade a alegação de que uma imagem final do assassino fique registrada na pupila da vítima.

— Qual é a sua câmera? Polaroid? Perfeito. Vamos acabar logo com isso — perguntou McAnnis.

— É para tirar fotos de tudo?
— De tudo.

Os homens ficaram em silêncio, interrompido apenas pelo clique e pelo zumbido da Polaroid. James Blake passava as fotos para McAnnis, que as balançava uma a uma por alguns segundos e depois as deixava sobre a cornija da lareira, onde as imagens ganhavam vida como esculturas semiprontas a emergir de um bloco de mármore.

— Um tiro na nuca. O assassino pegou o John de surpresa — observou James Blake.

— Não necessariamente — disse McAnnis. — O assassino pode ter mandado ele se virar, sob a mira da arma. Talvez a pessoa não quisesse olhar a vítima nos olhos na hora de puxar o gatilho. Isso já poderia dizer alguma coisa. Ou talvez John tenha percebido que o assassino iria atirar e tentou fugir. Ou simplesmente se virou por instinto. Ou então... confiava no assassino e se virou porque nunca imaginaria que levaria um tiro.

James Blake parou com os cliques.

— Terminei. Acabou o filme.

— Já temos fotos suficientes. Doutor? — perguntou McAnnis.

O dr. Blake ficou de joelhos para examinar o corpo. A primeira coisa que fez foi fechar as pálpebras do cadáver delicadamente.

— Nada debaixo das unhas — disse, colocando com cuidado as mãos do morto ao lado do corpo. — Nenhum sinal de defesa. John não deve nem ter encostado no assassino.

— E o tiro? — perguntou McAnnis.

— Sei tanto quanto você. Mas me parece ter sido bem à queima-roupa. Não com a arma colada na cabeça, mas também não foi do outro lado do cômodo.

— Hora da morte?

— Não sou legista, óbvio. Não sei se usaria minhas conclusões para qualquer propósito além de uma orientação em linhas gerais.

— Entendido.

— Certo. Acabou de dar dez da manhã agora — disse o dr. Blake, após uma rápida olhada em seu relógio. — O *rigor mortis* ainda não se estabeleceu por completo, embora esteja próximo. Diria que foi entre a meia-noite e as duas da manhã.

— Faz sentido. O casaco e as botas estão secos, também.

— Saberia com mais precisão se checasse a temperatura do corpo. Mas, com toda a sinceridade, acho que não tenho preparo para isso — concluiu o dr. Blake.

— Claro. Doutor, se para o senhor o assunto estiver encerrado por aqui, para mim também está — falou McAnnis.

— E agora? — perguntou James Blake.

— Agora temos que tirar o corpo daqui — disse McAnnis. O cheiro pungente de fezes e urina tomara conta do recinto, e ele fez um gesto em direção à janela mais próxima. — Pode abrir, por favor?

Os homens suavam. James Blake ergueu a janela, e o som do temporal, até então abafado, tomou conta do recinto, acompanhado de uma onda de ar mais fresco.

Eles abriram o lençol ao lado do corpo e se detiveram, hesitantes.

— Vamos levantar o John?

— Talvez seja melhor só rolar para o lado.

Corpo devidamente depositado sobre o lençol, os três pegaram as extremidades do tecido, os Blake de um lado e McAnnis do outro.

— A gente devia ter chamado uma quarta pessoa para ajudar — refletiu McAnnis. — Prontos? Um, dois, três...

Levantaram o corpo, grunhindo devido ao esforço, e começaram a movê-lo desajeitadamente pelo salão.

— Jesus Cristo, olhem embaixo — anunciou o detetive. O sangue escorria do rombo na cabeça, ensopando o lençol e pingando. — Se a gente continuar desse jeito, vai pingar até chegar lá.

— Tem um carrinho de comida grande na cozinha. Eu pego. Vamos apoiar ele no chão — instruiu James Blake.

Ele retornou com o carrinho e uma lona azul que o clube usava em dias de *clambake*. McAnnis, obviamente incomodado consigo mesmo, disse:

— Eu deveria ter pensado nisso desde o começo. Ok, prontos? De novo. Um, dois, três...

Depositaram o cadáver em cima do carrinho e o envolveram com a lona. Você faz uma pausa para pensar sobre essa cena surreal, enquanto os três conduzem o cadáver pelos salões silenciosos da sede do clube, suando devido ao calor e ao esforço, de ressaca, e refletindo sobre o humor macabro dessa passagem, o embaraçoso ato grotesco do transporte de um corpo. Será que obtemos prazer desses acontecimentos por nos permitirem confrontar as verdades desconfortáveis de nosso corpo — como é nosso início, como chegamos ao fim? Será que rimos desses homens atrapalhados enquanto transportam um corpo porque o ato espelharia tarefas mais mundanas — o peso oscilante de um colchão, o esforço coalhado por palavrões de quando se tenta fazer uma geladeira subir três degraus impossíveis? Será que um cadáver é tão diferente assim de um móvel? Todas essas questões, você pensa, levam de volta ao enigma inefável do instante da morte, uma transição tão imprecisa quanto absoluta, como o momento em que uma criança ergue os olhos para o céu carregado e se dá conta de que a chuva se transformou em neve.

Os homens hesitaram em frente à porta do frigorífico da cozinha.

— Será que devemos mesmo fazer isso? — perguntou James Blake.

— Está fazendo 23 graus. Se não fizermos isso, a situação vai ficar desagradável bem rápido. E pode ser que as estradas continuem bloqueadas por dias — respondeu o pai.

— Não deveríamos pelo menos botar um aviso na porta? Para ninguém abrir o frigorífico por engano.

— E esse aviso diria o quê? — perguntou McAnnis, com voz de irritação. — Não se Aproximem: Vítima de Assassinato Armazenada?

— Crianças às vezes entram aqui para pegar sorvete — lembrou o dr. Blake.

— Se eu fosse criança, um aviso como esse me faria querer abrir a porta *ainda mais* — comentou McAnnis, lembrando-se do bando de crianças no lago de olhos vidrados no corpo de Claudia Mayer. — Vamos botar ele lá dentro e depois nos preocupamos com o resto.

Como o frigorífico não era dos maiores, tiveram que passar vários minutos remanejando caixas para abrir espaço. Várias embalagens de cortes de filé acabaram sendo acomodadas debaixo do carrinho. No fim, decidiram colar na porta um simples aviso de ENTRADA PROIBIDA.

— Vamos dizer algumas palavras? — perguntou James Blake.

— Vamos beber alguma coisa? — perguntou McAnnis.

×

Métodos

Tiro. Facada. Afogamento. Fogo. Objeto contundente. Veneno. Punhos. Pés. Dentes. Estrangulamento. Asfixia. Defenestração. Explosão. Aquilo que os romanos chamavam *damnatio ad bestias* ("atirado às feras"). E também métodos menos diretos: negação de remédios, ataque cardíaco induzido, convulsão induzida, suicídio induzido...

O corpo humano é frágil, e existem muitas formas de morrer.

Romances de mistério tendem a ser recatados quanto ao momento preciso da morte: uma facada certeira e simples, um único ferimento a bala ou, e este é o melhor exemplo, um veneno elegante que não deixa qualquer vestígio evidente no corpo — esses são os métodos favoritos do romance de detetive refinado, uma tradição que se manteve na ficção mais cínica das décadas seguintes. Outros primos do gênero não tendem a ser tão econômicos no sangue. O narrador de "O coração delator", de Edgar Allan Poe, mata um idoso e esconde o cadáver embaixo das tábuas do piso — no mesmo cômodo em que conduz aquela nefasta conversa final com os policiais ("Arranquem as pranchas!... Aqui, aqui!... Ouçam o bater de seu horrendo coração!"). Em "Lamb to the Slaughter", de Roald Dahl, uma esposa dá um golpe mortal na cabeça do marido usando uma perna de cordeiro congelada, que depois serve no jantar para os policiais que investigam o caso, efetivamente tornando-os cúmplices da destruição da arma do crime. Em "Slowly, Slowly in the Wind", de Patricia Highsmith, um fazendeiro mata um vizinho e esconde o corpo disfarçando-o de espantalho em sua plantação, onde mais tarde vai ser descoberto por crianças durante os festejos do Halloween.

Os cadernos de Agatha Christie apresentam um autêntico workshop forense de assassinatos, em que diversos métodos são propostos, avalia-se a inovação e a efetividade de cada um, e então são aceitos ou descartados. Christie chegou a trabalhar como farmacêutica, por isso não surpreende que o veneno esteja entre seus métodos favoritos. Nos Estados Unidos, o FBI produz um relatório recorrente de técnicas homicidas, repleto de infindáveis tabelas com estatísticas sinistras que mais se assemelham a um catálogo de crueldades (as formas de matar que entram no item "Outros", em especial, é de arrepiar os cabelos, uma exploração da inventividade misantrópica). As estatísticas do FBI confirmam o que Christie já sabia intuitivamente — veneno é, de modo geral, um método feminino de assassinato. As estatísticas demonstram ainda um contraponto: o estrangulamento é uma maneira inquietantemente comum de matar mulheres (na maioria dos casos, pelas mãos de um marido ou amante). A discrepância entre esses dois fatos puros e simples diz muito sobre questões brutais de gênero, poder e violência física na vida doméstica, os segredos hediondos das portas fechadas atrás das quais homens amam, odeiam e matam mulheres há séculos.

O assassinato mais poético do cânone detetivesco talvez seja cortesia de Dorothy Sayers, que descobriu um método engenhoso de matar em que faz uso de nada além de badaladas de sinos, sinos, sinos…

×

Após o café da manhã, começaram os interrogatórios. Fomos convocados à sede, um por um, para falarmos com o detetive, abrigado na biblioteca, cercado por livros e artefatos do passado de West Heart. Como as linhas telefônicas estavam mudas, não nos restava outra forma de nos compadecer senão calçar as galochas, vestir os casacos impermeáveis e nos aventurar pelos caminhos lúgubres e úmidos vitimados pela tempestade — *Pensei em passar para tomar um cafezinho, estou incomodando? Essas últimas vinte e quatro horas foram horríveis* — mas, lógico, com a real intenção de perguntar: *Como foi? O que ele perguntou? O que você contou?* Todos nós nos agarrando à ficção de que a pessoa com a qual falávamos não poderia ser culpada, óbvio que não, sem dúvida o assassino era outro — e todos os outros pensavam o mesmo.

Jane Garmond foi a primeira.

×

Jane Garmond

P: Peço desculpas por isso.
R: […]

P: Quando foi a última vez que viu seu marido vivo?

R: Por volta da meia-noite. Ele recebeu uma ligação e disse que teria que ir até a sede do clube.

P: Quem era?

R: Não sei. Ele não falou.

P: Você não perguntou?

R: Não.

P: A tempestade naquele momento estava muito forte. Você não achou estranho John sair de casa numa hora daquelas?

R: Ele disse que tinha um problema na sede e precisava dar uma olhada. Achei que talvez houvesse alagado ou que uma árvore tivesse caído, algo assim.

P: E ele não voltou?

R: Não. Fui dormir pouco depois que ele saiu.

P: O que você fez quando acordou e se deu conta de que o John não estava?

R: Fiquei preocupada, óbvio. Saí para procurar ele.

P: Seu filho estava na casa também, correto? Ele não foi com você?

R: Ramsey ainda estava dormindo... Não quis acordá-lo, embora devesse ter feito isso. Acho que não estava no meu melhor juízo.

P: Onde você foi procurar seu marido?

R: Em todos os lugares.

P: Veio para cá? Até a sede?

R: Vim.

P: Veio? Mas não viu... nada?

R: Não. Da nossa casa, a porta mais próxima da sede é a dos fundos. Perto da cozinha, longe do salão.

P: Você procurou na sede do clube?

R: Procurei.

P: Mas em nenhum momento foi olhar no salão?

R: Não.

P: Você... procurou nos quartos do terceiro andar?

R: Procurei.

P: Achou que talvez ele estivesse lá?

R: Achei.

P: Checou algum quarto em particular?

R: Chequei todos os quartos.

P: A ligação que John recebeu... foi de um homem ou de uma mulher?

R: Não sei.

P: Desculpe, mas eu preciso fazer essas perguntas.

R: Eu entendo.

P: Você não acordou seu filho para saírem juntos atrás do John porque achava que ele talvez estivesse com outra mulher?

R: Em parte por isso, sim.

P: Quem?

R: [...]

P: De que outra mulher você suspeitava? Novamente, só estou perguntando porque é importante.

R: Acho que chegamos a um ponto da conversa em que invoco meus direitos de viúva recente em condição de luto para pedir com toda a delicadeza que o senhor, por favor, mude a porra do assunto.

P: Entendido. Pode deixar. Quer alguma coisa? Água?

R: Aceito um café.

P: Com algo?

R: O que tiver de mais forte.

P: ... discussão a respeito do West Heart?

R: Não, ele não falava muito sobre questões do clube. Como eu disse antes, não tem muito o que falar. Burocracia. Reuniões.

P: Ele fez alguma coisa na condição de presidente do clube que tenha deixado alguém contrariado?

R: Ninguém mataria o John por ele ter vetado uma nova trilha de caminhada.

P: Certamente. Mas havia outros focos de tensão? Algo a ver, por exemplo, com a questão da venda do clube?

R: Eu estaria mentindo se negasse a existência de certa animosidade. Nem todo mundo soube administrar as finanças tão bem. Tem gente que precisa do dinheiro.

P: Isso é interessante.

R: Imagino.

P: Todo mundo aqui parece tão... confortável.

R: Este lugar é todo de fachada. Nada é real. As pessoas falam e agem como se fossem ricas enquanto vendem as joias das avós em segredo.

P: Presumo que não seja o caso de você e John.

R: Somos frugais. Mais sábios. Ou pelo menos mais avessos ao risco. Não investimos em ideias dúbias. Não jogamos nem arriscamos.

P: Há quem jogue aqui em West Heart?

R: Com certeza.

P: Quem?

R: Acontecem jogos de pôquer tarde da noite. Apostas altas, pelo que sei. Só os homens, embora eu suspeite que Susan apareça de vez em quando.

P: Seu irmão joga?

R: Por que a pergunta?

P: Estávamos falando disso. Ele tem algumas ideias nesse sentido para West Heart.

R: Já ouvi.

P: E?

R: Reg pensa muito. Demais. Acho que vê quanto se ganha de dinheiro em Las Vegas e pensa: *Por que não eu?*

P: Ele viaja muito para lá?

R: Ele viaja para lá. Não sei se o bastante para você dizer que é "muito" ou não.

P: E Reginald investe em "ideias dúbias" também?

R: Qual é a relevância disso?

P: Nenhuma, lógico. Peço perdão.

P: John parecia preocupado em relação a alguma coisa ultimamente? Vinha agindo de um jeito diferente?

R: Não.

P: O que ele contou sobre o incidente da caça?

R: Ficou um pouco abalado, óbvio. Afinal, levou um tiro. E Duncan também se sentiu péssimo.

P: Você foi com ele até o hospital?

R: Fui, eu e Ramsey levamos ele para a emergência em Middleton. Eu fui dirigindo. Só levou oito pontos. Mas demorou uma eternidade. E é uma estupidez, para não dizer ilegal, caçar nesta época do ano. É uma espécie de tradição dos Garmond. Quando John disse que não era nada, o policial acreditou.

P: John guardou algum tipo de rancor de Duncan?

R: Não. Por que deveria? Foi um acidente.

P: Ele e Duncan eram amigos?

R: Eram, muito próximos. Amigos a vida inteira, basicamente. Cresceram vindo para este lugar.

P: Assim como você.

R: [...?]

P: A cicatriz.

R: Verdade. Esqueci que eu tinha contado para você.

P: Se importa se eu fizer algumas perguntas sobre Claudia Mayer?

R: Não. Embora não entenda o que isso possa ter a ver com o que aconteceu com John.

P: Provavelmente nada. Mas desconfio de coincidências. Duas tragédias, ocorrendo assim tão próximas... vale a pena investigar.

R: Tem razão.

P: Você conhecia bem Claudia Mayer?

R: Razoavelmente, eu diria. A gente se conhecia há anos, desde o casamento deles, embora só se visse mesmo nos verões e nos feriados.

P: Ficou surpresa com o suicídio dela?

R: [...]

P: Desculpe, mas preciso perguntar.

R: Acho que não. Não fiquei surpresa.

P: Por quê?

R: Fazia sentido. Toda aquela coisa com os Caldwell... Claudia nunca superou de verdade. E, lógico, ver o próprio filho mancando todos os dias era uma lembrança permanente. Só piorava tudo. E...

P: Sim?

R: Claudia tinha problemas com remédios e bebida. Como todos nós.
P: Como era o casamento deles?
R: Nem melhor nem pior que o de ninguém, acho.
P: Como era o seu?
R: [...]
R: Que rapidez para usar o verbo no passado, não?
P: Perdão.
R: Eu amava o John, se é o que você está perguntando.
P: Não é a mesma coisa.
R: Não, não é. Tivemos conflitos também, ao longo dos anos. Mas sempre superamos.
P: Posso perguntar sobre o Ramsey?
R: O que tem ele?
P: Ficou acordado até mais tarde do que você? Ou foi dormir assim que você diz que foi?
R: Esse é seu jeito de perguntar se meu filho pode corroborar meu álibi no assassinato do meu marido?
P: Podemos dizer que sim.
R: Por que você mesmo não pergunta?
P: Vou ter que perguntar, lógico. Outra coisa: onde você estava na quinta-feira à noite?
R: Em nenhum lugar. Em casa.
P: A noite inteira?
R: Sim.

P: Uma última coisa...
R: Sim?
P: Ontem à noite, na fogueira... o canto. Foi lindo.
R: Obrigada. Não faço mais essas coisas com frequência.
P: E por que fez ontem à noite?
R: Honestamente, não sei. Fui levada pelo clima. Inspirada pelo fogo, talvez. Pela tempestade que estava vindo.
P: Pela tragédia daquela manhã no lago?
R: É. Isso também.
P: Puccini, certo?

R: Isso. A ária era "Un Bel Dì". Significa "Um belo dia".
P: Por que você escolheu essa música especificamente?
R: Por que qualquer um de nós faz qualquer coisa? Senti que queria cantar essa e cantei.
P: Acho que podemos encerrar por aqui, sra. Garmond.

✕

Reginald Talbot

R: Vamos lá, então.
P: O que é isso?
R: Os registros contábeis. Os livros-caixa. Os dois conjuntos.
P: E eu faço o que com isso?
R: Você pediu!
P: Não sou contador. Não sei interpretar nada disso. Para mim seria grego.
R: Então pediu por quê?
P: Eu não precisava *ver* os livros-caixa secretos. Só precisava que você me confirmasse que eles existiam.
R: [...]
P: Que foi?
R: Você é um escroto, sabia?

P: Vamos começar com o incidente de caça. Você estava lá, não é?
R: Estava. Eu, Ramsey Garmond e Duncan Mayer.
P: Você estava com o John?
R: Estava perto. Ouvi o tiro e depois uns gritos.
P: Gritos ou berros?
R: Acho que eu sei o que você quer dizer. Gritos. Não eram de pânico, nada do tipo. Não sei bem. Eu estava distraído... eu mesmo tinha quase atingido um macho um pouco antes.
P: As duplas são sempre as mesmas ou variam?
R: Variam, dependendo de quem esteja presente. Muda de um ano para outro. John sempre está. Ramsey, sempre que vem para cá.

P: E naquele dia? Quem escolheu as duplas?

R: Como assim?

P: O que eu quero dizer é: Duncan pediu a John para fazer dupla com ele?

R: Você está sugerindo que Duncan teria armado para estar com John só para poder atirar nele? Não seria meio óbvio?

P: Caça é um esporte perigoso. Acidentes devem acontecer o tempo todo. E então, foi o Duncan quem pediu?

R: Não me lembro. Acho que sim. Pediu.

P: Duncan é bom atirador?

R: Todos somos. É um clube de caça.

P: Deixa eu explicar melhor. Você diria que, em geral, ele atinge o alvo?

R: Sim, diria que sim.

P: Como John Garmond parece?

R: Como é que é?

P: Ele se parece com um cervo?

R: Pelo amor de Deus...

P: Ou com um urso?

R: Não, não parece.

P: Você não acha uma coincidência enorme o mesmo homem levar um tiro dois dias seguidos?

R: Acho, lógico.

P: Talvez um assassino iniciante precisasse de um dia de "treino" para saber qual o gosto da coisa, testar a própria coragem, antes de se comprometer com o tiro fatal, não acha?

R: Não sei. Essa é a sua área de conhecimento. Mas não acho que Duncan Mayer seja do tipo que trame matar um homem a sangue-frio.

P: Mas talvez fizesse isso no calor do momento? Levado pela paixão? Arma em riste, se acontecer de o inimigo passar na frente dele?

R: Não sei.

P: Outra possibilidade. Quem sabe o assassinato não foi um crime de oportunidade, da parte de um matador que percebeu que o primeiro tiro criaria um suspeito imediato para o segundo? E que Duncan Mayer, muito possivelmente, levaria a culpa?

R: E arruinar a vida de um homem inocente? Que horrível.

P: Assassinato também é. Mas só um idiota mataria um homem na encolha depois de falhar numa tentativa de assassinato pública na véspera. A não ser que esteja tão desesperado que encare o risco. Se Duncan Mayer não for o assassino, duvido que o verdadeiro responsável esperasse que uma história dessas colasse. Mas ela gera confusão.

P: Para onde você foi ontem à noite depois dos fogos?

R: Para casa. E fiquei lá a noite toda.

P: Você é casado, correto?

R: Sou, mas a Julia não veio dessa vez. Foi passar o fim de semana na casa da mãe. Provavelmente a última visita antes de ter o bebê.

P: Então não tem ninguém que possa confirmar seu paradeiro?

R: Acho que não. Isso é um problema?

P: Não necessariamente.

R: Eu não matei John Garmond.

P: Não perguntei se foi você. A cabana ao lado está vaga nesse momento?

R: Está.

P: Mas o sr. Gold está ficando lá este fim de semana.

R: Está. Não é incomum, em se tratando de membros em potencial. Sempre tem algumas casas vazias na propriedade. As pessoas se mudam, vendem as propriedades etc.

P: Viu algo incomum na cabana dele ontem à noite?

R: Não.

P: Se ele tivesse saído em algum momento você teria reparado?

R: Acho que não. Não passei muito tempo olhando pelas janelas... não tinha o que ver. A tempestade estava fortíssima.

P: Encerramos por hoje, sr. Talbot. Por enquanto. E, repensando aqui, acho que seria melhor você deixar comigo os livros-caixa.

✕

Duncan Mayer

P: Obrigado por falar comigo. Nem posso imaginar como tudo isso está sendo difícil para você.

R: Tudo bem.

P: Perder a esposa e o melhor amigo no mesmo fim de semana... Tão trágico. Uma coincidência quase inacreditável.

R: Você está dizendo que não acredita?

P: Estou dizendo que nem todo mundo teria forças para conversar comigo hoje.

R: Eu tive escolha?

P: Todos temos escolhas, sr. Mayer.

R: Temos? Se eu tivesse me recusado a vir até aqui, que impressão teria causado? O que a Jane teria pensado? Ou o Ramsey? Ou o Otto?

P: Não sei. O que eles teriam pensado?

R: Ande logo com as perguntas, detetive.

P: Vamos começar por ontem de manhã.

R: Mas John morreu ontem à noite.

P: Só estou tentando entender os movimentos de todo mundo logo antes do assassinato.

R: [...]

P: Como o seu dia começou?

R: Acordei cedo, antes do nascer do sol. Para caçar, como você sabe.

P: Não reparou que sua esposa não estava na cama?

R: Nós dormimos em quartos separados.

P: Há quanto tempo vinha sendo assim?

R: Não fazia tanto tempo.

P: Dias? Semanas? Anos?

R: Alguns meses.

P: E por que começou?

R: [...]

P: [...]

R: Não sei.

P: Acho que sabe.

R: Já foi casado?

P: Não.

R: Às vezes a gente é casado por um longo tempo e ainda assim não conhece o outro. Não de verdade.

P: Você contou ao xerife que não encontrou um bilhete de suicídio.

R: Isso.

P: É verdade?

R: É.

P: Me perdoe por isso, mas... ficou surpreso?

R: Fiquei chocado, mas não surpreso.

P: E por que isso?

R: Claudia sempre foi... conturbada.

P: Emocionalmente.

R: É. Eu não entendia muito bem até o Otto nascer. Ela não conseguia cuidar dele. Não segurava, não dava comida. Chorava o tempo todo, mais do que ele. Por meses.

P: Deve ter sido difícil.

R: Foi mesmo. Claudia foi melhorando com o tempo. A gente nunca conversou sobre isso de verdade. Mas depois ela começou a ter umas crises de... não sei como descrever. Ficava catatônica. Às vezes durava algumas horas, às vezes alguns dias. Foi assim ano após ano, durante toda a vida do Otto. Mas ficou pior depois do acidente.

P: O acidente em que Trip Caldwell morreu.

R: É. E depois a morte da Amanda... foi demais.

P: Ela chegou a procurar ajuda?

R: Ela se consultou com muitos psiquiatras. Tomou remédios, remédios à beça. Até se tornou religiosa por um tempo. Nada ajudou. No fim, só bebia.

P: Deve ter sido difícil para seu filho. Quando ele era novo.

R: Ele tinha uma vaga compreensão de que a mãe não era como as outras. Mas crianças são incrivelmente autocentradas. Não pensam nos pais como pessoas de verdade. Foi só depois da faculdade, depois do acidente, que entendeu que o estado dela era mesmo horrível. Por outro lado, eu e ele sempre fomos próximos. Acho que foi a única coisa boa que veio disso.

P: Claudia alguma vez havia falado em... acabar com tudo?

R: Não.

P: Que curioso.

R: É?

P: Pessoas que fazem isso... tendem a pensar a respeito por um longo tempo antes. Ficam obcecadas. Ainda que a decisão, quando tomada, possa ser bem abrupta.

R: Para alguém que supostamente está investigando um assassinato, você está fazendo um monte de perguntas sobre um suicídio.

P: Qual religião a Claudia adotou?

R: Voltou para o catolicismo, religião em que tinha sido criada. Ela gostava da austeridade dos rituais. É tudo muito triste e obscuro, e acho que Claudia se identificava.

P: Se sua esposa tivesse virado budista, talvez tivesse sido apresentada à parábola dos cegos e do elefante. Cada homem põe a mão numa parte diferente do elefante... a tromba, o flanco, a cauda, e por aí vai. Lógico, cada um descreve um animal diferente.

R: E isso significa o quê?

P: Significa que qualquer detetive pode ser enganado caso a investigação que ele faça só aborde uma parte do mistério.

R: E é por isso que você está me perguntando sobre a Claudia?

P: Quando foi a última vez que você viu sua esposa viva?

R: Na noite anterior. Fui dormir cedo porque teria que levantar cedo. Ela estava na varanda.

P: Fazendo o quê?

R: Bebendo. E olhando para o lago.

P: Você ficou em casa a noite inteira?

R: Fiquei.

P: Onde estava seu filho?

R: Não sei ao certo. Por aí. Em fins de semana prolongados como esse, sempre tem uma festa até altas horas ou um carteado em alguma das casas.

P: Você acha possível que não tenha sido suicídio?

R: Por que uma pergunta dessas?

P: Tenho que perguntar tudo. Eu sei dos Caldwell. O acidente de carro, a tragédia com a esposa. Vi o incidente com Alex Caldwell e seu cachorro. Ele tem boas razões para odiar você e sua esposa, não tem?

R: Tem. Mas... não acho que faça sentido. Não mesmo.

P: Vamos voltar a ontem de manhã. À caçada. Por favor, me descreva tudo o que aconteceu antes de eu ver vocês na sede do clube.

R: Nós nos encontramos na ponte.

P: Os quatro?

R: Isso. Eu, John, Ramsey e Reg. No bosque, a uns quatrocentos metros da ponte, ficam uns campos cheios de frutos silvestres. Foi o clube que plantou, anos atrás, para atrair ursos e veados. Nós nos dividimos em duplas e saímos pelas trilhas.

P: Como os pares foram decididos?

R: Não me lembro.

P: Continue.

R: John parou num poleiro de caça e eu decidi dar a volta no campo pela extremidade. Uns vinte minutos depois, vi alguma coisa se mover na moita e...

P: Atirou.

R: É.

P: Quando se deu conta de que era o John?

R: Quase na mesma hora. Ele estava gritando. Fui correndo. Um minuto depois, apareceram os outros dois. Ajudamos ele a subir na picape e corremos de volta para a sede do clube. Foi quando vimos você.

P: Por que não foram direto para o hospital?

R: É longe. Mais de trinta quilômetros. Ele precisava de primeiros socorros imediatos. E eu percebi que não era nada sério, que ele ficaria bem. John ficava se desculpando.

P: Pelo quê?

R: Tinha saído do poleiro sem dar nenhum sinal. E se aventurado pela área que estava sob mira, me procurando.

P: Você deu sorte por ter dado azar.

R: Sem dúvida.

P: E o John também. Deu sorte, quer dizer. Pelo menos por mais algumas horas. Tem certeza de que foi você que disparou aquele tiro?

R: Tenho.
P: É possível que algum dos outros dois tenha disparado?
R: Não sei bem. Acho que não.
P: Você ouviu algum outro tiro?
R: Não me lembro.
P: Onde você estava ontem à noite?
R: Em casa com o Otto.
P: Só os dois?
R: Só. Algumas pessoas tinham nos visitado antes. John e Jane. Meredith Blake. Alguns outros. Levaram comida. Nos deram os pêsames. Mas em dado momento pedi que todos fossem embora.
P: O que vocês fizeram a noite toda?
R: O que é que se faz numa hora dessas? Otto e eu conversamos um pouco. Bebemos, choramos. Todos os outros estavam na fogueira. Depois de certo tempo, não aguentávamos mais nem estar um com o outro e fomos para os quartos. E aí veio a tempestade.
P: Você ficou em casa a noite inteira?
R: Fiquei.
P: Fez alguma ligação? Antes de acabar a luz?
R: Não.
P: Consegue pensar em alguma razão pela qual alguém iria querer matar John Garmond?
R: Não.
P: Você matou ele?
R: Não.
P: Você matou sua esposa?
R: Não.

×

Alex Caldwell

P: Você não foi até a fogueira ontem à noite.
R: Não.
P: Onde estava?

R: Em casa.
P: Alguém pode corroborar essa informação?
R: Eu moro sozinho. Como você sabe.
P: Claro. E na noite anterior?
R: Quinta-feira? Fui a Middleton. Taverna do Jake.
P: Para quê?
R: Não estava a fim de beber sozinho.
P: A que horas saiu de lá?
R: Meia-noite.
P: Alguém confirmaria?
R: Jake, talvez. Por que você está me perguntando sobre quinta-feira à noite? John foi morto ontem.
P: Claudia Mayer muito provavelmente morreu em algum momento da noite de quinta-feira.
R: [...]
R: Uma pessoa que mataria um cachorro também mataria uma pessoa. É por aí?
P: Você guardava rancor dos Mayer, depois do acidente?
R: Guardava.
P: Você os culpava pela morte do seu filho?
R: Culpava o Otto. Era ele quem estava dirigindo.
P: E de quem foi a culpa do suicídio da sua esposa?
R: Dela. Minha. Deles. De toda a porra da raça humana, até onde eu saiba. Posso ir embora agora? Mais alguma coisa?
P: Só mais umas perguntinhas. De volta a John Garmond. Você consegue pensar em alguma razão pela qual alguém iria querer matar ele?
R: Talvez algo relacionado à venda do clube. Se ele fosse contra e outros quisessem vender, ou precisassem. Ou talvez um marido com ciúme.
P: John estava tendo um caso?
R: Essa colocação soa muito pomposa. Provavelmente. Não tenho nenhuma informação direta.
P: Nenhum problema para você em difamar os mortos como quem não quer nada, então?

R: Eu gostava do John. Comigo ele sempre foi honesto. Mas também, estava contaminado pelo espírito da época, como todos nós. Todos levantamos âncora. Todos estamos agora à deriva, sem rumo. E a tempestade chegou, não chegou?

×

Vimos o detetive na varanda por volta do meio-dia, protegido da chuva pelo beiral do telhado, fumando um cigarro entre interrogatórios. Ao passar por ele, cada um de nós o cumprimentou com um aceno hesitante; depois comparamos impressões. Como ele parecia estar? Preocupado? Confiante? Emma Blake foi a única a interrompê-lo em seu instante de isolamento, filando descaradamente um cigarro.

— Não é exatamente o que você estava procurando, né? — perguntou ela.

— Como assim?

— Quando James convidou você para vir para cá.

— Não. Não é — respondeu McAnnis.

— Você não precisa fazer isso, sabe? Não é obrigação sua.

— Alguém precisa fazer.

— Você?

— Alguém.

— Acha mesmo que um de nós é um assassino?

— Parece que essa é a única explicação plausível, sim. Talvez até um assassino reincidente.

— Está falando da Claudia? E teria alguma ligação com o John?

— É possível.

— Está conseguindo informações relevantes? — perguntou Emma Blake.

— Estou, acho que sim. Os fatos se acumulam. Algumas pistas se atraem feito ímãs. Outras resistem a explicações. A visão completa continua opaca. Aprendi que a gente precisa tomar cuidado para não criar falsas conexões. Às vezes coincidências são só coincidências. A mente humana anseia por ordem e chega ao ponto de inventar um padrão onde, na verdade, só existe o caos. E mesmo quando sabemos todos os fatos, separar os culpados dos inocentes pode ser difícil.

— Como assim?

— Tenho um enigma antigo para você. É uma espécie de parábola.

— Uma parábola? — perguntou Emma Blake, cética. — Virou padre agora?

— Só um filósofo amador ou em recuperação. Mas me escute. Considere o caso do Branco, que está para iniciar uma caminhada pelo deserto. O inimigo dele, Preto, envenena a garrafa de água na mochila dele. Outro inimigo, Azul, rouba a garrafa de água sem saber que está envenenada. Está acompanhando?

— Estou.

— O Branco só descobre o roubo quando já está muito para dentro do deserto. Ele morre de sede. E eis a pergunta: quem é o culpado da morte dele? O Azul? O Preto? Os dois? Nenhum?

— Só pode ser o Azul. Ele roubou a garrafa de água. E foi de sede que o Branco morreu — concluiu Emma Blake.

— Mas será que o Azul, na verdade, não *retardou* a morte do Branco? Se ele não tivesse roubado a garrafa, o Branco teria dado um gole na água envenenada pelo Preto bem antes e morrido, não teria?

— Então é o Preto.

— O método de assassinato do Preto era o veneno; o Branco morreu de sede.

— Nenhum, então?

— Vamos pensar. A ligação do Preto com a morte foi desfeita pelo roubo do Azul. E o Azul... desde quando *impedir* alguém de beber veneno é assassinato?

— Só que os dois queriam matar o Branco.

— É. Mas o termo *tentativa* de assassinato indica fracasso. Um sobrevivente. E, no entanto, o Branco está morto — disse McAnnis.

— Quem matou o Branco, então?

— A charada é essa. Temos um assassinato, mas não temos assassino.

Emma Blake refletiu por um momento.

— Eu já sei quem matou o Branco — declarou, afinal, soprando a fumaça.

— Quem?
— Ele mesmo. É culpa dele, por ter tantos inimigos!

McAnnis abriu um sorriso cansado.

— Vou indicar essa solução à academia.

Emma Blake apagou o cigarro na grade da varanda. Em meio às árvores e à chuva, via-se um playground infantil, com uma gangorra, balanços e um escorrega meio submersos, e para além dele o West Heart Kill, ainda inquieto, confuso, um riacho tranquilo desperto para o caos. Ouviam o barulho da chuva nas folhas e o som agudo dos pingos nas tampas de metal das latas de lixo nos fundos.

— Essa sua parábola é divertida, mas muito abstrata — comentou Emma Blake, por fim. — A vida real é diferente. No fim das contas, *alguém* atirou em John Garmond. E, se você estiver certo, *alguém* afogou Claudia Mayer.

— Vamos ver — disse McAnnis.

×

"A parábola de Flitcraft", de Dashiell Hammett

Na metade de *O falcão maltês*, Dashiell Hammett interrompe a ação e deixa Sam Spade contar à *femme fatale* do romance, Brigid O'Shaughnessy, uma historinha bizarra que se tornou conhecida como "a parábola de Flitcraft". Numa versão resumida: uma mulher contrata Spade para encontrar o marido, Charles Flitcraft, que desaparecera cinco anos antes, depois de sair do escritório de sua imobiliária, em Tacoma. Deixara para trás esposa, dois filhos e um negócio bem-sucedido. Não sofria de apertos financeiros nem de vícios extraconjugais. Flitcraft havia sido, de um jeito bem norte--americano, um homem feliz. Hammett escreve: "Ele sumiu num piscar de olhos, como um punho quando você abre a mão", dizia Spade. O detetive acaba encontrando Flitcraft em Spokane, com uma nova esposa, um novo bebê, um novo negócio e um novo nome: Charles Pierce. Spade o confronta e Flitcraft explica que um dia, em Tacoma, quase morrera por causa de uma viga que despencara de uma obra. Após o esbarrão com a morte, ele tivera uma revelação: entendeu que a vida, que julgava ser regida pela lógica e pela ordem, na verdade dependia totalmente do acaso. Ele amava a família, mas já não achava mais possível continuar com aquela vida, fingindo que o universo não era aleatório e sem qualquer sentido. Flitcraft considerou sua decisão razoável. Havia passado anos vagando pela costa do Pacífico, até finalmente se estabelecer em Spokane e voltar a se encaixar na mesma engrenagem que ocupara antes. Hammett escreve, na voz de Spade: "... esta é a parte da história de que eu sempre gostei. Ele se acostumara com vigas caindo, as vigas pararam de cair e ele se acostumou com vigas não caindo."

Essa história é importante para Sam Spade. Ele a conta com precisão, repetindo certos detalhes para não errá-los, sem qualquer preâmbulo ou explicação sobre sua relevância. Depois de concluí-la, nem ele nem Brigid O'Shaughnessy voltam a mencioná-la.

As pessoas chegaram a especular que tipo de mensagem Spade tentava passar à sua *femme fatale*, se é que havia alguma. Alguns ponderaram a possibilidade de ser uma alusão ao trabalho do filósofo Charles *Peirce*. Os mais afeitos à estética gostaram do tom seco, fatalista, e da minúcia dos detalhes (citando cidades de Washington francamente iguais umas às outras). Críticos literários tentaram mostrar como a história ecoa ou prenuncia reviravoltas da trama. Nada convence. Talvez não se dê crédito às respostas porque as perguntas eram as erradas.

O mistério da parábola não era por que importava tanto para Sam Spade. Era por que importava tanto para Dashiell Hammett.

Em 1930, quando publicou *O falcão maltês*, a carreira de romancista de Hammett tinha praticamente chegado ao fim. Ele havia passado anos bebendo, e tinha a saúde já deteriorada por uma crise de tuberculose contraída na Europa durante a Primeira Guerra, quando era motorista de ambulância, que o deixara fragilizado demais para voltar ao trabalho de detetive da agência Pinkerton. Estudara apenas até os treze anos de idade. Tempos depois, passaria ainda cinco meses preso por associação aos comunistas. Mulherengo contumaz e propenso a infecções recorrentes de gonorreia, Hammett passou as últimas décadas de vida num tempestuoso caso com a dramaturga Lillian Hellman (com quem nunca se casou e sobre quem a autora e ativista Mary McCarthy disse certa vez, com célebre desdém, que "... cada palavra que ela escreve é mentira, incluindo os 'e' e os 'o'"). Seu último livro, *O homem magro*, de 1934, é sobre um casal de detetives cujas características predominantes são a verve e o vício casual e devastador em álcool (Hammett logo ficaria impotente de tanto beber). Ele segurou as pontas por anos, empobrecido, chegando a morar numa cabana na área rural do estado de Nova York. Morreu, por fim, de câncer de pulmão em 1961, aos 66 anos.

Óbvio que nenhum desses fatos eram do conhecimento de Hammett quando inventou Charles Flitcraft. Contudo, ele deve ter tido premonições sobre o próprio destino. Já havia rejeitado a vida na qual Flitcraft nascera e à qual retornou. Além disso, Hammett conhecia as lições — devido às provações de guerra, da doença e do trabalho de detetive — que Flitcraft aprenderia com a queda da viga.

É possível conjecturar que Hammett inventou essa parábola para justificar a si próprio. Charles Flitcraft é uma análise de tudo o que Hammett havia rejeitado na vida e no trabalho. O abandono casual e cruel da própria família por parte de Flitcraft e a criação igualmente casual e cruel de uma nova é o juízo que Hammett fazia (de seu ponto de observação diário na janela da taverna) daqueles seres humanos aparentemente satisfeitos mas que reviam infinitas vezes os próprios passos de casa para o trabalho e do trabalho para casa.

Essa explicação nos serve até onde alcança. No entanto, parece incompleta. E é aqui que precisamos nos embrenhar mais a fundo na especulação e propor que essa história tenha sido um mistério até para o próprio Dashiell Hammett. Charles Flitcraft o fascinava por razões que ele não compreendia. Sob a parábola, percebemos a pulsação do anseio: Hammett escrevendo sobre um homem que vislumbrara a indiferença aterrorizante do Universo, seu escárnio cósmico por vidas humanas insignificantes, mas que com o tempo conseguira retornar à felicidade. E essa desolação, da parte de um escritor já doente, velho e condenado, apesar de estar apenas na quarta década de vida, é o que confere à parábola o poder que ela tem.

Não existem respostas para esse tipo de mistério, apenas perguntas. E, por fim, resta a seguinte reflexão: *Será que Dashiell Hammett inventou Charles Flitcraft não com base em raiva ou rancor, mas em inveja?*

×

Adam McAnnis anda pelo corredor silencioso e vazio do terceiro andar da sede do clube. Ele fuma um baseado e abre portas ao longo do caminho. Dentro do quarto 302, para e contempla a cama, agora limpa e feita, com os lençóis trocados por Mary, a camareira. Traga o baseado e continua seu caminho; desvia de uma goteira cujos pingos se acumulam no carpete — o telhado deve estar com vazamento — e para diante do quarto 312. A janela tem vista para o riacho, que em geral é apenas um filete, mas no momento está pura lama e caos. A cama também não revela nada. O que ele está procurando? Você não sabe e, pelo jeito, ele também não… Abre gavetas a esmo, espia o cesto de lixo, puxa a cortina do chuveiro… Quem quer que tenha estado ali na noite de quinta-feira não deixou pistas, ou então deixou, e Mary, a camareira, conta com um novo item no guarda-roupa dela — e talvez, você pensa, com um novo instrumento de chantagem.

O detetive estica as pernas e esvazia a mente depois de uma manhã cheia de interrogatórios, refletindo sobre o caso. Até o momento, você pensa, a melhor pista é o telefonema à meia-noite para John Garmond. Presume-se que quem ligou seja o assassino, ou cúmplice o assassino, a atraí-lo para a sede do clube. Essa pessoa teria que ter certeza de que John não contaria à esposa quem estava ligando. Isso sugere um segredo compartilhado. Descobrindo esse segredo, descobre-se ao assassino.

Ou: nunca houve um telefonema, e Jane Garmond está mentindo. Se for esse o caso, por que mentiu? E por que, então, John Garmond teria ido à sede do clube? Teria sido manipulado pela esposa para sair àquela hora, em meio à tempestade? Ou será que ela inventou alguma demanda urgente que necessitasse dos dois? Dá até para imaginar a cena: John Garmond entra no salão, não encontra o que esperava encontrar e, confuso, faz menção de se virar, mas a bala estraçalha sua nuca. Ele morre sem saber que foi a esposa a puxar o gatilho…

Ou: Jane Garmond espera o marido sair, de lanterna na mão, caminhando com dificuldade sob a chuva, e pega o telefone. *Ele está a caminho*, talvez ela diga. *Não vá perder a coragem.*
Ou:
Ou:
Ou:
E: Claudia Mayer. Suicídio ou assassinato? Teria sido o marido, embora ainda não se compreendam as razões? Não é improvável. Todos sabiam que ela exagerava nos remédios e na bebida; Duncan Mayer poderia tê-la esperado apagar e então carregado o corpo inconsciente até a picape, dirigido no escuro até a casa de barcos à beira do lago, onde haveria uma pilha de pedras à espera, enchido os bolsos do roupão e empurrado a esposa delicadamente para dentro da corrente suave que puxava para a represa... Ou, se fosse mais implacável, talvez tivesse segurado a cabeça dela debaixo d'água primeiro, apenas por precaução.

Ou: Alex Caldwell a matou, por dor e vingança. A logística é mais complexa. Teria sido preciso atraí-la para um encontro noturno à beira do lago, talvez com a promessa de uma reaproximação, da cura de velhas feridas... Será que teria bastado? E como ter certeza de que Claudia não contaria ao marido?

Ou: Claudia Mayer cometeu suicídio devido a alguma injúria ainda a ser revelada.

Ou: Claudia Mayer se matou pelas razões familiares, mas incompreensíveis, que causam suicídios há milênios: depressão, tristeza, desencanto, desespero.
Ou:
Ou:
Ou:
Esta é a parte da história em que todas as pequenas sementes começam a brotar e florescer: que os mil motivos se apresentem...

É muita coisa para acompanhar. Leitores mais experientes talvez rabisquem anotações nas margens ou até escrevam pistas e previsões em um caderno à parte. Entretanto, você não é esse tipo de leitor. Você gosta do enigma. Diz o lugar-comum que só se lê um romance de mistério uma vez, mas isso não se aplica a você. A segunda leitura oferece prazeres e armadilhas próprios: o reconhecimento cúmplice de uma pista engenhosamente plantada, a surpresa diante de um item que deixamos passar da primeira vez, a decepção tardia com uma dica ou insinuação óbvia demais. Lógico, há ainda outra emoção possível: a irritação, na metade de um livro que se pegou numa casa de praia ou num aeroporto, ao dar-se conta de já tê-lo lido antes, mas sem que tenha ficado qualquer lembrança de *quem, o quê, como* e *por quê* — só a probabilidade de o culpado ser o Coronel Isso ou o Professor Aquilo, mas nunca, jamais, em hipótese alguma, o mordomo.

Adam McAnnis acaba de descer as escadas e se aventura pela cozinha vazia. Você imagina que ele esteja à procura de pistas, mas começa a retirar itens de uma geladeira. Serve-se de um copo de limonada e faz um sanduíche — você reprime um calafrio —, com o cadáver, a esta altura solidamente congelado no frigorífico, a passos de distância.

Come sozinho, sentado num banco junto à mesa de trabalho metálica. Olha para o relógio. Bebe a limonada de um gole só. Termina o almoço depressa. A próxima rodada de interrogatórios está prestes a começar.

×

Susan Burr

R: Isso não é esquisito para você?
P: Eu ia perguntar a mesma coisa. Tudo bem para você?
R: Tudo. Não. Não exatamente. É um choque.
P: Que tenha acontecido um assassinato ou que a vítima tenha sido John Garmond, especificamente?
R: As duas coisas.
P: John era querido?
R: Eu diria que sim.
P: Você brincou comigo, duas noites atrás, sobre o seu marido ser um assassino. Talvez não fosse brincadeira.
R: Eu só disse aquilo para ser… para aumentar a sensação de perigo. Para intensificar o prazer.

P: Funcionou.
R: É loucura, mas...
P: Mas o quê?
R: A sede está vazia, né?
P: Não podemos.
R: Eu sei. Mas mesmo assim.
P: Realmente não podemos. Mas entendo a sensação. Sinto também. A morte tem dessas coisas. Uma vez, num velório, abri a porta do que achei que fosse o banheiro e dei de cara com a viúva cavalgando o cara do bufê.
R: Eu não sou a viúva.
P: Realmente. A questão é que as razões psicológicas para sentirmos algo assim são bem conhecidas.
R: A morte dá tesão, é o que você está dizendo.
P: Isso. Mas a gente está perdendo o fio da meada aqui.
R: Desculpa.
P: Onde você estava ontem à noite?
R: Em casa. A noite inteira. Warren e eu.
P: Na mesma cama?
R: Sim.
P: A que horas você caiu no sono?
R: Não tenho certeza. Uma da manhã, talvez? Tomamos uns dois drinques quando chegamos em casa, depois dos fogos.
P: Você tem sono leve?
R: Você está perguntando se eu teria percebido se o Warren saísse da cama para se esgueirar até a sede do clube e matar o John?
P: [...]
R: Você deve ter reparado, com seus poderes aguçados de observação, que meu marido é um pinguço. Para ele, entre cair no sono e apagar a diferença é pouca. E quando isso acontece, tende a ser por muito tempo. Graças aos céus.

P: Vamos falar de Claudia Mayer. Agora sou forçado a considerar a hipótese de a morte dela não ter sido suicídio.
R: Tenho certeza de que foi.

P: Por quê?

R: Não sei... Não tenho certeza. Mas faz sentido.

P: Claudia Mayer tinha um temperamento poético ou dramático?

R: Como assim?

P: O suicídio da amiga dela, Amanda Caldwell, foi por afogamento no lago. Se for para morrer, esse é um método romântico. Mais romântico ainda é se matar exatamente do mesmo jeito, no aniversário da morte da amiga, anos depois.

R: Claudia era um pouco assim mesmo.

P: Ela sentia culpa pela dor da amiga? Pelo filho dela ter sobrevivido ao acidente de carro e o da Amanda ter morrido? E por Amanda não ter conseguido viver com a dor?

R: Lógico.

P: A ponto de se matar?

R: Não sei. Sim. Imagino. Talvez. Com todo o resto.

P: Todo o resto? Que resto?

R: Sei lá. A vida. Envelhecer. Dinheiro. Casamento. Política. A economia. Tudo indo pro caralho, basicamente. Esse resto todo.

P: Vamos voltar um pouco e pensar na outra possibilidade. A de que não tenha sido suicídio.

R: É o que você acha?

P: Não acho nada. Por enquanto.

R: Claudia era inofensiva. Não consigo imaginar que ela tivesse inimigos.

P: É essa a pergunta que a gente costuma fazer: *A pessoa tinha inimigos?* Mas na verdade não é a pergunta certa. O que a gente quer dizer de fato é: *Alguém teria algum motivo para matar a pessoa?* Não é a mesma coisa.

R: É o que você está perguntando agora?

P: Isso.

R: Não consigo pensar em motivo algum.

P: Ela era uma inconveniência para alguém? Impedia alguma coisa? Financeiramente? Sexualmente?

R: De novo, não sei.

P: Quando falta um motivo, a gente foca no método. Seria possível alguém que conhecia a Claudia, que conhecia o histórico e o temperamento dela, perceber que *faria sentido*, como você diz, ela cometer suicídio nessa data, quando morreram a amiga e o filho da amiga? Que *pareceria lógico*?

R: Acho que é possível. Todo mundo aqui se conhece muito bem.

P: Bem o bastante para criar uma trama de assassinato?

R: Não sei.

P: Num suicídio forjado, o assassino é quase sempre um cônjuge. Ou outro ente querido.

R: Não acho que Duncan Mayer tenha matado a esposa.

P: Só acho estranho que tenham acontecido duas mortes aqui nas últimas vinte e quatro horas e Duncan Mayer tenha relação com ambas.

R: Qual é a relação com o John?

P: Duncan Mayer atirou no ombro dele ontem de manhã. Supostamente um acidente de caça.

R: Ah. Isso. É, fiquei sabendo.

P: Você achou que eu queria dizer outra coisa?

R: Não, nada mesmo.

P: Mas você não acha importante.

R: Os homens daqui são caçadores medíocres, para ser sincera. Suspeito que essas expedições sejam só uma desculpa para beber. Às vezes deve voar bala para todo lado.

P: Ontem à noite você me disse que Duncan Mayer era "comprometido".

R: Disse?

P: Disse. Comprometido com quem?

R: [...]

P: Pode ser importante.

R: Acho que a gente saiu dos trilhos de novo.

P: Você parecia abalada hoje cedo.

R: Quando?

P: Na sede.

R: Lógico. Um homem foi assassinado.

P: Como era seu relacionamento com John Garmond?

R: Se ele era meu amante, é isso que você quer saber?

P: Isso.
R: Era.
P: [...]
P: [...]
P: Por quanto tempo?
R: É difícil responder a essa pergunta. Essas coisas vão e voltam, ainda mais quando se fica mais velho. A primeira vez foi anos atrás. Depois disso, uma ou outra vez. Quando a gente estava no clima. Nós éramos adultos. Você devia entender mais do que qualquer um.
P: E nos últimos tempos?
R: Era mais frequente.
P: Algum motivo em especial?
R: Não exatamente. Somos todos só bolas de sinuca rolando pela mesa, não somos? De vez em quando uma bate na outra. Tudo parece bem aleatório.
P: Seu marido sabe?
R: Não sei. Provavelmente. Ele não toca no assunto. Nem eu.
P: Warren tem casos?
R: Imagino que sim. De novo, não tocamos no assunto. Mas ele às vezes viaja a trabalho. Volta sozinho para a cidade com frequência enquanto fico aqui.
P: Alguém em West Heart?
R: Não que eu saiba.
P: John amava a esposa? E vice-versa?
R: Para ser sincera, não me sinto capacitada a responder, nem sequer a entender a pergunta.
P: John costumava falar sobre questões do clube? Finanças, algo assim?
R: Não, Deus me livre. E, se tentasse, eu não deixaria. A vida é curta demais. Reclamação sobre dinheiro, já ouço o bastante do meu marido. Com um amante, não é para se perder tempo com isso.
P: Você foi bem franca.
R: Ficou com ciúme?
P: Deveria?
R: Lógico que não.

P: Pode dizer ao seu marido para vir até aqui, por favor? Depois do doutor, o próximo é ele.

✕

Dr. Roger Blake

P: Obrigado pela ajuda mais cedo.
R: Claro. Era meu dever. Estou preocupado com a temperatura do corpo, se não seria importante. Queria me sentir apto a cuidar disso.
P: Tudo bem.
R: A forma correta de se proceder é pelo reto ou então abrir um buraco no abdômen e aí deslizar um termômetro. Nenhuma das duas me pareceu...
P: Respeitosa?
R: Sou materialista, não tenho ideias românticas a respeito de corpos, nem os dos meus amigos. Mas mesmo assim... não consegui.
P: Sinto muito. Conhecia John Garmond fazia muito tempo?
R: A vida dele inteira. Era bem mais novo do que eu. Me lembro que quando fui fazer faculdade de medicina ele ainda era um moleque esquelético, se pendurando no balanço do lago. Ele, Jane Talbot e Duncan Mayer... eram inseparáveis.
P: Bons amigos?
R: Muito.
P: Algo mais do que amigos?
R: [...]
P: Doutor, isso pode ser importante.
R: Na época do colégio, acho que na faculdade também, se formou uma espécie de triângulo. Jane saía com o John, depois com o Duncan, depois com nenhum dos dois. Talvez com os dois, não sei.
P: Mas se casou com o John.
R: É.
P: E o John e o Duncan continuaram amigos.
R: Sim.
P: *Sim?* Ou *sim, mas...*?

R: *Sim, mas,* imagino. Foi difícil. Isso já tem vinte e cinco, trinta anos. Mas acho que um primeiro amor a gente nunca supera. Você não acha?

P: O senhor pode não ser romântico, mas, enquanto detetive particular, eu sou meio que obrigado a ser. Lógico, um romântico do tipo durão, que disfarça. E, sim, eu acho. Ainda que uma paixão posterior que traga uma sensação de primeira vez tenha seu valor... O senhor foi presidente do clube? Que nem seu pai?

R: Meu pai nunca foi presidente do clube.

P: Desculpe. Devo ter me confundido. E o senhor?

R: Sim, tive um mandato. Tem uns quinze anos.

P: Como é a escolha?

R: Eleição. Um voto por casa.

P: E é pura questão de ir passando a concha em frente à fogueira?

R: Como assim?

P: Deixa pra lá. Como descreveria a função?

R: São um monte de obrigações, na verdade. Coisas bem comuns. O presidente cuida do processo. E tem poder de veto para certas decisões, embora raramente seja usado.

P: Que tipo de decisões seriam essas?

R: Solicitações de novos membros. Permissão para explorar madeira na propriedade. A inclinação do clube.

P: Por inclinação, quer dizer vender o clube ou não?

R: É, por aí. Sim.

P: Quanto a essa questão da venda, John não era favorável, certo?

R: Certo.

P: E o restante dos membros?

R: Suspeito que a maioria fosse apoiar a venda. Tem quem ache que este lugar está ultrapassado e tem quem precise do dinheiro.

P: Ele usaria o poder de veto para impedir a venda? Mesmo que fosse o desejo da maioria?

R: Não sei.

P: Jonathan Gold vai ser aceito como membro?

R: Acho que sim.

P: Apesar de ser judeu?

R: Ninguém mais se importa com esse tipo de coisa.
P: Se importavam antes?
R: Não mais do que o resto do mundo.
P: O senhor diria que os membros têm inclinação política?
R: Eles votam, se é o que você quer dizer. Conversam sobre eleições e sobre impostos.
P: Maioria conservadora, certo?
R: Acho que é uma descrição justa.
P: Nixon, Reagan, Buckley? Esse pessoal?
R: Isso.
P: Sempre foi assim?
R: Acredito que sim.
P: Anticomunistas, obviamente?
R: Lógico.
P: E antes da guerra? Se opunham ao Franklin Roosevelt, ao New Deal?
R: Provavelmente.
P: E à intervenção na Europa?
R: Não tenho certeza. Qual é a importância disso?
P: Acho que nenhuma. Obrigado, doutor.

✕

Warren Burr

R: Você interrogou minha esposa, então?
P: Interroguei. Estou falando com todo mundo.
R: Tenho certeza de que você foi bem... dedicado.
P: Vamos começar com ontem à noite?
R: Com certeza.
P: Onde você estava entre meia-noite e duas da manhã?
R: Bêbado.
P: Isso não é uma localização.
R: Pelo contrário. É um Estado-nação com leis e tradições próprias. População vasta. Sou um cidadão respeitável há anos.

P: Estava em casa?

R: Estava. Como a Susan sem dúvida contou.

P: Contou. Ela disse que você... foi dormir depois de tomar alguns coquetéis.

R: Apaguei, foi isso que ela disse.

P: Isso cria uma situação meio desconfortável. Ela é o seu álibi, mas você não tem como ser o dela.

R: Que inconveniência para ela. Nesse caso, espero que ela não tenha feito alguma bobagem tipo dar um tiro na nuca de um homem.

P: Você não gostava dele?

R: Meus sentimentos por John Garmond não eram nem melhores nem piores do que os que nutro por todo mundo.

P: Não tinha nenhuma razão em especial para desgostar dele, então?

R: Teria alguma razão em especial para desgostar de você?

P: [...]

P: Em que área você trabalha?

R: Isso é relevante?

P: Potencialmente.

R: Sou do ramo de transportes.

P: Tinha a impressão de que era de finanças.

R: Transporto riqueza do ponto A ao ponto B.

P: É um serviço de que as pessoas precisem?

R: Qualquer um pode estocar dinheiro. Movimentar a grana é que exige *expertise* real. Especialmente quando se quer evitar atenção indesejada.

P: E os negócios vão bem?

R: Bem o bastante.

P: Pelo que sei, você está muito interessado em vender West Heart. A maioria dos outros que compartilha dessa vontade precisa do dinheiro, me parece.

R: *Precisar de* dinheiro e *querer* dinheiro são coisas distintas.

P: Os Burr foram uma das famílias fundadoras. Você não tem pudores quanto a dar fim à tradição?

R: Não tenho qualquer pudor.

P: Tem arma em casa, sr. Burr?

R: Tenho.

P: Mais de uma?

R: Este é um clube de caça.

P: Quando disparou uma arma pela última vez?

R: Não me lembro.

P: Então, passada a tempestade, se as autoridades vierem testar as suas armas, vão descobrir que nenhuma delas foi usada recentemente?

R: Podem checar à vontade.

P: Você é um homem violento?

R: Por que a pergunta?

P: Me ameaçou outro dia mesmo. E um homem que faz ameaças sem estar pronto para concretizá-las é um idiota. Não é a impressão que eu tenho de você.

R: Seja lá o que eu possa ter dito, já esqueci... Digo coisa à beça para gente à beça.

P: Você disse que eu poderia acabar arrumando confusão por causa da minha língua.

R: É verdade, não é? Aposto que você já disse coisas antes, na sua função, que levaram a... sei lá, um valentão qualquer puxar uma faca? Um revólver? Algum cara nos fundos de um bar decidir mandar um brutamontes para "te dar uma lição"?

P: É isso que você faria?

R: Lógico que não. Sou um homem de negócios, só isso.

P: Se West Heart não for vendido, você receberia bem Jonathan Gold como membro?

R: Claro. Por que não?

P: O que você acha dele?

R: Não acho nada.

P: Não o conhecia antes de se candidatar?

R: Não. Só estive com ele umas duas vezes, nas visitas que fez ao clube. Por que ele iria querer se tornar membro, não faço ideia. Mas um rosto novo, dinheiro novo... isso seria bem-vindo.

P: Como eu disse, Susan é o seu álibi. Mas o contrário não se aplica. Ela teria algum motivo para desgostar do John Garmond?

R: Se ele tinha superado, é isso que você quer saber?

P: Você sabia, então?
R: Sabia do quê?
P: Não te incomodava?
R: Você queria saber, detetive, se John havia superado.
P: Isso.
R: Você queria saber se a Susan era uma mulher rejeitada.
P: Era?
R: Se você conhecesse a Susan como eu conheço...
R: [...]
R: [...]
P: Falei alguma coisa engraçada?
R: Não, nem um pouco. Mas Susan não é uma mulher romântica. Não tem ilusões quanto a nada nem ninguém. Quando se cansa dos seus brinquedinhos, não se faz de rogada em jogar fora e procurar um novo. Já foi casado, sr. McAnnis?
P: Não.
R: Então não vai entender. Mas eu explico assim mesmo. Cada casamento é um universo isolado, com as próprias leis da física. No centro, há um buraco negro, que não dá para perceber do lado de fora. Não dá para enxergar o interior. A luz não consegue escapar. E as forças lá de dentro podem despedaçar você.
P: Outra ameaça?
R: Enxergue como quiser.
P: [...]
R: Conseguindo avançar?
P: Um pouco. Mas estou confiante. É como se diz... o assassino se revela.
R: Interessante. É isso o que se diz?

×

Definição

Assassinato: a.sa.si.n'a.tʊ. Em inglês, *murder*, de origem alemã teutônica e descendente das formas arcaicas *morþor*, *murthur* e *mourdre*. O *Dicionário Oxford* cita *Beowulf*, obra datada em torno do ano 750, como uso mais antigo da palavra, e entre as passagens que a incluem estão os versos que descrevem o "adversário de Deus", Grendel, e sua genitora: *"morðres scyldig ond his módor éac"* ("culpado de assassinato, e sua mãe também"). Muitos séculos depois, o "Conto do Capelão das Monjas", de Chaucer (datado de por volta de 1386), propõe *"Mordre wol out, that se we day by day"* ("O assassinato se revela, isso vemos dia após dia" — aparentemente a origem da expressão "o assassino se revela", cujo significado é de que o crime acaba por se revelar em algum momento).

É relevante ainda a menção, datada dos anos 1930, que o *Oxford* faz a enigmas de assassinato, tanto os em forma de brincadeira — como os que pessoas jogavam em salas ou à mesa de jantar, onde alguém interpretava "a vítima" e outro alguém "o assassino" — como os estratagemas em romances de mistério de autores como Ngaio Marsh e Cecil Day-Lewis. Era fácil traçar como inspiração para eles a natureza de quebra-cabeça dos mistérios, com suas características inatas de jogo, e para alguns romancistas a etapa natural seguinte seria deixar de lado o romance, por assim dizer, e focar apenas no enigma. Em seu magistral estudo do gênero, *Bloody Murder*, Julian Symons observa que certo escritor passara a produzir "dossiês de assassinatos" em vez de romances, cada qual basicamente uma caixa cheia de pistas: "fios de cabelo, fósforos, pílulas com veneno... fotografias dos personagens... telegramas, cartas" etc. Esperava dos entusiastas (já não mais exatamente "leitores") que peneirassem as pistas e montassem uma solução. Daí foi meio caminho andado para a criação de jogos de tabuleiro como Detetive, concebido em 1943 por um músico que, segundo ele mesmo contou, tirou a inspiração de viagens de fim de semana em que ele era contratado para tocar, durante as quais aristocratas brincavam desses jogos de vítima e assassino.

O *Oxford* também contém um verbete relativo ao deliciosamente mórbido *"murder of crows"* (*"morther of crowys"*, datado dos idos de 1475), supostamente inspirado na propensão de corvos de se fartarem com a carne dos mortos, em particular nos campos de batalha. Entretanto, infelizmente, há evidências sólidas de que frases descritivas do coletivo como essa não passaram de invenções para servir aos caprichos de glossários medievais como *The Book of Saint Albans*, de 1486, revividas séculos depois por James Lipton em seu *An Exaltation of Larks*, de 1968. Logomaníacos, é claro, podem se utilizar da licença poética e continuar a se deliciar com iguarias como "tocaia de ladrões", "penúria de flautistas" e "grosseria dos corvos".

×

Como seria possível matar o tempo num dia de chuva depois de um assassinato? O que se esperava de nós? Ficamos em nossas cabanas, fumando, lendo, tentando ler, aceitando convites para um jogo de cartas vespertino, nos arrependendo disso quase que de cara, inventando desculpas e então decidindo ir assim mesmo...

Não dava para confiar no horário: a impressão era de que os relógios se moviam lentamente, e era quase impossível acreditar que menos de um minuto se passara desde a última olhada. A luz parecia não mudar da manhã para a tarde e da tarde para a noitinha. Desviávamos o olhar das portas de quartos, atrás das quais ouviam-se alguns de nós chorarem, lágrimas derramadas pelas vítimas ou, mais provável, por nós mesmos.

Foi em meio a tal morosidade, a tamanho tédio, que uma ideia surgiu, uma ideia que, uma vez contemplada, não podia mais ser descartada. Uma ideia que afastava com vigor pudores morais como *Mas seria respeitoso?* e partia logo para considerações de teor mais prático, tais como *Mas onde vai ser?*: havíamos chegado a um consenso sobre uma Rodada das Seis como a solução, como o único remédio para tamanho isolamento. Em outras palavras, todos precisávamos beber — e muito.

Certas casas estavam obviamente fora de cogitação, então estabelecemos como nosso *lieu de fête* a cabana dos Blake, que não era ideal, pois também servia de pouso temporário para nosso detetive visitante, cuja curiosidade implacável se tornara cansativa (para a maioria) e ameaçadora (para alguns). Mas serviria ao propósito por uma ou duas horinhas — no mínimo, uma ocasião para brindar pela memória do bom e velho John.

Os próximos parágrafos são estranhamente gastos a estudar o histórico etílico do clube: Rodadas das Seis infames, festas de Ano-Novo das quais é melhor não lembrar, narizes ensanguentados e corações partidos, o breve mas ilustre papel de West Heart como entreposto na "Rota da Lei Seca", pela qual o uísque canadense chegava a Nova York e a localidades no sul… todos esses temas de interesse apenas passageiro para você, dando tempo e espaço para que contemple as mentiras já desmascaradas, mentiras erguidas sobre outras mentiras, como o milagre dos juros compostos do qual essas famílias ricas sem dúvida dependem há várias gerações para manter suas fortunas. Como se separa o que é mortal do que é banal? A mentira de Reginald Talbot sobre as finanças do clube. A mentira de Warren Burr sobre conhecer ou não Jonathan Gold (*tento evitar quem faz negócios com meu marido*, tinha dito Susan Burr). A mentira do dr. Blake sobre o pai dele ter sido ou não presidente do clube (qual a relevância que isso poderia ter?). E, lógico, a mentira de Alguém, ou de vários Alguéns, quanto a ter passado as últimas duas noites dentro de casa. Quem estava no quarto 312? Quem estava no corredor, bem do outro lado da porta? Quem havia disparado a arma que matara John Garmond?

×

Adam McAnnis retornou da varanda, onde havia ido fumar, e se deparou com Jonathan Gold sentado no sofá de couro da biblioteca, folheando casualmente um volume grosso.

— *West Heart: Os primeiros cinquenta anos* — leu o homem, olhando para a capa. — Belo toque, esse dos *primeiros*. Certa… ingenuidade quase infantil. Otimismo inesgotável. Tipo, é óbvio que vai haver mais cinquenta. E depois mais cinquenta. Não somos o tipo de gente com quem coisas ruins acontecem. — Jonathan Gold fechou o livro. — Encantador.

— Precisamos ter uma conversa formal. Sobre o assassinato — disse McAnnis.

— Acho melhor não.

Jonathan Gold se levantou e começou a percorrer as prateleiras, tocando as lombadas com a ponta dos dedos. Numa provocação quase gentil, puxou um livro e o deixou balançar na beirada da prateleira até estatelar-se no chão. Repetiu o movimento com outro. E com mais outro.

McAnnis permaneceu em silêncio.

— O morto contratou você, então? — perguntou Jonathan Gold, por fim.

— Eu precisava dizer alguma coisa — respondeu McAnnis.

— Muito bem pensado.

— Ganhei algum tempo.

— De fato. Admiro a maestria. O morto não estava lá para contestar. E ainda por cima parecia plausível. Sem dúvida, havia mais de uma pessoa naquele salão com motivos suficientes para temer que fosse o alvo da sua investigação. — Jonathan Gold cruzou os braços. — Fiquei impressionado.

— Obrigado pelo voto de confiança — respondeu McAnnis, seco.

— Não é para expressar confiança que eu vim até aqui. Esses tristes acontecimentos recentes atrapalharam nossa operação.

— Eu fiz alguns avanços.

— Fez?

— Tenho contas para você revisar.

— Ah, sim. Os famosos dois conjuntos de livros-caixa. Vou dar uma olhada neles, lógico. Mas os números podem ser manipulados para contar qualquer história que se queira. Tenho mágicos capazes de fazer propriedades inteiras aparecerem e desaparecerem, basta alterar os símbolos de uma página.

— Foi assim que você conheceu Warren Burr?

Jonathan Gold forçou um fino sorriso pálido.

— Muito bem. Talvez eu tenha mesmo subestimado você.

— Foi um chute.

— Não vou me dar ao trabalho de perguntar como você sabe disso. Tenho certeza de que meu sócio não teria revelado tal coisa, ainda que estivesse totalmente bêbado, como sempre. Uma fraqueza que inimigos poderiam tentar explorar.

— Ele tem inimigos? Você tem?

O outro fez um gesto de pouco-caso.

— Inimigos, amigos, às vezes é difícil distinguir uns dos outros. Às vezes um homem pode ser os dois ao mesmo tempo. — Ele encarou McAnnis. — Espero que essas tragédias não tenham desviado excessivamente sua atenção do motivo real pelo qual está aqui.

— Pelo contrário. Tudo pode estar ligado.

— Como?

— Sabe como são as investigações. Nesse momento, minha percepção ainda está embaçada. Mas logo, logo...

— Tenho minhas dúvidas — disse Jonathan Gold. — Gosto de deixar meus cachorros com a coleira frouxa. Mas isso de "resolver o crime" talvez seja a parte fácil.

— Como assim?

— Culpa é um negócio capcioso. Conhece a história de Davi e Betsabá?

— Vagamente. As freiras em St. Thomas eram cheias de dedos com os trechos mais picantes da Bíblia.

— Vou preencher as lacunas da sua educação, então. Davi está no terraço do palácio, quando vê Betsabá, linda, tomando sol pelada. Ele exerce a prerrogativa de rei e a convoca para transar com ele. Mas ela é casada, e quando fica grávida Davi teme que o adultério seja revelado. Então concebe um plano para enviar o marido dela para a frente de batalha, no cerco, onde o combate está mais intenso. O plano funciona: o marido de Betsabá é morto durante a luta e Davi se apossa dela como esposa.

— E viveram felizes para sempre.

— A gente chega lá. De um ponto de vista legal, seria difícil conduzir um processo criminal contra Davi. Foi a espada do inimigo que abateu o marido. Aquela batalha era legítima, teria que acontecer de qualquer forma. E Davi estava a quilômetros de distância na ocasião. Legalmente, portanto, Davi era inocente.

— Mas?

— Mas ainda que seja esse o julgamento dos homens, não é esse o julgamento de Deus. Como reprimenda a Davi, Deus envia um profeta que narra uma parábola sobre um homem rico que rouba e abate a ovelha de um homem pobre. Davi se revolta com o crime do rico e o condena à morte, e o profeta revela que o acusado é nada menos do que o próprio Davi. "Você é esse homem!", grita o profeta. Devo confessar que esse momento pareceu muito dramático a um garoto do Brooklyn que *todo mundo* sabia que quando crescesse seria rabino que nem o pai.

Jonathan Gold fez uma pausa e refestelou-se naquela lembrança com um sorriso sardônico. McAnnis continuou em silêncio.

— O profeta também faz questão de dizer — continuou Jonathan Gold — que Deus não aceita a tentativa de Davi de se distanciar do crime ao criar condições para que o marido seja morto por outras mãos. Assassinato é assassinato. Deus amaldiçoa o lar de Davi, e o reino dele desmorona em meio a incesto familiar, estupro, fratricídio e guerra civil.

— E qual é a lição?

— A lição é que, sem Deus, só resta a lei para nos guiar. E a lei é uma ferramenta imperfeita para alcançar a justiça. Digo isso como advogado. Intuitivamente, sabemos que Davi é culpado; em conversas, podemos chegar até a dizer que Davi *matou* ou mesmo *assassinou* o marido de Betsabá. No entanto, a lei diz que ele é inocente.

— E?

— E nada. Só estou criando suposições.

Uma porta rangeu no andar de baixo e passos ecoaram nas escadas. Então ouviu-se uma voz.

— Oi? Oi? — É uma criança.

McAnnis inclinou a cabeça, olhando para o advogado.

— Não se preocupe comigo. Pode fazer seus interrogatórios. Todos eles — disse Jonathan Gold.

— Não se esqueça dos livros-caixa.

— É claro que não — replicou Jonathan Gold, enquanto catava os volumes deixados por Reginald Talbot. — Conversamos de novo em breve.

McAnnis encontrou Ralph Wakefield no andar de baixo, na entrada do salão de estar, tentando não olhar para a mancha no chão, próxima à lareira. Vestia um típico casaco de chuva infantil amarelo berrante e botas, que molhavam tudo. O binóculo estava pendurado no pescoço.

— Sim, Ralph?
— Você me disse para ficar de olho em qualquer coisa estranha e incomum.
— Isso.
— Encontrei uma coisa estranha e incomum. Uma cabana no meio da mata.

McAnnis suspirou.
— Está cheio de cabanas na mata, Ralph.
— Mas tinha um homem dentro. Ele estava escondendo alguma coisa no chão.
— Quem era?
— O homem da casa em que a gente foi jantar.
— O dr. Blake?
— Isso.

×

A cabana ficava cerca de oitocentos metros mata adentro. Um pouco longe demais para ir a pé assim tão tarde, mas McAnnis não poderia pedir carona a James nem a Emma Blake. Assim, foram andando, o menino e o detetive, na chuva.
— Cadê sua mãe e seu pai, Ralph?
— Não sei.
— Europa?
— É. Minha mãe está em Paris e meu pai está em Roma.
— Achei que você tinha dito que não sabia.
— Eu digo isso quando não quero responder.

McAnnis riu.
— Os adultos fazem a mesma coisa.

McAnnis calçava botas de bombeiro que havia comprado num brechó perto de casa, mas não tinha mais nada apropriado para chuva a não ser um poncho surrupiado do armário da sede. As calças estavam ensopadas. Ainda que a copa das árvores oferecesse algum abrigo contra a chuva, àquela altura do verão as samambaias atingiam dimensões pré-históricas, chegando à cintura de McAnnis e à altura do pescoço do menino. Logo, os dois estavam ensopados só de se embrenharem pelo mato crescido que tornava a trilha até difícil de identificar.

— Tem certeza de que você sabe para onde está indo?

— Sou um expert em West Heart. Já andei em tudo que é lugar aqui — disse Ralph, orgulhoso.

— Imagino que não conheça outra forma de sair do clube — balbuciou McAnnis.

— Claro que conheço.

McAnnis parou.

— O quê? Sério?

— Talvez. Já vi aquele cara sujo... qual é o nome dele?

— O zelador? Fred Shiflett?

— É. Já vi ele sair de carro por um caminho perto da cabana dele e voltar com sacolas de compras.

— Tem certeza?

— Eu estava de binóculo.

— Onde fica a cabana dele?

— Lá no meio do mato, longe das outras.

— Você contou isso para alguém?

— Não. Deveria? Fiz alguma coisa errada?

— Nada de errado, Ralph. Está se saindo muito bem. — Caminharam em silêncio por mais alguns minutos, até que McAnnis perguntou: — Você estava andando por aí outro dia, naquela noite em que a gente se conheceu? Depois do jantar, talvez?

— Depois do jantar é minha hora de ir pra cama — falou Ralph.

— Entendo. Verdade. Mas eu, quando era novo, odiava a hora de dormir. Odiava tanto, aliás, que às vezes ficava acordado na cama, esperando meus pais irem dormir, e aí saía de fininho de casa. Já fez esse tipo de coisa alguma vez, Ralph?

— Não sei.

— Eu saía de fininho e ficava zanzando pela vizinhança. Morava na cidade, lá não era que nem aqui. Uma vez escalei a parte de baixo da estrutura de uma ponte gigantesca, a ponte do Brooklyn, e escrevi meu nome num pedaço de tijolo que ninguém conseguiria ver. Ninguém iria saber que estava lá, a não ser eu.

— E ainda está lá?
— Não sei com certeza. Agora estou velho demais para subir lá. Talvez agora tenha o nome de algum outro garoto. Talvez o seu.
— Eu nunca fui na ponte do Brooklyn!
— Tem muitos Ralphs no mundo. Muitos Adams também.
— Quem é Adam?
— Sou eu.
— Meu tio chamou você de outra coisa. Um nome feio.
— Imagino. E sua tia, já me chamou de algo?
— Não.
— Mas então, Ralph, se você for como eu era e de repente sair de fininho no meio da noite, e de repente vir alguma coisa e ficar sem saber para quem contar... bom, dá para contar para mim.

O menino ficou em silêncio por um momento, até que disse:
— Eu vi o homem da perna ruim.
— Qual homem? Um mais novo?
— Para mim ele é velho. Um que manca.
— Onde você viu ele? Foi perto da sede do clube?
— Não, foi no mato. Numa trilha.
— Que horas eram?
— Era tarde.
— Ele viu você?
— Não.
— Você viu mais alguém? Aquela senhora com a mecha branca no cabelo?
— Não.

A penumbra da floresta começava a envolvê-los mais e mais. McAnnis não havia levado lanterna. Talvez tivesse sido melhor esperar o dia clarear.

— Você sabe que um homem foi assassinado ontem à noite, certo, Ralph? — perguntou McAnnis, com delicadeza.
— Sei.
— Foi um dos que estavam no jantar.
— Eu conheço ele. A minha tia conhece. Você está tentando descobrir quem é o culpado?

— Isso mesmo.
— Foi alguém daqui? Alguém que eu conheça?
— Desconfio que sim. Está com medo, Ralph?
— Não sei.

A cabana era menor do que McAnnis esperava, quase um barracão se comparada às casas da região principal do clube. Um grande galho de árvore havia caído no teto inclinado durante a tempestade. As janelas eram escuras e teias de aranha pendiam das calhas. Penduradas em ganchos na varanda, estavam algumas ferramentas enferrujadas — uma serra, uma série de facas de comprimentos variados e uma foice de aparência particularmente perversa — que McAnnis considerou que só poderiam servir para estripar a caça. Ele bateu na porta, esperou um momento e tentou girar a maçaneta. Ela abriu.

McAnnis e o menino entraram. O chão era de madeira rústica e só havia um cômodo ali, com uma mesa de carteado sem nada em cima, cadeiras, um lampião de propano e um cooler sujo no canto. Ele não viu pia nem interruptores — não havia eletricidade nem água corrente. Acima da lareira, pendia um crânio de cervo com vasta galhada de oito pontas. Sobre a cornija, uma foto do dr. Blake com James ainda adolescente, antes de McAnnis conhecê-lo, curvados sobre o corpo de um cervo. E ainda uma foto de um dr. Blake mais jovem, com o braço ao redor de um homem que McAnnis reconheceu dos velhos informativos de West Heart como sendo o pai dele.

— Onde foi? — perguntou McAnnis.

Ralph apontou para um tapete trançado próximo à mesa. McAnnis o retirou do lugar, expondo o contorno discreto de um alçapão. Em silêncio, o menino ofereceu a McAnnis uma faca de escoteiro retirada do grampo na cintura.

— Obrigado.

Dentro do alçapão havia uma caixa de metal, do tipo que talvez se encontrasse numa loja de itens militares. Com um olhar de relance para Ralph — será que deveria deixar o menino continuar ali e ver aquilo? —, McAnnis destravou o fecho e abriu a tampa.

Recortes de jornal, papel rasgado e tecido. Ele vasculhou o conteúdo. Um distintivo com uma cruz de ferro. Outro com letras estilizadas como raios formando a sigla SS. Um broche de metal com uma águia trazendo no bico uma grinalda, em torno de uma suástica.

— O que é isso tudo? — perguntou Ralph.

— Não sei direito. Lembranças de guerra — respondeu McAnnis.

Os artigos de jornal, amarelados e desfazendo-se nas mãos do detetive, estavam escritos em alemão. Um deles, contudo, de 1933, incluía uma foto. Nela, um homem que McAnnis reconheceu como o dr. Theodore Blake, aparecia ao lado de um dignitário gordo e sorridente de uniforme. Na legenda, eram mencionados o local, Berlim, e um nome: "Reichsstatthalter Hermann Göring."

— Foi bom eu ter ido buscar você? É estranho? — perguntou Ralph.

— É. É estranho — disse McAnnis.

O detetive inclinou a caixa. Um clique metálico. McAnnis tirou dela uma pistola.

— O que é isso? — perguntou Ralph.

— Uma Luger.

— É alemã?

— É. Da guerra.

— Do Vietnã?

— Não, outra guerra.

— Como veio parar aqui?

— Ótima pergunta, Ralph.

McAnnis cheirou o cano, mas não foi possível detectar se havia sido disparada recentemente. Pôs tudo de volta onde havia encontrado, fechou o alçapão e recolocou o tapete no lugar. Olhou em volta. Mais nada de interessante.

— E agora?

— Agora a gente volta pra casa dos Blake. Está com fome? — perguntou McAnnis.

— Morrendo.

Fizeram o caminho de volta pelo bosque em silêncio, e McAnnis ficou surpreso quando, sem pedir, Ralph deu a mão a ele.

Enquanto homem e menino cruzam a floresta cheia de samambaias, você pensa pela primeira vez na inevitável autópsia de John Garmond e em que tipo de bala vai ser extraída da nuca dele pelos médicos. Será que, a partir disso, vai ser possível determinar, por exemplo, se a bala veio de uma arma estrangeira, recebida décadas antes como presente de um amigo importante? Ou será que foi comprada numa loja de penhores, o tipo de estabelecimento que armazena souvenires obscuros de ódio e violência numa sala nos fundos, para conhecedores os saborearem em segredo? Você se pergunta, ainda, se um homem como aquele ficaria satisfeito por tal arma, carregada de significados pessoais secretos, ter estado à mão para sua primeira incursão no mundo do assassinato.

×

Estávamos reunidos na casa dos Blake para a Rodada das Seis. Na solidão da tediosa garoa vespertina, aquela parecera uma boa ideia; sob a iluminação noturna claustrofóbica à base de lampiões, nem tanto. Em pequenos grupos, segurando nossas bebidas como se fossem boias salva-vidas, reparávamos furtivamente em olhos vermelhos, na palidez alheia, nas cinzas de cigarros caindo no carpete, em mãos que tremiam, e começávamos todos a nos perguntar, do fundo de nossos poços particulares de sofrimento: *Meu Deus, será que eu também estou com essa cara horrível?*

O detetive chegou atrasado, com o menino a tiracolo. Aquele que estava hospedado na casa dos Burr. Nós o tínhamos visto o verão todo, sozinho, perambulando pelo clube. Pensamos em comentar com Susan, mas para quê? Não era filho dela, nem ela era chegada a crianças. No entanto, tínhamos que admitir que nos incomodava, toda aquela exploração de território — a *bisbilhotice*, como havia sido descrita mais de uma vez. O binóculo, suspeitávamos, havia sido roubado da galeria de caça da sede, a vitrine com algumas bússolas antigas, uma velha armadilha para ursos manchada de sangue e uma flauta esculpida num chifre de veado… uma coleção irresistível de tentações para as mãos curiosas de um menino. O que poderíamos fazer a respeito, afinal? Além disso, não havia alguma coisa *estranha* com o jovem Ralph Wakefield?

— Me sinto um gambá numa reunião social — disse McAnnis.

Finamente havia pegado uma bebida, um gim-tônica, e conversava com o doutor, a quem, alguns de nós reparamos, pareceu estar procurando assim que chegou.

— Com certeza não é tão ruim assim.

— Para onde quer que eu olhe, vejo um suspeito — murmurou o detetive, com a boca colada ao copo.

— Na teoria, imagino que sim. Mas alguns não seriam mais prováveis do que outros? — argumentou o dr. Blake.

— Nem me fale em teorias. Só o que tenho são teorias. Mas mesmo as falsas podem ser úteis.

— Como é que isso funciona?

— É um problema de verossimilhança.

— Acho que você vai ter que explicar.

— Em ficção, isso se refere ao esforço para conferir a uma história a impressão de realidade. Mas em filosofia é algo bem diferente. Verossimilhança se refere à ideia de que algumas falsas teorias podem chegar mais perto da realidade do que outras, e a explicar como fazer essa distinção.

— Como médico, ou seja, como um homem da ciência, acho que isso soa ridículo. Ou algo é verdade ou não é — disse o dr. Blake.

— Está mais para um espectro, é como se pensa. Nunca vamos conseguir chegar à verdade *per se*, mas as tentativas frustradas podem nos dar alguns *insights*.

— Então os filósofos acham que até teorias falsas podem ser úteis.

— Os detetives também.

Os dois se calaram para beber, em um acordo tácito. Até que McAnnis perguntou, em um tom casual, como se conduzisse deliberadamente a conversa para um assunto mais leve:

— Já veio gente famosa a West Heart?

— Celebridades? Aqui? Com certeza — respondeu o dr. Blake, com uma risada. — Warren Beatty e Faye Dunaway apareceram outro dia para uma Rodada das Seis. Jack Nicholson já deu um mergulho no lago. É um nadador ávido… pouca gente sabe. Pacino gosta de caçar. É bom de mira. Foi ele quem abateu o urso que está lá na sede.

— E no passado?

— Por que você quer saber?

— Vi num dos arquivos da biblioteca que Henry Ford e Charles Lindbergh vieram aqui uma vez. Há séculos. Nos anos 1930, acho.

— É mesmo? Não tenho nenhuma lembrança disso. Se bem que eu era novo.

— Estiveram com o pai do senhor.

— Eu não devia estar na ocasião. Deve ter sido quando eu estava na faculdade de medicina.

— Ele nunca falou nada a respeito? Eram duas das pessoas mais famosas do país naquela época. Não sabe por que vieram aqui?

— Sinto muito, mas não faço ideia.

— Foi seu pai que inspirou você a fazer medicina?

— Acho que sim. Ele era clínico geral. Atendia principalmente crianças. Assaduras, narizes escorrendo. — Ele fungou. — Eu sou cardiologista.

— Que faculdade ele fez?

— Ele foi aluno de Harvard. Assim como eu.

— Chegou a estudar fora?

— Não, acho que não.

— Encontrei uma espécie de diploma guardado no fundo do armário do meu quarto. Era em alemão, não consegui entender nada, mas vi que tinha o nome dele.

— Deve ser algum tipo de diploma honorário. — O dr. Blake deu de ombros. — Ele tinha alguns assim. Você disse que estava dentro de uma caixa?

— Ele alguma vez viajou ao exterior? Antes da guerra, talvez?

O dr. Blake deu um sorriso que sugeria uma incerteza cordial.

— Por que está perguntando isso tudo, sr. McAnnis?

— Por nada.

O detetive ergueu o copo vazio no gesto universal de *Me dá licença, preciso de mais uma dose* e se encaminhou para o bar, sentindo o olhar do médico fixo em suas costas.

McAnnis permaneceu sozinho no bar por tempo suficiente para terminar o gim-tônica seguinte e se servir de mais um. Pelo que percebeu, ninguém demonstrava muita vontade de conversar com ele. Saiu para tomar ar do lado de fora da casa e encontrou Emma Blake, sentada sob a parte mais baixa do telhado, que cobria parcialmente o terraço, fumando um cigarro artesanal de natureza conhecida.

— Você anda escondendo o jogo de mim — repreendeu McAnnis.
— Se tinha recursos esse tempo todo, por que ficou me enchendo para eu te arrumar?
— Garotas nunca pagam pela própria bebida nem recorrem ao próprio suprimento de drogas. Não se puderem evitar.
— Garotas compartilham?
— Esta aqui compartilha.

Ela lhe passou o baseado. McAnnis tossiu e ela riu. A maconha de Emma Blake era mais forte — melhor — do que aquela com que ele estava habituado no Lower East Side.

— Vi você interrogar meu pai.
— Estava puxando papo — disse McAnnis, com os olhos ainda lacrimejando.
— Me poupe. Ele é o assassino?
— Duvido.
— O que foi, então?
— Eu estava curioso quanto ao seu avô.
— Aquele velho podre? Sério?
— Você não gostava dele?
— Ninguém gostava.
— Por quê?
— O hálito dele tinha cheiro de bicho morto. Os dentes eram amarelos, tortos. Uma vez vi ele tirar comida da barba e comer. Era pediatra, sabia? Dá para imaginar os pesadelos que aquele homem causava?
— São razões bem frívolas para se odiar alguém, Emma.
— Ele também era maldoso. E constrangedor.
— Para o clube?

— Foi o que entendi, embora eu não saiba os detalhes. Ele morreu quando eu ainda era criança.

— "*I was so much older then, I'm younger than that now*" — citou McAnnis.

— Como é que é?

— Dylan.

— Quem?

— Você está de sacanagem.

— Só um pouquinho. Já ouviu Fleetwood Mac?

A chuva havia parado, ainda que dentro da casa ninguém parecesse ter notado. Do terraço, McAnnis via uma silhueta na estrada a inspirar e expirar, com a ponta vermelha de um cigarro. A silhueta deu alguns passos vacilantes, e o detetive soube instantaneamente de quem se tratava e por que estava lá embaixo, à espreita em plena noite, sem se aproximar da casa.

— Já volto — disse a Emma Blake.

Outro cigarro já havia sido aceso quando McAnnis o alcançou na estrada.

— Fiquei sabendo que você anda fazendo perguntas sobre minha mãe — disse Otto Mayer.

— O clube pediu que eu investigasse.

— A polícia já esteve aqui. Qual é o seu ponto de vista?

— Só estou fazendo perguntas. Tanto no intuito de descartar hipóteses quanto no de considerar alguma mais a sério.

Otto Mayer chutou a terra.

— Você perguntou ao meu pai se ele a matou?

— Perguntei.

— O que ele disse?

— Disse que não.

— Eu acho que ele acredita nisso.

— E você?

— Depende. Depende de como se define esse ato.

— Pelo que entendi, ela... não andava bem fazia muito tempo.

— A vida inteira. Ou pelo menos minha vida inteira. Melhorava, aí piorava, e assim por diante, todos os anos.

— Deve ter sido doloroso.
— Foi.
— Você acha que ela cometeu suicídio?
— Óbvio.
— Se me permite... por que tanta certeza?
— Ela estava tendo outro episódio... Era assim que chamava. Seus *episódios*. Os últimos anos foram bem ruins.
— Desde o acidente.
Otto Mayer fez que sim.
— É. E piorou muito depois que a Amanda Caldwell...
— Eu fiquei sabendo.
— Eu me sinto culpado. Embora talvez não devesse. Talvez o Trip só tenha dado azar. Eu poderia ter morrido fácil também. E não é como se tivesse escapado ileso.
Ele deu um tapinha na perna.
— Você não precisa me convencer. Não estou aqui para determinar se você é culpado ou inocente — disse McAnnis.
— Pelo que entendi, você está aqui exatamente para isso.
McAnnis balançou a cabeça.
— Ao final de cada caso, faço um relatório com fatos e números. Datas. Registros de quem disse o quê. Só isso.
— Só esqueceu as pastas cheias de fotos comprometedoras.
McAnnis o ignorou.
— Ela sabia sobre seu pai?
— Sabia. Sabia alguma coisa. No fim, já sabia de tudo.
— Você sabia?
— De tudo, não. Não até ontem. — Otto Mayer acendeu outro cigarro. Fumava todos até o filtro, acendendo cada um na guimba do anterior e esmagando-as na lama. McAnnis reparou que os dedos de Otto tremiam levemente. — Você sabia que no mês passado ela desapareceu?
— Não sabia. Seu pai não comentou.
— Sumiu por duas semanas.
— Foi para onde?
— Não sabemos.

— Amigas? Família? — sugeriu McAnnis.

— Nem um nem outro. Ligamos para os hospitais, para os hotéis. Registramos o desaparecimento. A polícia perguntou se queríamos equipes com cães farejadores para dar busca na mata. Em West Heart.

— E vocês quiseram?

— Não.

— Quando ela voltou?

— Poucos dias atrás.

— Ela falou alguma coisa?

— Não. E meu pai não perguntou.

— Você achou isso peculiar?

— Achei. Até ontem.

O lago. O brilho do sol refletindo com tamanha magnitude na água que fazia tudo parecer um sonho. O ruído de um biplano a voar baixo, inclinando as asas em saudação aos que nadavam no lago. Emma Blake de óculos escuros, flertando. O espadanar da água com o pulo de uma criança do balanço. E o soco forte no estômago quando McAnnis caminhara até a beirada do lago e encontrara o cadáver boiando, levado pela maré suave. Ele se virando e se deparando com aquele mesmo rapaz na praia, a levantar-se com dificuldade, tudo na postura e no estado a sugerir que, de algum jeito, ele sabia.

— Sinto muito.

— Tive que ver ela, para ter certeza — disse Otto Mayer.

— Nem todo mundo teria tido disposição para isso.

Corpos flutuantes são os piores para se identificar. Ainda por cima na água doce. Quando McAnnis a vira, os peixes já haviam mordiscado a face dela.

— Emma me levou para casa.

— Seu pai estava lá?

— Não, tinha ido pescar perto da ponte. Emma mandou alguém atrás dele. Disse a ela que fosse embora. E entrei no quarto da minha mãe. Foi quando encontrei.

McAnnis contemplou o papel dobrado no meio que Otto Mayer tirara do bolso do casaco de chuva. Suspeitara, mas não tinha querido forçar a barra.

— Quando meu pai me perguntou, eu disse que não tinha achado nada.

— E foi o que ele disse ao xerife. Isso pode complicar as coisas.

— Eu explico, se for necessário. Quer ver?

— Quero.

O brilho do terraço dos Blake não chegava à estrada, e McAnnis pegou o isqueiro para ler o bilhete no escuro. A letra era esmaecida, esticada. Escrita a lápis, como o dever de casa de uma criança.

— E você não sabia disso? — perguntou McAnnis, depois de ler o bilhete duas vezes.

— Não.

— Seu pai deve ter contado para ela. Recentemente, é o mais provável. Por isso ela havia desaparecido.

— É o que eu imagino.

— Por que você está me dando isso?

— O caso da minha mãe está encerrado. Pelo menos eu considero encerrado. Mas o caso de John Garmond continua em investigação.

— Pode haver uma conexão.

— Talvez.

— No mínimo, esse bilhete lança uma sombra sobre seu pai.

— Estou ciente. Mas não acho que ele tenha matado o John. Você acha? — disse Otto Mayer.

McAnnis evitou os olhos do rapaz, redobrando com cuidado o papel.

— Se importa de eu ficar com isso?

— É seu. Não quero mais saber disso. — Otto Mayer viu o detetive enfiar o bilhete no bolso e perguntou: — Você vai contar para o Ramsey?

— Acho que esse não é meu papel — disse McAnnis, devagar.

— Mas e então?

— Preciso falar com Jane Garmond. E com o seu pai.

Otto Mayer assentiu, deu meia-volta e foi embora. Quando McAnnis retornou ao terraço, Emma Blake não estava mais lá.

✕

O desaparecimento de Agatha Christie

Na noite de 4 de dezembro de 1926, Agatha Christie desapareceu abruptamente de casa. Foi encontrada em 15 de dezembro, sã e salva, no spa de um hotel em Yorkshire. Aqueles onze dias de sumiço cativaram o público britânico e desencadearam um frenesi midiático; cada reviravolta do caso era coberta de modo incansável nas primeiras páginas de todos os grandes jornais. Nos anos subsequentes, o desaparecimento dela inspirou centenas de livros, vários documentários, pelo menos dois filmes e um episódio de *Doctor Who*. O mistério, porém, continua sem explicação.

No fim de 1926, Christie estava prestes a estourar; seu último romance, o best-seller *O assassinato de Roger Ackroyd*, virara o gênero de pernas para o ar e atiçara uma controvérsia. Ela vivia um casamento infeliz com o coronel Archibald Christie, que tinha um caso com uma mulher chamada Nancy Neele. Em 4 de dezembro, deu um beijo de boa noite na filha de sete anos e saiu de casa. O carro da escritora foi achado na manhã seguinte, abandonado, num local pitoresco chamado Newlands Corner.

Ao longo dos onze dias seguintes, todo o país permaneceu engajado na caçada. Milhares de voluntários organizaram expedições de busca em bosques locais. Mergulhadores vasculharam o fundo do Silent Pool, um lago próximo e supostamente sem fundo. Sir Arthur Conan Doyle consultou seu médium favorito para achar Christie (e publicou suas conclusões no *The Morning Post*).

Teorias proliferavam:

Ela havia tido amnésia.

Ela estava colocando em prática um golpe publicitário para inflar a venda de seus livros.

Ela havia se matado.

Ela havia sido assassinada.

A escritora Dorothy Sayers, colega de Christie no gênero, inspecionou ela mesma a cena do desaparecimento a convite do *The Daily News*, e resumiu sucintamente todas as possibilidades: "Em qualquer problema desse tipo, as possíveis soluções são quatro: perda de memória, crime, suicídio ou desaparecimento voluntário."

Os dias se passaram, a especulação se intensificou e as pistas se esvaneceram, uma após outra. O foco do público se voltou inevitavelmente para o marido. Na época, os jornais noticiaram que Christie havia deixado três cartas antes de desaparecer: uma para a secretária (supostamente contendo instruções de trabalho), uma para o cunhado e uma para o marido. As duas últimas, estranhamente, foram queimadas logo depois de lidas — um jornal noticiou que Archie alegara que "nada havia que denotasse relevância de espécie alguma para com o paradeiro da esposa".

A busca finalmente acabou quando um integrante da banda do hotel Harrogate Hydro, em Yorkshire, reconheceu Christie (um biógrafo afirma que ela aparecia todas as noites para dançar charleston ao som de "Yes! We Have No Bananas"). Os jornais noticiaram que, como todos haviam suspeitado, ela estaria sofrendo de amnésia. Esses artigos de primeira página também ressaltaram que ela havia se hospedado no local sob o nome Teresa Neele, mas sem reparar na pista mais importante: que a supostamente amnésica Christie usara o sobrenome da amante do marido.

Pouco mais de um ano depois, após meses de especulações e críticas, Christie rompeu o silêncio em uma entrevista extraordinária ao *Daily Mail*. Descreveu uma tentativa fracassada de suicídio motivada pelo abatimento com a morte da mãe e "por uma série de transtornos pessoais, dos quais prefiro não falar". Disse ter jogado o carro deliberadamente na direção de uma pedreira. No acidente, teria batido a cabeça no volante e perdido a memória, perambulado em transe por vinte e quatro horas e, naquele ínterim, de alguma forma retornado a Londres e, de lá, ido até Yorkshire. No hotel, disse Christie, convenceu-se de que era outra pessoa: "Naquele momento, na minha cabeça, eu era Teresa Neele, sul-africana." Christie disse ter acreditado que era viúva e acrescentou que, ao ler sobre o desaparecimento da famosa escritora no jornal, "considerei que ela havia agido de modo estúpido".

Foi a única vez que Christie falou publicamente sobre o desaparecimento. Em seu livro de memórias, o incidente não é mencionado.

Nas décadas subsequentes, surgiram mais teorias:
Ela havia estado em "fuga dissociativa".
Ela estava investigando um assassinato real.
Ela havia cometido um assassinato real.
Ela havia se dado conta de estar sendo envenenada por Archie e fugira para se recuperar.
Ela havia forjado a própria morte para que a culpa recaísse sobre Archie.
Ela havia encenado o desaparecimento para atrapalhar os planos de Archie de passar um fim de semana na companhia da amante (conclusão factualmente plausível, mas psicologicamente frágil e dramaticamente insatisfatória de uma biografia publicada em 1999).

Independentemente do que havia de fato acontecido, as possibilidades dramáticas inerentes a um mistério da vida de uma autora de mistério ressoam há décadas...

Curiosidade literária nº 1: Patricia Highsmith adaptou o desaparecimento de Christie em seu romance *O perdão está suspenso*, mas em sua versão o marido ignóbil é que é escritor, e não a esposa desaparecida. Há uma reviravolta adicional: estando o casamento em frangalhos, o marido vinha escrevendo um relato fantástico sobre como poderia vir a matar a esposa — relato este que o implica junto à polícia quando ela some sem deixar vestígios.

Curiosidade literária nº 2: O desaparecimento de Christie inspirou um golpe publicitário que teve início no ano seguinte e se estendeu por décadas: os editores do *News Chronicle* publicavam a foto de um homem que chamavam de "Lobby Ludd" e, na versão apresentada, havia desaparecido misteriosamente, mas sob a suspeita de que estaria circulando de um resort praiano para outro (os jornais contrataram atores para interpretarem o papel). Era oferecido um prêmio de dez libras em dinheiro. Leitores que avistassem o homem poderiam cobrar a recompensa abordando-o com a frase "Você é o sr. Lobby Ludd e eu cobro minhas dez libras". Graham Greene dramatizou esse truque num elemento-chave da trama de seu romance *O condenado*.

Curiosidade literária nº 3: Na adaptação televisiva de 1993 de "O roubo das joias no Grand Metropolitan", de Agatha Christie, os roteiristas adicionaram um detalhe cômico que não está na história original — Hercule Poirot tem uma bizarra semelhança com "Lucky Len", uma versão de "Lobby Ludd". Ao longo do episódio, é repetidamente abordado por turistas esperançosos de obterem a recompensa, numa decisão criativa que inflige à criação mais célebre de Christie um gracejo inspirado pelo desaparecimento dela na vida real, décadas antes.

P.S.: Christie se divorciou do marido em 1928, e ele logo se casou com Nancy Neele. (Mais tarde, a romancista se casaria com o arqueólogo Max Mallowan, com quem viveria feliz pelo resto da vida.) Depois que o divórcio foi finalizado, Christie decidiu fazer sua primeira viagem sozinha ao exterior, e escolheu o Oriente Médio como destino. Foi assim que, num auspicioso dia de outono de 1928, Christie se viu a bordo do tão famoso Expresso do Oriente...

×

A Rodada das Seis — uma variação apagada e protocolar daquela da noite de quinta-feira — já se aproxima do fim, e nestas últimas páginas do dia você vê Adam McAnnis de volta ao quarto, sozinho. Sentado na cama. Ele se levanta, vai até a cômoda e se certifica de que seu Colt ainda está na gaveta. Caminha até a janela e observa a noite. Alusões aos atos de um homem inquieto e perturbado, que talvez tema pela própria segurança... Ou: está simplesmente agitado, com a mente distante, matutando sobre as pistas, testando esta ou aquela peça do quebra-cabeça, vendo qual se encaixa e qual não, e qual imagem surge... Ou: está pensando numa mulher, talvez em Emma Blake — seria fácil cruzar o corredor e bater discretamente na porta do quarto dela — ou, mais provável, em Susan Burr, imaginando como poderia vê-la de novo naquela noite, ainda que, e precisa admitir para si, ela seja obviamente uma suspeita.

McAnnis se reclina na cama, totalmente vestido, fumando, com o cinzeiro no peito. Com a ajuda da nicotina, pensa, pensa e pensa, e você também tem as próprias pistas sobre as quais ponderar...

O detetive ter mentido sobre seu cliente.

A conversa com Jonathan Gold.

O dr. Blake e a caixa de metal escondida.
O silêncio de Duncan Mayer sobre o desaparecimento da esposa.
A aparição do bilhete de suicídio que supostamente não existia.
McAnnis acende outro cigarro. O cinzeiro no peito dele já começa a se encher de guimbas e cinzas. Você reconhece cenas assim de livros de mistério passados: o Grande Detetive a Ponderar Sobre o Caso. Sherlock Holmes recluso no quarto, tocando violino, fumando inveteradamente e disparando uma bala ou outra contra a parede, para sair dali horas ou dias depois, pele e osso mas com um brilho no olhar: "Watson, o jogo está em andamento!" Ou Hercule Poirot a caminhar de um lado para o outro da sacada de seu recanto mediterrâneo, reclamando por suas "pequenas células cinzentas" não terem ajudado em nada, até um comentário fortuito de seu amigo fazer o pequeno belga com cabeça de ovo rodopiar, atento e triunfante: "*Mon Dieu*, Hastings... você tem noção do que acabou de dizer? Fui um tolo este tempo todo! Rápido, torça para não ser tarde demais!"

Aqui, porém, não há tais epifanias. Os dedos do detetive tombam; a ponta do cigarro é uma longa coluna de cinzas; os olhos estão fechados. Mais uma vez, você se sente na obrigação de pensar por si só nessas questões. Ao observar o sobe e desce do peito do homem adormecido, você se pergunta se detetives fictícios sonham. E, caso sonhem, seria com os vivos ou com os mortos?

×

Claudia Mayer

P:
R: Por anos. Por anos e anos e anos e anos. Sinceramente, não me lembro de um dia *não* ter pensado a respeito. Era meu segredo, sabe? Tinha que proteger dos outros. Eu sabia que eles não entenderiam. Nem o Duncan nem o coitado do Otto. Nem ninguém. E talvez tentassem tirar meu segredo de mim. Era meu maior medo. Eles tirariam meu segredo de mim, se pudessem. Me entupiram

de remédios, tantos remédios... remédios e mais remédios e mais remédios. Nunca fizeram efeito. Só me ajudaram a fingir um pouco melhor. Fez com que *eles* se sentissem melhor, não eu. Mas eu ainda era a mesma.

P:

R: Isso é difícil de responder. Duncan fala de um show de Dylan a que foi uma vez, onde ele disse: "Estou usando minha máscara de Bob Dylan." Dylan disse isso, que fique bem entendido. Não Duncan. Duncan não disse, a não ser quando estava contando a história. Era Halloween, acho. Bom, para mim todo dia é Halloween. Estou usando minha máscara de Claudia Mayer. Fico bem?

P:

R: É como se eu estivesse olhando por uma janela. Vejo as árvores, o lago, a grama, o que estiver do lado de fora. Só que, ao mesmo tempo, estou ciente da moldura da janela, do trilho, do vidro... Você fica olhando *para* a coisa *através* da qual deveria estar olhando tudo, se é que faz algum sentido. E é assim o tempo todo. Como um mímico preso na caixa invisível. Você não enxerga a caixa. Mas o mímico, se for bom... ele, *sim*, enxerga. E você sabe, você simplesmente sabe, só de estar ali observando, que ele não tem como se libertar.

P:

R: Não.

P:

R: Sim.

P:

R: Eu sabia, eu sabia, eu sabia. Mesmo que não soubesse, eu sabia. Não tudo, não sobre o...

P:

R: Sim, aquele garoto. Agora é um homem, lógico. Mas ainda dói de pensar. Deveria doer ainda? Achei que a dor iria toda embora, mas continua. Não sinto mais nada. Nenhum arrependimento, nenhuma tristeza, nenhuma felicidade, nada. Mas aquela dor ainda persiste. Quem sabe as mais novas paixões sejam as últimas a se apagar?

P:

R: Sim, desculpe. Não, disso eu não sabia. Mas sabia do passado deles, sabia que tinham sido jovens apaixonados. Que frase adorável, não? Jovens apaixonados. Mas jovens apaixonados crescem. Não que eu me importasse, na verdade. Ou talvez me importasse. Sei lá. É tão difícil saber o que a gente pensa, né? As pessoas perguntam essas coisas. "Como você se sente sobre isso? O que você acha?" Qual é a resposta certa? Existe uma resposta certa? É um enigma que você pode tentar solucionar, mas nunca sabe se vai encontrar a solução correta, no fundo. "Como eu me sinto?" Como eu vou saber? Não seria eu a última pessoa a saber?

P:

R: Não, todo mundo sente, eu acho. Todo mundo não passa de sinos ao vento, não é? A essa altura da nossa vida, nenhum de nós faz o som que gostaria de estar fazendo. As notas estão todas lá. Só que estão sendo tocadas na ordem errada.

P:

R: Sim, as coisas mudaram quando ele nasceu. Quer saber uma coisa boba? Por algum tempo, enquanto eu estava grávida, achei que talvez o segredo fosse vir a público, que eu pudesse segurá-lo nos meus braços, niná-lo, acalentá-lo, vê-lo crescer sozinho, fora de mim. E que eu seria diferente. Mas não aconteceu. O bebê era só um bebê. E assim eu... bom, Duncan diria que eu piorei. Não acho que seja verdade. Me tornei mais *eu*. E eles não gostaram, só isso. Eles me convenciam, ou tentavam me convencer, de que aquilo não era eu, que eu era outra pessoa, e puseram outra máscara no meu rosto. Deu certo, por algum tempo.

P:

R: Sempre culparam o Otto. Porque ele estava dirigindo. E porque ele estava de cinto e o Trip não. Acho que o Alex teria preferido que o Otto tivesse morrido também. Mas a Amanda, não. Ela ficou... Foi horrível. Ela ficou tão triste... Triste, triste, triste. Eles não conseguiam nem olhar pra gente. E depois, então... Alex nos odiou ainda mais.

P:

R: Nunca gostei daqui. Duncan nasceu para isso, lógico, vem para cá desde sempre. No início do nosso casamento, enquanto ele trabalhava na cidade, eu vinha durante a semana. Ele achava que eu estava superbem... me enturmando e coisa e tal. Acho que acreditava que eu fosse me tornar uma Mulher de West Heart, do tipo que passa os dias tomando banho de sol no lago, caminhando pelo bosque e cuidando das crianças. Mas eu não me tornei. Gostava de vir durante a semana, sem ele, especialmente depois que Otto saiu de casa, porque aí dava para só ficar na cabana sem ter que ver ninguém, sem ter que falar com ninguém, por dias e dias.

P:

R: Dizer o quê, também? Nós dormíamos em quartos separados. A ideia foi minha... Eu disse para o Duncan que ele se virava demais durante o sono, o que não era verdade. Eu só queria ficar sozinha. E eu sabia que ele dormia cedo porque caçava de manhã.

P:

R: Bom, ele *dizia* que dormia cedo, pelo menos. Não sei o que ele fazia depois de eu sair de casa. Não que eu ligue agora. Como disse, agora não sinto mais nada. Exceto a dor por causa daquela história. Pelo jeito, Duncan tinha um segredo também. Diferente do meu, mas ainda assim um segredo. Eu me levantei. Pus aquele roupão, o de bolsos grandes. Tinha comprado exatamente por causa dos bolsos grandes. E saí. Como era lua cheia, tinha luz o bastante para enxergar. Se bem que, para ser sincera, eu teria conseguido me orientar mesmo na escuridão.

P:

R: Não, não fui à sede do clube.

P:

R: Certeza absoluta.

P:

R: Naquele dia, mais cedo, eu tinha pedido para algumas das crianças me ajudarem a encontrar pedras no lago. Fiz como se fosse um jogo. Pedras lisas, redondas, perfeitas. Tinham que ser exatamente assim. Aí eu e as crianças as empilhamos num... como é que chamam aquilo?

P:

R: Isso, um moledro. Eu gosto dessa palavra. Parece magia ancestral. Um moledro. A gente construiu um moledro, e eu fiz as crianças

prometerem que não derrubariam. Todas juraram solenemente como se aquela fosse a promessa mais importante que já tivessem feito. Crianças são criaturinhas tão curiosas. Mas cumpriram a palavra. As pedras estavam lá, naquela noite, à beira do lago. Me esperando. De certa forma, parecia que haviam estado lá me esperando durante toda a minha vida. Magia ancestral.
P:
R: Eu falei, não senti nada. Nada, nada, nada. Exceto a dor por causa daquela história. E acho que isso também passa logo. E aí não vai haver mesmo mais nada.
P:
P:
P:
P:

Assassinato, por exemplo, pode ser sustentado pela alavanca moral... ou pode, ainda, ser tratado esteticamente...

DOMINGO

Você começa estas novas páginas com uma vantagem, ou uma obrigação: sabe que é o último dia da história. Como? Talvez por ter folheado o livro todo, sem ir até o fim para não descobrir como termina — afinal, ninguém aqui é psicopata —, mas só por curiosidade, reparando em todas as formas como este livro não se parece com outros, ou se parece, percebendo que "Domingo" era o último dia marcado no texto... Ou talvez porque leu a respeito em alguma resenha, aquela decisiva na compra, em que o crítico mencionou que o romance "se passa ao longo de quatro dias" — quinta, sexta, sábado, domingo... —, resenha esta, aliás, em que você busca avidamente as certezas inerentes ao gênero: a trama que *nos deixa na dúvida até as últimas páginas*, a *deliciosa* reviravolta que *nunca ninguém adivinharia*, o clímax ao qual apenas certos adjetivos podem ser aplicados, a depender de objetivos do escritor e caprichos do crítico — *emocionante, engenhoso, confuso, decepcionante*...

É em certo estado de espírito elegíaco, portanto, que você se volta para a manhã de domingo, essa sensação aparentemente compartilhada pelo autor, que dá início ao dia num registro distinto, sem pressa, como se também relutasse em levar a história até o fim... adiando seu retorno à trama por meio de descrições do espaço físico de West Heart e da luz ainda radiante do nascer do sol numa floresta pós-tempestade, o farfalhar das folhas úmidas, o cervo que cruza a estrada em silêncio... descrições idílicas que, você reflete, pretendem evocar uma indiferença transcendental aos pecados passageiros da humanidade.

Mas o cenário pintado por essas frases tortuosas por fim se comprime de volta às preocupações mortais de um homem que caminha pela trilha de cascalho. É o detetive que constata, extenuado, as evidências da fúria da tempestade: as telhas arrancadas, os galhos de árvores espalhados por toda parte, os vasos de flores virados e a bandeira retorcida e enlameada que pretendia celebrar o quase esquecido aniversário da nação.

Adam McAnnis entra na sede do clube, de novo sozinho em meio ao silêncio inquietante dos corredores. Seu destino é a cozinha. Enquanto passa o café, posta-se diante da porta do frigorífico, deliberando. Respira fundo, puxa a porta pesada e desaparece no interior do recinto, o vapor gelado a esvoaçar no entorno.

Isso soa inesperado para quem lê: por que o detetive voltaria até onde o corpo repousa? Para ver se ainda está lá? Ou para ver se algo desapareceu? Com a trama já tão avançada, você está alerta, aguardando a inevitável reviravolta do terceiro ato — seria esta? O corpo sumiu do local. Ou: o assassino voltou para reaver provas incriminadoras que haviam sido deixadas no cadáver por acidente. Ou: é uma armadilha. O assassino seguiu McAnnis até a sede, à espera de uma oportunidade para dar cabo das investigações de uma vez por todas... mãos entrando em quadro, surgindo diante da câmera para bater a porta do frigorífico e aprisionar o detetive lá dentro. O assassino sabe que ninguém vai estar perto o bastante para ouvir os gritos, cada vez mais fracos a cada hora transcorrida até o silêncio total, o crime descoberto apenas depois, quando a polícia finalmente chegar para abrir o frigorífico e encontrar não um cadáver, mas dois...

Adam McAnnis saiu, tremendo. Fechou a porta, atrapalhando-se um pouco com a trava de metal até se certificar de que o frigorífico estava devidamente lacrado, e se esquentou com uma dose de café. Tinha sido uma ideia estúpida. E desnecessária — corpos não se levantam e saem andando. Sem falar que era perigoso. Ele precisava se lembrar de que estava sozinho naquele local e não podia confiar em ninguém. Sem dúvida não em seu suposto cliente. O que conseguira descobrir sobre o tal, ainda na cidade, não havia sido auspicioso.

Jonathan Gold era um homem de quem os outros tinham medo de falar, em especial aqueles que operavam na fronteira do crime e do poder: dedos-duros, traficantes de drogas e advogados picaretas. Quanto menos falavam, mais McAnnis ficava preocupado. Seria tão surpreendente assim, afinal, que mortes ocorressem em seu rastro? McAnnis conhecera homens como ele antes, no Vietnã, sargentos e capitães de olhos vagos para quem a volta à vidinha de sempre jamais poderia se comparar aos terríveis deleites da guerra e da liberdade, mesmo tardia, de testar os limites do próprio arbítrio e da própria força. Será que Jonathan Gold havia de alguma forma provocado aquela tragédia? Aliás, será que estaria contando com ela?

McAnnis deu um gole no café. Em momentos assim, sentia-se como um ladrão com o ouvido pressionado contra um cofre, esforçando-se para discernir um clique que talvez nunca soasse. Entretanto, era melhor do que pensar no que vira no frigorífico. Um corpo largado para congelar, como uma peça de carne esquecida. E, na nuca, debilmente iluminada pela solitária lâmpada acima, o terrível buraco aberto, coberto de gelo vermelho enegrecido.

Com um último arrepio, McAnnis deixou a sede e pegou o caminho enlameado que, graças ao mapa de Ralph Wakefield, ele sabia levar à casa do morto.

×

Quando McAnnis subiu os degraus da varanda, encontrou Jane Garmond numa cadeira de balanço. Parecia estar à espera dele. Numa mesinha de madeira a seu lado, havia uma xícara de chá. Ela não o convidou a se sentar.

— Devo ser sua primeira parada do dia. Que honra — comentou.

— Seu filho está em casa? — perguntou McAnnis.

— Ramsey? — Uma nesga de preocupação cruzou sua face. — Não. Disse que ia levantar cedo para ir pescar. Pelo jeito os peixes mordem mais a isca depois de uma tempestade. Acho que ele só precisava de um tempo sozinho. Enfim. O que tem ele estar ou não aqui?

— É importante.

— Para quê?

— Para a pergunta que vou fazer.
— Pode perguntar.
Era impossível decifrar a expressão de Jane Garmond.
— John sabia?
Ela tomou um gole de chá.
— Isso é relevante?
— Tudo é relevante. John sabia?
— Do quê?
— Me poupe.
— Sim, ele sabia. Embora nunca tenhamos conversado a respeito.
— Outros aqui no clube sabiam?
— Sobre o que a gente vai conversar por aqui a não ser sobre quem está transando com quem?
— Na quinta-feira à noite, a noite em que Claudia Mayer morreu, a senhora ficou sozinha em casa a noite toda. Foi o que me disse. Mas não é verdade.
— Não.
— Era a senhora no quarto 312?
O sorriso de Jane Garmond não chegava aos olhos.
— Como você soube?
— Porque eu estava no 302.
Ela riu, amarga.
— Parabéns. Devia ter passado para dar um "oi".
— Imagino que algumas noites fique cheio ali em cima. Tipo uma comédia maluca. Todo mundo se esbarrando no corredor. Entrando no quarto errado por engano. Vocês falam sobre o assunto de manhã? Ou fingem que nada aconteceu?
— Os vícios da noite esvanecem ao nascer do dia.
— Imaginei. A senhora não fica incomodada de que seu amante seja suspeito do assassinato do seu marido?
— Não. Eu não acredito nisso.
— Não fica incomodada de que a senhora seja suspeita?
— Não.
Jane Garmond começou a balançar-se devagar, a cadeira rangendo no ritmo de um metrônomo. Estava sentada à sombra, mas uma brisa

fazia os galhos das árvores farfalharem e, por um momento, ela foi banhada pela luz do sol matinal. O rosto de Jane pareceu brilhar, como se aceso por dentro, exceto pelo branco da longa cicatriz na têmpora. Era linda. Linda de morrer, literalmente, talvez, pensou McAnnis.

— Quando perguntei à senhora se John sabia, eu não me referia apenas ao seu amante.

— A quê, então?

— Eu perguntei se ele sabia do seu filho.

Era óbvio que ela havia se blindado para o assunto. Não exibiu qualquer reação — o que dava bem mais na vista do que a negação, a raiva ou a vergonha.

— Não sei do que você está falando — respondeu.

— Claudia deixou um bilhete de suicídio.

— Disseram à polícia que ela não tinha deixado.

— Deixou.

Jane Garmond o encarou de forma desafiadora.

— E?

— E no bilhete, que eu li, e que por sinal está comigo, ela faz certas afirmações muito específicas a respeito do seu filho.

Jane Garmond se levantou e foi até a outra ponta da varanda. Parecia estar à procura de alguma coisa na direção do lago, mas McAnnis suspeitava que só quisesse ganhar tempo. Uma cena passou chispando pela mente do detetive: a mulher girando nos calcanhares, com a arma na mão e uma brutalidade feroz no olhar. Será que atira bem? Lógico que atira, foi criada em West Heart. E aquele seria um assassinato à queima-roupa. Uma mulher desesperada impelida a proteger seu segredo. Ela ergue o revólver, dispara uma bala no peito do detetive e, na esperança de que ninguém nas proximidades se mostre curioso quanto ao eco daquele tiro solitário, inicia a sinistra empreitada da ocultação do corpo...

Jane Garmond se virou e caminhou de volta para perto de McAnnis. Não se sentou.

— Você gosta desse seu trabalho? — perguntou.

— Às vezes, sim. Às vezes, não.

— E agora?

— Não particularmente.
— Ouvi falar que você alegou ter sido contratado pelo John.
— Isso.
— E que as pessoas pareceram acreditar.
— Você não acredita?
— Não. Não acredito — disse ela, seca.
— Isso faz diferença?
— Você se diz detetive e, lá na cidade, talvez até seja. Mas aqui não é nada. Só um forasteiro que está bebendo nosso vinho e transando com nossas esposas e filhas.
— Sobre essa última parte, a senhora está mal informada — disse McAnnis.
— Emma está velha e meio lerda, então. É só esperar um pouco.
— É verdade que a senhora não precisa responder às minhas perguntas. Ninguém precisa. Mas vou dizer uma coisa e é fato. A maioria esmagadora dos assassinatos que não são solucionados nas primeiras quarenta e oito horas nunca vai ser solucionada. Portanto, sra. Garmond, o tempo está correndo.
— Você realmente acha que eu não quero saber quem matou meu marido?
— Eu acho que, caso a senhora mesma não tenha matado, talvez tenha medo de saber quem foi. Porque pode ser alguém de quem a senhora goste.

McAnnis esperara provocar uma reação, uma careta ou outro sinal que traísse o segredo que Jane Garmond desejava manter oculto, mas ela permaneceu inescrutável. A mulher pegou o chá e se voltou para a porta telada.

— Você vai fazer o que achar melhor com esse suposto bilhete de suicídio. Isso eu não posso controlar. Mas peço que pelo menos considere o efeito sobre os envolvidos.
— Vou considerar — prometeu McAnnis.
— E preciso contar outra coisa. Sobre a noite em que o John morreu.
— Por favor.
— Eu falei que ele recebeu uma ligação.

— Isso.
— Você perguntou se era homem ou mulher. Eu disse que não sabia. Mas não era verdade. — McAnnis aguardou. No entanto, sabia o que ela diria a seguir. — Era voz de mulher.

×

Estudo de caso: O Quem Escreveu

Em um famoso ensaio sobre o gênero que tanto amava, W. H. Auden torcia o nariz e comentava que a definição correta do mistério está explícita no termo popular usado em inglês: *whodunit* [quem foi?]. As primeiras histórias de detetive, em que o primordial era matar a charada, seriam mais bem descritas por meio da expressão *como foi*. Posteriormente, quando os escritores passaram a se interessar mais pelos personagens e pela psicologia, o gênero deu uma guinada para o *por que foi*. Tais livros, no entanto, costumavam conter outro mistério, escondido à plena vista (tal como a carta roubada de Poe!) nas lombadas.

Não pode ser coincidência que o mistério, tão dedicado a disfarçar e esconder a verdade, seja acima de todos os demais gêneros aquele em que o uso de pseudônimo — *alcunha*, para usar o jargão — por parte do autor seja costumeiro. Começou na época em que Londres tinha coches e lamparinas, e é assim até hoje.

S. S. Van Dine era Willard Huntington Wright. Edgar Box era Gore Vidal. Nicholas Blake era Cecil Day-Lewis. Ellery Queen eram dois autores. Jane Harvard eram quatro.

Certos pseudônimos eram usados para disfarçar uma produção prodigiosa (Cecil John Charles Street publicou 144 romances como Miles Burton e outros 69 como John Rhode). Outros, devido a obrigações profissionais. Entretanto, deve ser dito que, para muitos autores, o uso de pseudônimos se dava essencialmente com um artifício para brincar com a vulgaridade. "John Banville, seu puto", é como o próprio admite ter falado consigo mesmo ao começar a escrever sua série de livros de mistério assinada por Benjamin Black (depois mataria Black e passaria a escrever livros do gênero como Banville).

Ao longo da história, intelectuais se põem na defensiva quanto à atração pelo gênero, como se fosse um vício secreto (morfina, pornografia, abstinência) que os constrangeria perante os pares. É célebre a observação do crítico Edmund Wilson sobre ser incapaz de entender o apelo dessa vertente da ficção. Auden entendia, mas postulava que os romances de mistério não podiam ser chamados de arte. Graham Greene, cauteloso, classificava os próprios livros mais voltados para o suspense como mero "entretenimento". G. K. Chesterton julgava que sua verdadeira arte se fazia mostrar nos árduos textos teológicos que ninguém mais lê hoje em dia, enquanto suas histórias do detetive Padre Brown ainda são tidas em alta conta. T. S. Eliot resenhou inúmeros romances de detetive, mas nunca tentou ele mesmo escrever um, ainda que tenha escolhido conscientemente para seu poema dramático *Assassínio na catedral* um título que soa como se fosse; para tal, surrupiou, quase que *ipsis litteris*, um famoso refrão de Sherlock Holmes, do conto "O ritual Musgrave", de Sir Arthur Conan Doyle.

DOYLE	**ELIOT**
A quem se deve dar?	A quem se deve dar?
Ao que ainda virá.	Ao que ainda virá.
Qual foi o mês?	Qual deve ser o mês?
O sexto a contar do primeiro.	O último a contar do primeiro.
[...]	[...]
Por que concedê-lo?	Por que concedê-lo?
Em nome da confiança.	Pelo poder e pela glória.

Lógico, nem todos os grandes escritores eram tão acanhados. William Faulkner publicou várias histórias de detetive com o próprio nome (que fique registrado, não são o que o gênero tem de melhor; tampouco o que Faulkner tem de melhor). Também sob o próprio nome, Jorge Luis Borges criou a metafísica de tirar o fôlego que construiu sua reputação internacional, incluindo pelo menos duas histórias de detetives célebres ("A morte e a bússola" e "O jardim de veredas que se bifurcam"), bem como muitas outras que podem ser descritas como primas-irmãs do gênero (incluindo "O tema do traidor e do herói", pelo qual Borges poderia muito bem ter creditado mais efusivamente Chesterton por "O signo da espada quebrada"). Ele recorreu apenas a um pseudônimo (Bustos Domecq) para as sátiras de detetives mais frívolas, escritas em coautoria com o amigo e, literalmente, parceiro no crime Adolfo Bioy Casares, que depois seriam compiladas e publicadas com o título de *Seis problemas para Dom Isidro Parodi*.

Num dado interessante, mulheres e escritores racializados geralmente optam por usar o próprio nome. Dorothy Sayers era Dorothy Sayers. Walter Mosley era Walter Mosley. Chester Himes era Chester Himes. Ngaio Marsh simplesmente aboliu o primeiro nome (Edith). P. D. James só se escondia por trás das iniciais. E, claro, o pseudônimo de Agatha Christie, Mary Westmacott, foi usado para o que seus detratores — homens, em geral — tempos depois descartariam como *romances para mulheres*, ainda que não da estirpe rasga-corpete que o termo evoca hoje em dia. Eles eram, na verdade, ficções reflexivas e semiautobiográficas voltadas primordialmente para um tópico que muitos daqueles críticos sem dúvida considerariam indigno da literatura: as profundezas da mente feminina.

×

O 4x4 enferrujado de sempre descia a trilha em sua direção. McAnnis ergueu uma das mãos, um pouco como um aceno, um pouco como sinal para parar. Fred Shiflett inclinou o corpo para fora da janela.

— Você não deveria estar resolvendo um crime em algum lugar?

McAnnis não mordeu a isca.

— Estou chegando lá — respondeu.

— Bom saber.

— Na verdade, era você quem eu estava procurando. Posso perguntar uma coisa?

Fred Shiflett deu de ombros.

— Depende.

— Você conhece uma rota secreta de fuga daqui?

Um olhar astuto se apossou do rosto de Fred Shiflett. Parecia tremendamente satisfeito consigo próprio.

— Está perguntando ou afirmando?
— Fiz uma pergunta, mas na verdade é mais uma afirmação — disse McAnnis.
— Como você soube?
— Uma criaturinha da floresta me contou.
Fred Shiflett cuspiu no chão.
— Aquele menino. Sabia que estava me espionando. Eu e todo mundo. Correndo para lá e para cá com aquele binóculo.
— É verdade, então?
— É, lógico — respondeu, com toda a calma. — Um caminho pelo meio da mata. Não dá nem para chamar de estrada, mas, com cuidado, dá para passar com a picape. Eu mesmo abri, anos atrás, para o caso de querer entrar ou sair de West Heart sem ninguém saber.
— Por que você faria isso?
— Tenho meus motivos.
— E continua aberto agora, mesmo com a tempestade?
— Continua.
McAnnis balançou a cabeça, incrédulo.
— Você não disse nada, mesmo depois do assassinato, quando as pessoas estavam desesperadas para sair daqui em busca de ajuda? Deixou que a gente colocasse o corpo do John Garmond em um frigorífico de cozinha, ao lado de cortes de carne?
— Ninguém pediu minha opinião. Sobre isso ou sobre qualquer outro assunto. E quando a história do frigorífico chegou ao meu conhecimento, ele já estava mais do que congelado.
— Mas por que você não disse nada?
— Que diferença faz para mim? Não matei ninguém, ou seja, uma dessas pessoas foi quem matou. E eu queria ver como a coisa iria se desenrolar. — Fred Shiflett inclinou a cabeça para estudar McAnnis. — Já passou um tempo numa fazenda, detetive? Fazenda de verdade? Porque eu cresci numa. E o que o pessoal da cidade não sabe, ou não quer saber, é que é um esquema sanguinolento. Em fazendas não existem "mortes naturais". Tudo é assassinato de algum tipo. Já ouviu falar do que acontece num galinheiro se uma das aves é ferida e as outras veem sangue?

— Não.

— Canibalismo. As galinhas partem para cima da machucada e despedaçam o corpo. Cacarejando feito loucas o tempo todo. Se uma das que partiram para o ataque se machuca, é morta pelas outras também. E assim por diante. Se você não interferir, a coisa foge do controle tão rápido que em questão de minutos metade do bando está morta ou mutilada.

— Você é o fazendeiro nessa história, Shiflett?

— Não sou nada, a verdade é essa. Nada. Sobre isso você tinha razão. Quer ouvir uma história? Todo Natal eu recebo um bônus. Um envelope com dinheiro, que o presidente do clube entrega para mim em segredo, como que por constrangimento. Ano passado deu mais ou menos cinquenta pratas. O que significa que cada família deu... o quê? Um dólar? Dois? Nada? Por um ano consertando os telhados deles, entregando madeira, chafurdando na merda até os joelhos para consertar as estações de tratamento de esgoto? Pois é, fiquei feliz de saber que um deles é um assassino. E ainda mais feliz de ver todos se engalfinharem tentando descobrir quem pode ser.

— Foi John Garmond quem deu esse envelope para você? — perguntou McAnnis.

— Me poupe. Outras pessoas têm motivos bem melhores que esse para matar ele.

— Shiflett, eu entendo como você se sente...

— Não, não entende.

— Tudo bem, então. Não entendo. Mas está na hora. Mais alguém pode se machucar. Alguém que não mereça. Você pode impedir. Vá até a delegacia. Diga ao xerife o que aconteceu. Traga a polícia para cá.

Pássaros tagarelavam uns com os outros nas árvores. McAnnis acompanhou o olhar de Fred Shiflett e viu um gaio-azul pousar num galho acima deles, gorjear raivosamente e voar em busca de algum ninho para pilhar.

— Vou pensar no seu caso. Se for, vai ser só depois de dar comida pros meus cachorros — disse Fred Shiflett.

— Obrigado. Agora tenho outra pergunta — emendou McAnnis.

— Qual?

— Como eu chego à casa de Duncan Mayer?

×

A casa dos Mayer era do outro lado do lago. Esgotado, McAnnis pegou a "Via Talbot", segundo informava uma placa de madeira pregada a uma árvore, provavelmente em homenagem a um avô ou bisavô de Jane Garmond — Talbot, quando solteira. Tendo à mão o mapa de Ralph Wakefield, passou por vários pontos de interesse de West Heart: a praia, ainda vazia de manhã tão cedo, com o balanço a pender feito um laço; um anexo decrépito e uma fogueira de tijolos caindo aos pedaços; a ilha onde as crianças enfrentavam piratas; uma árvore escurecida, quase petrificada, de aparência mal-assombrada; uma represa que, sem dúvida, explicava a existência do lago, e naquele momento rugia caudalosa com resquícios da tempestade; e a casa de barcos, bem estocada com caiaques e canoas, junto à qual os corpos de duas mulheres haviam sido encontrados, com anos de intervalo. Em dado momento, antes de a trilha se afastar da beirada da água, McAnnis avistou uma figura solitária dando longas e relaxadas braçadas no meio do lago, longe demais para ser identificada.

Um leito de agulhas de pinheiro cobria a terra fofa e úmida da trilha, e ele, acostumado ao concreto e ao asfalto da cidade, percebeu, para a própria surpresa, estar gostando da caminhada. Por fim, avistou a cabana dos Mayer, envolta por árvores, no alto de uma colina. Concluiu que devia passar a maior parte do tempo na sombra, com a luz do sol a incidir diretamente sobre o local apenas no meio do dia, e mesmo assim só no auge do verão — um lugar pouco adequado, pensou, para uma mulher condenada à tristeza.

Diante da porta, McAnnis percebeu que a casa também tinha vista para o lago. Imaginou Claudia Mayer contemplando as águas da varanda e meditando, ano após ano, acerca da profundidade dele.

Ninguém atendeu à primeira batida ou à segunda. McAnnis testou a maçaneta delicadamente — estava trancada. Pôs as mãos em concha ao redor dos olhos para espiar por uma janela e depois tentou abri-la com cuidado.

— Ele não está aqui.

Ao se virar, McAnnis se deparou com Otto Mayer.

— Quem não está aqui?

— Meu pai. É ele que você está procurando, certo?

— Sabe onde ele está?

— Não. Não sei. Mas, se é para arriscar um chute, diria que no lago.

— É mesmo?

— Sei que deve parecer estranho para você. Voltar à cena... à cena do crime, pode-se dizer. Mas ele é nadador. De longa distância. Nada bem. Desde que me entendo por gente. Vai mais longe do que qualquer um, da praia até dar a volta na ilha.

— Acho que eu vi ele — disse McAnnis. E então hesitou. — Algum arrependimento por ter me contado tudo o que contou?

— Só a cada segundo do meu dia desde então.

— Quer o bilhete de volta?

— Não.

Otto Mayer tinha a aparência abatida de um homem que estava com dificuldade para dormir. Exausto, esfregava as têmporas. Seus olhos, McAnnis reparou com a satisfação de quem encaixa no lugar certo mais uma peça do quebra-cabeça, eram da mesma cor azul-acinzentada dos olhos do pai.

— Eu vim atrás do seu pai, mas na verdade tenho uma pergunta para você também.

— Não duvido.

— Foi você que eu segui na quinta-feira à noite? Saindo da sede?

Otto Mayer acendeu um cigarro, para o qual ficou olhando dramaticamente.

— Estou no último maço. E tenho certeza de não ser o único nessa situação. Se não liberarem logo a estrada, talvez as pessoas comecem mesmo a matar umas às outras. — Ele se retraiu. — Desculpe. Sim, era eu. Sabia que tinha alguém me seguindo. Só não sabia quem era, até você ser iluminado pelo luar. Me abaixei na trilha para despistar você e aí dei meia-volta para minha casa.

— Você também estava no corredor? No terceiro andar?

— Estava.

— À porta do quarto 312?

— Isso.

— Por que você foi até lá?

— Não sei. Acho que pensei em interromper, pegar os dois no flagra. Minha mãe estava sofrendo, e eu queria que ele sofresse também. Mas não consegui. Não quis. — Ele inclinou a cabeça. — Como você soube?

— Eu estava em outro quarto no mesmo corredor.

Otto Mayer riu, um riso exasperado.

— Este lugar maldito. Quando se é criança, parece idílico. Você passa os verões aqui, fica o dia inteiro nadando, acampa na ilha, explora os bosques. No inverno, calça as botas de neve e patina no lago congelado. Mas aí, quando fica mais velho, se dá conta de que na verdade é tudo uma merda. Todo mundo é infeliz. Todo mundo toma alguma coisa. Todo mundo trepa com todo mundo. E o pior é que não tem escapatória. Todo mundo está condenado a passar o tempo sempre com as mesmas pessoas, gente que se odeia ou que um dia se amou, todos os anos. Talvez devam mesmo vender isto aqui.

— Por que você continua vindo para cá?

— Por que todo mundo faz o que faz? Hábito, acho. E desde o acidente, outra coisa também. Culpa — respondeu Otto Mayer.

— Ninguém com quem eu tenha falado acha que a culpa foi sua.

— Isso é porque não estavam lá. Fiquei uma hora pendurado de cabeça para baixo. Vendo Trip se esvair em sangue. Ele nunca recuperou a consciência. Se eu fosse Alex Caldwell, me odiaria também — concluiu, amargo.

✗

Quando voltou à casa dos Blake, McAnnis encontrou o andar de baixo vazio: migalhas na mesa da cozinha, pratos empilhados na pia, taças de vinho da véspera ainda espalhadas pela sala e cinzeiros transbordando. Cenas de uma vida cotidiana abruptamente abandonada, como se os moradores tivessem recebido a notícia de um apocalipse iminente em pleno café da manhã. McAnnis se sentiu um fantasma.

Encontrou Emma Blake lendo uma revista no terraço, ainda de pijama e com aqueles óculos de sol sempre presentes.

— Cadê todo mundo?

— Não faço a menor ideia. Quando acordei, não tinha ninguém. Come um pedaço de bolo — disse Emma Blake.

— Obrigado.

— Você está com cara de cansado.

— É o que as pessoas dizem quando não querem dizer que a gente está com uma cara péssima.

— Tudo bem, então. — Emma Blake o estudava por cima dos óculos de sol. — Você está com uma cara péssima.

— Não tenho dormido.

— Nem eu. E pensa nisso. Poderíamos não ter dormido juntos.

— Debaixo do teto dos seus pais?

— Poderíamos ter ido até a sede. Você teria preferido o quarto 302 ou o 312? — perguntou ela, maliciosa.

— Emma, por favor.

— Foi mal. Às vezes eu pego pesado. Quer café?

— Sempre.

Eles permaneceram em um silêncio confortável, McAnnis permitindo-se imaginar encontrá-la de novo na cidade, quando tudo aquilo acabasse. Ele a pegaria com seu Pontiac Bonneville 1971 e a levaria para jantar com os mafiosos no Bamonte's, no Brooklyn. O garçom iria olhá-la de cima a baixo e depois para o detetive — o olhar dele diria *Que peixinho saboroso, hein? Conseguiu fisgar como?* —, sugerindo na cara de pau uma garrafa de vinho tinto muito acima do orçamento de McAnnis. Ele aceitaria a sugestão de imediato, óbvio, tremendo por dentro ao calcular o custo em termos de clientes e horas de investigação. Enquanto comem pão com azeite, Emma perguntaria quem são os mafiosos nas outras mesas, alguns dos quais ele conhece de vista, outros não; sobre estes últimos, inventaria histórias sinistras de quilos de heroína armazenados dentro de cadáveres desembarcados no JFK, torturas em armazéns em Greenpoint e corpos desovados nos pântanos próximos à Jones Beach. "Você está inventando isso tudo", diria ela entre risos, e ele juraria ser tudo verdade, cada palavra.

Depois do jantar, amassos no banco dianteiro do carro em frente ao apartamento dela. Quando fosse convidado a subir, diria que não. "Às vezes é possível ser cavalheiro *demais*", retrucaria Emma, mas ele perceberia que, na verdade, não ficou decepcionada. Por algumas horas, permaneceria atrás do volante, observando os retângulos amarelos no prédio dela se apagarem um a um, a primeira e única vez em que estaria de tocaia a serviço de si próprio.

— O que faz Emma Blake quando não está aqui? — perguntou McAnnis, por fim.

— Quando não é suspeita de assassinato, entocada com um detetive num clube de caça isolado com um monte de armas, você quer dizer?

— Isso, é o que eu quero dizer.

— Tenho um emprego na cidade. Divido apartamento com outras duas meninas.

— Que tipo de emprego?

— Trabalho numa revista. Quero ser escritora, ou pelo menos editora.

— Isso é o que você quer ser. O que você é atualmente?

— Secretária.

— Em que revista?

— *Esquire*.

— Achei que você iria dizer *Ms*.

— Não, mas estive com Gloria Steinem uma vez.

— Como foi?

— Ela me disse para não deixar a universidade me fazer lavagem cerebral.

— Quando foi isso?

— No último ano da faculdade.

McAnnis riu.

— Bons conselhos sempre chegam muito tarde. Da primeira vez que fui preso, por arrombamento e invasão de propriedade durante uma investigação, meu chefe foi pagar a fiança. Estava numa cela com doidões, putos e um maluco que cagava nas próprias mãos. Meu chefe ficou só me olhando, rindo por entre as barras da cela, e disse: "Talvez eu não tenha me lembrado de comentar, mas ser detetive particular é uma decisão profissional horrível."

— Estava certo?

— Em quase tudo.

Emma Blake largou a revista no chão de pedra do terraço.

— Você gosta de ser detetive?

— As pessoas sempre me perguntam isso — queixa-se ele.

— E?

— E o quê?

— Você gosta de ser detetive?

— É um jeito ridículo de ganhar a vida. Mas os outros são piores. Em todo caso, qual opção seria melhor para alguém que largou a faculdade sem ter nada além da metade de um curso de filosofia, que serviu no Vietnã e passou a infância no meio de policiais?

— Você reclama demais. Acho que você gosta.

— Ah, é?

— Acho que você gosta de pensar que tem uma vida de pobre por necessidade e não por escolha — disse Emma, agora séria. — Acho que no fundo curte a perversão. A depravação abjeta. A exposição aos piores elementos da natureza humana. E acho que o motivo é porque isso permite que você aceite esses elementos em você mesmo.

McAnnis ficou em silêncio. E então, em tom baixo, disse:

— Você fala como se me conhecesse.

— Eu conheço os homens.

— Parecia haver alguma certeza na degradação — murmurou ele.

— T. E. Lawrence, né? Não fique com essa cara de surpresa. A lavagem cerebral na faculdade foi forte, lembra? Mas de novo: o Lawrence que você lê não é o Lawrence que eu leio.

— E quanto a você? Como está na *Esquire*?

— Tentando mudar de assunto?

— Definitivamente.

— A revista é ok. A não ser pela pretensão, pela vulgaridade, pela misoginia e pela exploração capitalista desavergonhada de gente jovem e ingênua que trabalha praticamente de graça.

— Soa maravilhoso.

— Como sou uma mulher jovem e livre que toma pílula, os homens ficam na torcida ou partem do princípio de que eu esteja sexualmente disponível o tempo todo. E, é lógico, se estiver mesmo, sou uma piranha. Se não estiver, sou uma reprimida.
— O trabalho é interessante, pelo menos? — perguntou ele.
— Este mês fizemos perfis de John Ehrlichman e William F. Buckley. Este último, escrito por William F. Buckley.
— Isso me faz lembrar daquela velha definição de masturbação — disse McAnnis.
— Que seria...?
— Sexo com alguém que você ama.
Emma Blake riu.
— Buckley é assim.
— Seus pais devem ter amado.
— A intenção do perfil do Ehrlichman era servir de alerta. Mas o pessoal daqui — ela faz um gesto com a mão indicando *o clube* — provavelmente deve ter considerado um manual de instruções.

A conversa continua — uma conversa boba, agradável, lugar-comum e leve —, e você reflete sobre como o clima é diferente em relação à noite anterior, quando a eletricidade no ar entre os dois era palpável após a tempestade. Há mil e uma formas de extinguir a fagulha de tais momentos: um estranho que chegue e os interrompa para perguntar se alguém tem um fósforo, uma canção inapropriada no rádio, um trem um minuto adiantado. Mas você suspeita também que fenômenos menos tangíveis tenham sua influência: uma queda de um único milibar na pressão atmosférica, o bater das asas de uma andorinha trinta metros acima, o eco de passos a meio quarteirão de distância, um neurônio entre bilhões que não se acenda... O olhar se desvia, a pulsação baixa e você se dá conta de que a onda que parecia estar se formando na verdade está retrocedendo. Contra probabilidades tão cósmicas, que chance teríamos? Não é a prova de que aquele momento em que dois ímãs se atraem é ainda mais miraculoso do que imaginávamos?

De repente, nota-se que os dois personagens voltaram a falar sobre o assassinato e é preciso retornar ao texto antes que se perca uma nova revelação.

— Mas você então já desvendou o caso? — perguntou Emma Blake.

— Você diz *o caso*. Mas os corpos não são dois? — observou McAnnis.

— São, mas a Claudia... Todo mundo sabe o que aconteceu.

— Talvez. Talvez não. E, de qualquer maneira, acredito que um suicídio exige tanta explicação quanto um assassinato.

— Tudo bem, dois corpos. Você sabe o que aconteceu?

— Estou quase lá, estou quase lá. A imagem está ficando cada vez mais clara. As pistas estão aí para todo mundo ver.

— E quais são?

— As pistas? — McAnnis parecia achar graça. — Quer que faça uma lista para você?

— Olha, quero sim.

— Ok — disse ele, considerando a possibilidade. — Acho que dá para fazer. Certo. Um momento.

Emma Blake havia respondido brincando, mas agora aguardava pacientemente. Surpresa por ele se dispor. Ou por ser capaz.

— Ok, então. Está pronta?

— Estou.

Ele começou a contá-las nos dedos.

— *Madame Butterfly*. Henry Ford. Charles Lindbergh. O povo Oneida. O quarto 312. Uma placa faltando. Um jogador azarado. O segundo tiro. Uma ligação à meia-noite. E um hematoma na lombar de uma mulher.

— Isso são pistas?

Emma Blake lançou um olhar incrédulo para o detetive. Sob a luz do sol, seu cabelo louro parecia quase branco.

— São. Ou talvez pistas de pistas — respondeu McAnnis.

— O que você vai fazer com tudo isso?

— Para começar, tirar uma soneca. Ou pelo menos deitar. Estou me sentindo... estranho. Deve ter sido alguma coisa que eu comi.

— Talvez você tenha sido envenenado — sugeriu Emma Blake.

McAnnis balançou a cabeça.

— Essa seria uma bela reviravolta, não seria?

✕

Sentado à sombra nos degraus de pedra da entrada da casa dos Burr, Ralph Wakefield desenhava, debruçado sobre uma folha de papel. Balançava o corpo de leve para a frente e para trás e balbuciava alguma coisa para si, o que tendia a fazer quando se concentrava e queria se isolar dos sons ao redor, como o dos tios gritando um com o outro no andar de cima. Algo havia se espatifado, ele ouviu o barulho de vidro se estilhaçando; sua tia gritara "Mentiroso!" e a porta do quarto fora então batida com um estrondo. Ralph, porém, não estava preocupado. Sabia que adultos eram assim mesmo. Sua mãe e seu pai agiam igual naqueles raros momentos em que estavam todos juntos no mesmo país e na mesma cidade.

A folha de papel continha uma versão secreta, mais nova, do mapa de West Heart que dera ao detetive. Ralph acrescentara tudo que havia descoberto desde que chegara ao clube, tudo que aprendera espiando pelas janelas com o binóculo ou se agachando em vãos embaixo de escadas e ouvindo os adultos fofocarem, discutirem e chorarem. Quando não entendia as palavras, procurava-as depois no dicionário. Ralph sentia que aquele mapa, o mapa secreto, era de fato o verdadeiro mapa de West Heart.

Nas extremidades da folha, onde outros mapas talvez apontassem as direções da bússola, Ralph havia acrescentado as legendas:

TRISTEZA
FELICIDADE
AMOR
ÓDIO

Ao lado de três das casas, havia escrito uma das palavras novas que aprendera: ADULTÉRIO.

Ao lado da sede do clube, desenhara um bonequinho de quatro pernas de onde emergia uma linha vermelha ondulada — ele encontrara um lápis colorido para isso — e ao lado da qual Ralph escrevera: CACHORRO MORTO.

Ficara na dúvida sobre como rotular a mulher afogada no lago, pois entreouvira um pouco dos debates quanto a ter sido deliberado ou acidental. Então havia optado por escrever ao lado da casa de barcos: MULHER MORTA.

Na sede, acabara de adicionar sua legenda mais recente: ASSASSINATO.

Ralph estudou o mapa por um instante, como se quisesse memorizá-lo. Depois dobrou-o com cuidado, enfiou-o no bolso da calça jeans e pegou o caderno de exercícios de matemática. Estava tentando resolver os problemas havia dias, e aquilo o incomodava. Era verdade o que dissera ao cara novo, o cara legal, o detetive: eram fáceis para ele. No geral. Mas aqueles eram diferentes. Os dois primeiros, conseguira resolver bem rápido, escrevendo as soluções em sua letra de fôrma precisa e miúda, tão pequena que a professora reclamara de não conseguir ler nem de óculos, algo que Ralph sabia que ela não gostava de usar. As respostas que escreveu eram:

1. A PROBABILIDADE É DE 1 EM 3
2. NÃO

O terceiro problema era bem mais difícil. Ralph esfregou o rosto, lápis na página. Hesitante, Ralph experimentou alguns conceitos tirados do caderno de trigonometria que havia roubado do irmão mais velho. Percebeu, então, que a resposta poderia ser algo com que ele nunca havia se deparado: um número irracional. Com muito menos certeza do que o habitual, Ralph escreveu com cuidado:

3. SEM LIMITE

Em comparação, o quarto e o quinto problemas haviam sido fáceis; ele os havia terminado na noite em que conhecera o detetive. O quarto resumia-se a somar uma série de números; o quinto, um pouquinho mais complicado, revelou afinal seus segredos quando ele conseguiu simplificar os termos. As respostas de Ralph foram:

4. 257 MINUTOS
5. A PROPORÇÃO É DE 10:1

Restava apenas o último problema. Ralph estava perplexo. Parecia faltar informações para se chegar à resolução. Ele estava faminto. Quase entediado. Tinha um livro com labirintos em que ainda não conseguira nem sequer encostar. Será que chutava aquela? Ralph sabia que as respostas prováveis eram duas: SIM e NÃO. Chegou a pensar em responder TALVEZ, o que às vezes era uma opção em problemas do tipo, mas sua intuição dizia não ser o caso. Não, nada de TALVEZ. Restavam SIM e NÃO. Qual seria?

O estômago dele roncou. Ouviu a tia descer as escadas. Impulsivamente, com uma letra menos caprichada do que o normal, Ralph escreveu:

6. NÃO.

Fechou o caderno com uma sensação de alívio. Depois, levantou-se e correu em direção à cozinha com seus tênis vermelhos Jox, uma criança faminta numa tarde de verão na esperança de encontrar algo para comer.

×

Estudo de caso: O Por Que Solucionar

Enquanto na "realidade" — reconhecendo-se (sem ofensa, Nabokov) que essa palavra faz sentido apenas sob a ressalva das aspas — mistérios sem resolução são comuns, na clássica ficção investigativa são extremamente raros. É célebre a admissão (ou alegação) da parte de Raymond Chandler de que não sabia quem matou o chofer em *O sono eterno*. Pode-se dizer que toda a obra de Thomas Pynchon consiste em mistérios não solucionados ou, no mínimo, em perguntas não respondidas (o que inclui seu único romance de detetive explícito, o trôpego *Vício inerente*). A *Trilogia de Nova York*, de Paul Auster, não oferece soluções e, dá quase para afirmar, tampouco crimes. Henry James, quase um século antes, em *A fonte sagrada*, não oferece crime algum, solução alguma e *detetive algum* — e, ainda assim, foi uma inspiração para décadas de histórias de mistério com protagonistas dedicados a explorar segredos e relacionamentos de personagens na mais clássica ambientação do formato *quem foi*: o fim de semana numa casa de campo da elite.

Roy Vickers usava instâncias (reais) de crimes não solucionados como base para uma série de histórias (fictícias) centradas no (inventado) Departamento de Becos Sem Saída da Scotland Yard — uma unidade de casos arquivados, ou *cold cases* [casos "frios"], antes de o termo em inglês ser inventado por jornais da Flórida no início dos anos 1980.

A sabedoria convencional determina que mistérios da "Era de Ouro" precisavam ter solução, pois os romances se dedicavam a sustentar ou a restaurar a ordem social estabelecida. Tempos depois, outras obras do gênero passariam a ter finais ambíguos ou insatisfatórios, e o motivo era exatamente o oposto: a ordem estabelecida já não era vista como algo digno de ser preservado.

The Poisoned Chocolates Case, de Anthony Berkeley (1929), transcorre em torno de um clube de detetives de poltrona que analisam um mistério desconcertante: *Quem enviou os chocolates envenenados a Sir Eustace?* Cada personagem propõe a própria solução, com um assassino diferente. O livro expõe a arbitrariedade intrínseca ao gênero ao ressaltar como motivações e métodos de um assassino podem ser facilmente trocados pelos de outro muito diferente: a solução não tem nada de sagrada.

O maior mistério não resolvido de todos não teve a chance de sê-lo: o virtuosíssimo *E não sobrou nenhum*, de Agatha Christie. Dez estranhos são convidados para uma ilha isolada e assassinados um por um, ao que parece de acordo com a letra de uma velha cantiga de ninar (originalmente, racista ao extremo). A atmosfera ímpar de ameaça e pavor do romance, o melhor da autora, vem da suspeita gradual de que as vítimas estão sendo mortas por alguém ou algo não visto... um bizarro temor confirmado no fim, quando não resta ninguém, a última vítima morta ilogicamente, o que exige, sem a menor dúvida, a presença de outra pessoa.

É um final perfeito e inquietante, e deveria ter sido mantido assim. Contudo, pelo jeito, Christie temia tanto deixar os leitores em choque que adicionou um epílogo — uma mensagem numa garrafa, literalmente! — explicando a coisa toda de um jeito que consegue ser ao mesmo tempo inteligente e decepcionantemente banal.

Apesar disso, o milagre de *E não sobrou nenhum* é ter sido a única vez em todo o cânone de Christie que o leitor sente o desconforto de uma influência outrora atribuída pelos temerosos às Moiras: a presença de forças invisíveis e potencialmente malignas a manipular ou guiar o destino dos homens. É a essa sensação que personagens shakespearianos "fadados à tragédia" se referem em murmúrios amedrontados quando dizem que "são as estrelas, as estrelas acima de nós, que governam nosso destino"... quando balbuciam que "reina algum mau planeta"... quando proclamam em reverência que "os próprios céus apregoam a morte de príncipes". Nós voltamos a encontrá-la no lamento angustiado do Conde de Gloucester, de *Rei Lear*:

> Como moscas para meninos devassos somos nós para os deuses,
> Eles nos matam por esporte.

Um lamento que os leitores fariam bem em lembrar ao começarem a apostar em quem será o próximo a morrer.

✕

O detetive entra no quarto e tranca a porta. Abre a gaveta dentro da qual havia colocado as roupas. Hesita — será que alguém havia mexido? — e checa de novo, certificando-se de que o revólver continua lá. McAnnis remexe as roupas e encontra o pequeno frasco de plástico com comprimidos, engole dois sem água, hesita — ah, dane-se, os últimos dias foram horríveis —, pesca mais dois, fecha de novo a tampa e empurra o frasco para debaixo das meias. Folheia as páginas do dossiê sobre o clube: não tem nada faltando. Seus ombros relaxam. O detetive se deita na cama e espalha as páginas ao redor como um aluno estudando para a prova.

Enquanto fuma, McAnnis medita sobre o caso. A missão inicial que o levara até ali. E as tragédias que desde então confundiram seu propósito.

Fecha os olhos. Pensa em Claudia, na pobre Claudia, sozinha na varanda da sede abaixo dos sinos dos ventos, esperando em vão o vento mudar para poder ouvir a "Ode à alegria". Imagina-a tremendo no roupão, enchendo os bolsos de pedras e entrando na água plácida e fria.

McAnnis pensa também no terrível rombo na nuca de John Garmond, no focinho indócil do rato que cheirava o sangue escuro que pingava. E, na noite anterior, McAnnis a observar os olhos de John acompanhando a movimentação esvoaçante da esposa pelo terraço após o jantar, o olhar desamparado de um homem tomado na mesma medida pelo ciúme e pela culpa.

John sabia, então? Ou era apenas o que Jane queria que McAnnis acreditasse? Ele não consegue chegar a uma conclusão. Termina o cigarro. Talvez não importe. Pode tomar uma providência ou não. Pode completar seu caso ou não. Pode largar tudo.

"Faça o trabalho", era o que Horatio Brown costumava lhe dizer, espantando os pudores como se fossem moscas. "O que eles fizerem depois não é da sua conta."

Era o que haviam lhe instruído. Contudo, quase nunca funcionava assim.

McAnnis não se dá conta de que está com as mãos tremendo até tentar acender um segundo cigarro e este escorregar por entre seus dedos. Ele seca a testa. O suor empapa suas roupas. Fica de pé, trôpego, dá um passo, depois outro, e cai de volta na cama, os papéis do dossiê flutuam e pousam do chão. O detetive cai ajoelhado em cima do tapete verde de chenile. A luz do sol irradia pela janela, como a da lua no quarto 302, Susan Burr sorrindo para ele nas sombras; ele segura a mão dela do mesmo jeito que agarrava a da mãe quando era criança, tentando ser valente. Segurando na outra mão uma mochila com uma muda de roupas, erguendo o olhar para ela no saguão de um hotel vagabundo, lembrando-se de quando estivera no corredor, a observá-la através da porta rachada, de costas retorcidas voltadas para o espelho do banheiro, fazendo uma careta ao ver a fileira de hematomas que subia por sua coluna...

Hematomas iguaizinhos ao rastro das agulhas que tracejavam os braços da garota que resgatei das ruas de Berkeley, ela gritava feito uma condenada enquanto eu a algemava no banco de trás, se debatia e chutava as janelas no caminho colina acima, eu em disparada, avançando sinais vermelhos e placas de "Pare" por saber que parar seria o mais perigoso, mas era para o bem dela, foi o que disse a mim mesmo, ainda que ela urrasse como um animal com a pata presa em uma armadilha. Então veio a traição do pai dela, e depois os drinques solitários num bar imundo no cais de Oakland, sabendo que havia resgatado a garota de uma prisão e a entregue a outra...

Shirley, lembrei. O nome dela era Shirley. O pai enfiando a seringa no braço dela, os olhos da garota sumindo para dentro da cabeça, o corpo desabando no sofá igual ao dos soldados que se recostavam nas almofadas daquele porão escuro em Saigon, a alta rotatividade nos quadros da infantaria, gente chegando, indo embora, indo para lugar nenhum, a fumaça doce, perfumada, a subir dos braseiros e dos longos narguilés, mas agulhas também, para quem precisasse de uma onda mais rápida. Um mês depois, uma bomba acabou com a boca e o bar acima, mas tudo que chegou ao conhecimento das mães e dos pais daqueles soldados foi que haviam morrido em combate e jamais voltariam para casa, nunca mais. Para mim, a gritaria dos terrores noturnos já havia se estabelecido, e eu sabia o motivo de aqueles soldados estarem ali, assim como de eu estar ali também...

McAnnis grunhe e desaba no chão do quarto. Seu braço esquerdo está dormente e sua boca está seca. Tenta gritar — talvez Emma possa ouvi-lo do terraço —, mas não consegue. Não consegue. Ele fita os papéis espalhados pelo chão. Rasteja na direção deles. Aquele não. Aquele não. Merda. Rápido. Aquele. Ali.

McAnnis pega uma página com o punho cerrado e se deita de costas. Faz um som próximo a uma risada, semelhante a como alguém reagiria a alguma piada cruel e sem graça. E então, naquele momento infinitesimal e eterno entre uma respiração e a seguinte, McAnnis fecha os olhos.

×

— Como está a contagem agora? — perguntou Warren Burr.
— Um assassinato? Dois? Três? Por que parar por aqui? Cadê

nossa ambição? Se metermos a cara, com certeza dá para chegar a uns treze...

 Estávamos reunidos no salão de estar da sede. A notícia se espalhara rápido. De casa em casa. De vizinho em vizinho. O menino, Ralph, fora visto na estrada de cascalho, todo agitado, transmitindo a informação. Dessa vez, o choque fora mais suave. Assim como a comédia, a tragédia também perde impacto com a repetição.

 Sem saber o que mais fazer, começamos a circular exaustos pela sede do clube, uns sozinhos, outros em dupla. Reginald Talbot. Os Burr. A família Blake. Jane e Ramsey Garmond. Duncan e Otto Mayer. Jonathan Gold. Àquela altura, o dr. Blake e o filho já haviam depositado o novo corpo no frigorífico.

 Sentíamo-nos mal por não nos sentirmos pior, mas o fato é que o detetive era um estranho. Não o conhecíamos. Não era *um de nós*. Também tínhamos plena consciência, por mais que tentássemos não pensar a respeito, que, para pelo menos uma pessoa, o fim dos interrogatórios do detetive seria um alívio.

 Não, não nos importávamos com Adam McAnnis. Mesmo assim, estremecemos quando soubemos do ocorrido. O verdadeiro horror dessa última tragédia, percebemos, era o fato de sugerir a possibilidade de uma *série*, como numa cantiga infantil de ninar. *E não sobrou nenhum.*

— Pelo menos estamos passando um tempo de qualidade juntos — disse Warren Burr, e se afundou em um sofá de couro.

— Chega, Warren — retrucou o dr. Blake.

— Quem encontrou ele? — perguntou Susan Burr.

— Meus filhos e eu — respondeu o dr. Blake.

Ele rememorou a cena: bater na porta, chamar o nome dele. Nada de resposta. Tentar abrir a porta, constatar que estava trancada. Pensaram que talvez tivesse caído de novo no sono. James foi até o lado de fora para forçar a janela, mas estava trancada.

— Ele está caído no chão — reportara James. — A gente precisa entrar lá.

— Pela porta ou pela janela? — perguntara Emma.

Pensaram por um instante.

— Pela porta — dissera o pai deles, por fim.

— É para arrombar? — indagara o filho.
— Acho que é o jeito.

Tentaram primeiro com os ombros, explicou o médico, mas a porta era antiga, firme, e o corredor não era longo o bastante para correr e tomar impulso; se havia algum macete para escancarar uma porta na porrada, eles não o conheciam. No fim, por sugestão de Emma, desatarraxaram o entorno da maçaneta, conseguindo, assim, forçar a fechadura.

Encontraram o detetive caído no meio do quarto. Sem nenhum sinal de violência no corpo. Os olhos estavam fechados. Um braço repousava sobre o peito, com o punho cerrado, e o outro jazia esticado ao lado, como uma seta de placa a apontar um caminho.

— Fiquem longe — dissera o dr. Blake. Ele se agachara próximo ao corpo e pusera a ponta dos dedos delicadamente no pescoço. — Não tem pulso.

— Meu Deus. O que aconteceu? — questionara James.

— Não sei. Mas o corpo ainda está quente. Ele deve ter morrido há menos de uma hora.

— Foi...?

— Talvez. — O dr. Blake erguera a cabeça para encarar o filho.

— Fazia o tipo?

— Existe um tipo?

— Era deprimido, tinha grandes altos e baixos, falava alguma coisa sobre se matar na porra do nosso quarto de hóspedes? Esse tipo — retrucara o médico.

— Não. Não sei. Com toda a sinceridade, sinto como se mal conhecesse ele hoje em dia.

— Se cometeu suicídio, como ele fez? — perguntou Emma.

— Não sei.

Sem falar nada, sob os olhares do pai e do irmão, ela caminhou até a escrivaninha, abriu a gaveta de cima e retirou o Colt Detective Special que vira McAnnis esconder ali. Abriu o cilindro.

— Não foi disparada. Se queria se matar, não seria melhor com uma arma? — dissera ela e, sem esperar resposta, devolveu o revólver ao lugar onde estava e enfiou novamente as mãos na gaveta.

— Você não devia bisbilhotar as coisas dele — alertara James.

Fazendo um floreio de mágica, Emma extraiu o recipiente com os comprimidos.
— Não tem rótulo — observara o pai. Retirando o frasco das mãos de Emma, ele virou alguns dos comprimidos na palma da mão. — Duvido que isso aqui tenha vindo de alguma farmácia.
— O que tem aí? — perguntara James.
— Não faço ideia. Qualquer um que tenha uma prensa pode produzir comprimidos que contenham praticamente qualquer coisa — explicara o dr. Blake.
— Teria sido fácil substituir esses comprimidos por algo letal — dissera Emma.
— O que você está sugerindo? — questionara James.
— Já houve pelo menos um assassinato. Por que não dois?
— Ou teriam sido três? — perguntou Warren Burr, depois de os Blake terminarem o relato.
— Claudia se matou. Todo mundo aqui sabe disso — retrucou Meredith Blake, e então acenou em direção ao marido e ao filho da falecida. — Sinto muito, mas é verdade.
— Se me permitem — disse o dr. Blake. Pessoas aquiesceram.
— Há certas evidências, na literatura, de que indivíduos vulneráveis à ideia sejam inspirados... embora essa não seja bem a palavra correta... inspirados a agir ao verem outros...
— McAnnis não se matou — interrompeu Susan Burr.
Todos nós a observávamos com cuidado desde o momento em que havia entrado no salão. Sabíamos sobre ela e John, óbvio. E a tínhamos visto escapulir para a mata com o detetive na noite da fogueira. *Susan encontrou um novo. É um belo de um acordo, esse dela com o Warren*, havíamos comentado. Mas Susan parecia exausta, com um olhar acabado do tipo que maquiagem alguma disfarça, e estudávamos o rosto dela do mesmo jeito que uma cartomante analisa a palma da mão de alguém. Por que tinha tanta certeza de que o caso de McAnnis não havia sido suicídio?
— O que mais poderia ter sido? — perguntou Reginald Talbot.
— Qualquer coisa. Não conheço o histórico médico dele — disse o dr. Blake. — Ele disse que tinha um sopro no coração, o que

talvez possa ter relação com isso. Ou quem sabe teve um derrame, embora na idade dele não seja normal. Pode ter sido também algo excepcional, tipo um trombo na perna. Ou uma overdose acidental por causa da composição dos comprimidos. Ou talvez...

— Ou talvez alguém tenha matado ele — propôs Susan Burr.

— A porta estava trancada por dentro. Como é que o assassino entrou? — contrapôs James Blake.

— E como teria entrado sem ninguém na casa notar, no meio do dia? — emendou Reginald Talbot, e então percorreu o salão com os olhos. — A não ser que ele tenha sido morto por alguém que já estava na casa, óbvio.

— Reg? — chamou Emma Blake.

— Oi?

— Vá se foder — disse Emma Blake.

— Emma! — recriminou-a a mãe.

— Não vamos fingir que isso é uma grande tragédia pessoal. Afinal, ninguém aqui o conhecia. Exceto James — acrescentou Reginald Talbot. — Sinto muito.

— Eu não o via fazia anos. Não sei direito por que ele ligou — admitiu James Blake.

— Ligou porque tinha conseguido um trabalho e precisava manipular você para ser convidado — disse Jane Garmond. — Deve ter sido até *por isso* que ele conseguiu o trabalho. Poderia vir até aqui sem despertar suspeitas. Você caiu que nem um patinho.

— Ah, sem essa.

— Ele tinha um dossiê sobre nós. Sobre o clube — intercedeu Emma Blake.

Aquela informação foi inesperada, e todos nos remexemos, inquietos.

— Um dossiê? — perguntou Warren Burr, por fim.

— Nós encontramos no quarto dele. Uma pasta cheia de papéis. Uns que pareciam registros de propriedade. Documentos legais. Recortes de jornal. Algumas anotações a mão. — Emma Blake fez uma pausa. — E também relatórios individuais sobre alguns de vocês.

— Quem? — perguntou Warren Burr.

— Posso ver? — perguntou Reginald Talbot.
— Por quê? Está preocupado com o que pode ter ali? Consciência pesada? — questionou Emma Blake.
— Não temos questões mais urgentes a debater? — indagou o dr. Blake, impaciente.
— Tipo?
— Tipo... quem vai brincar de detetive agora?

×

Peça

Um grande recinto, reconhecível como o salão principal da sede do clube West Heart. A enorme lareira de pedra ocupa o centro do palco, na parede dos fundos. No chão, próximo à lareira, há uma mancha, tão grande quanto se esperaria ao se tratar de resquícios de um tiro na cabeça, algumas horas depois de o assoalho ter sido esfregado sem muito afinco. Cadeiras e sofás de couro espalhados por todo o ambiente, junto a pequenas mesas e tapetes, quantos sejam necessários para passar uma atmosfera de ostentação sóbria e indiferente. Há um telefone em cima de uma mesa. A iluminação é ligeiramente fraca (pois a luz é de gerador); precisa ser perceptível quando a eletricidade voltar e as luzes se intensificarem, mais tarde.

No PRÓLOGO e na CENA I, o estilo de figurino, penteado etc. da LEITORA deve coincidir com o da época da PLATEIA e ser marcadamente distinto daquele dos PERSONAGENS.

Uma mulher deve fazer a LEITORA.

PRÓLOGO

Palco vazio. Antes de a ação ter início, a música ambiente deve parar por tempo suficiente para a PLATEIA se sentir desconfortável. As direções de palco para a LEITORA podem variar de acordo com o local e a experiência da companhia de teatro. Se a LEITORA estiver sentada na primeira fileira, deve se erguer, caminhar depressa até a boca de cena, virar-se e dirigir-se à PLATEIA. Caso a LEITORA esteja sentada em um camarote, deve simplesmente falar na direção da PLATEIA abaixo. De qualquer que seja a forma, a LEITORA deve tentar se fazer passar por integrante da PLATEIA antes de começar a falar: ler o programa, conversar com os que estiverem ao redor etc.

LEITORA *(à Plateia)*: Este drama de assassinato, como todos do tipo, exige a suspensão da crença, a aceitação ou, melhor dizendo, a insistência no fato de que o que vocês veem não é real e que estes pobres intérpretes não vivem nem morrem neste palco. O poeta acorda do sonho sem saber se ele é o poeta que sonhou ser uma borboleta ou se a borboleta que sonha agora ser poeta. Todos vocês são atores; cada um é como Alice, com medo de acordar o Rei de Copas, que, segundo foi dito, sonha com vocês — pois onde, então, vocês imaginariam que estariam? Estão assim tão certos, ao olharem para este palco, que sabem onde ele termina? E é com esperança ou medo que contemplam a noção de que alguém, em algum lugar, está sentado no escuro de um teatro, assistindo a *vocês*?

O teatro escurece após o PRÓLOGO; entram os PERSONAGENS. Quando estiverem todos nos lugares, a iluminação volta.

CENA I

LEITORA: Partimos do começo?
WARREN: Em vez do fim?
LEITORA: Alguns mistérios começam desse jeito. Revelam quem é o assassino logo no início. O suspense que houver reside em ver o detetive buscar uma solução e o assassino tentar se esquivar. Este não é um mistério do tipo. Portanto, partimos do começo. Vamos repassar os crimes. Ou, pelo menos, os crimes em potencial. Assassinato. Tentativa de assassinato. Suicídio. Indução a suicídio. Mentira. Infidelidade. Chantagem. Extorsão. Três pessoas estão mortas. Eu os chamei de *crimes*, mas pode-se dizer sobre alguns

que a definição mais exata seria *pecados*. Ainda acreditamos em pecados? Para nossos propósitos de hoje, digamos que acreditamos. Além disso, há a questão da venda do clube e da entrada de um novo membro que seria... incomum para essa organização.

JONATHAN *(fazendo uma mesura irônica com a cabeça)*: Presente!

LEITORA: Temos ainda que falar da questão do detetive. Quem o contratou e por que ele estava aqui?

MEREDITH: Ele disse ter sido contratado por John.

LEITORA: Tenho motivos para acreditar que não é verdade. Mas já chego lá. Vamos considerar cada incidente dos últimos dias. Um cachorro é morto. Um homem leva um tiro, mas sobrevive. Depois é encontrado morto na sede do clube — neste salão, por sinal. Uma mulher é encontrada morta num lago. Outro homem é encontrado morto numa residência particular. Como é que se estabelece a conexão? Existe uma conexão? O detetive tomava cuidado com falsas soluções — as coincidências transformadas em pistas —, e seria sábio seguirmos seu exemplo. Vamos nos voltar agora para a manhã do assassinato.

WARREN: Qual deles?

LEITORA: Perdão. O assassinato de John Garmond. Manhã de sexta-feira. Não sabíamos então da morte de Claudia. Também não sabíamos das mortes que viriam. Bom, pelo menos a maioria de nós não sabia. O assassino — ou os assassinos — obviamente sabia. Mas naquele momento West Heart vivia um estado de inocência, vamos dizer assim.

OTTO *(amargamente)*: Que engraçado.

LEITORA: Foi na manhã em que vários dos homens saíram numa caçada ilegal. Uma tradição dos Garmond, pelo que entendi. Reginald Talbot. John Garmond. Ramsey Garmond. E Duncan Mayer. John tomou um tiro, como acredito que todos aqui saibam. O detetive estava bastante interessado nesse incidente. Esteve presente logo na sequência do que aconteceu. Pôde ler o rosto dos homens envolvidos. E fez muitas perguntas a respeito. Duncan?

DUNCAN *(ironicamente)*: O quê? Eu de novo?

LEITORA: O fato de você ter estado no centro de tantas das incertezas deste fim de semana não te ajuda muito, Duncan. Se eu fosse você, ou alguém próximo a você, isso me preocuparia. Você disse ao detetive ter atingido John por acidente, correto?
DUNCAN: A alternativa seria eu ter dado o tiro de propósito?
LEITORA: A alternativa seria você não ter dado tiro algum. *(Voltando-se para Reginald)* Reginald, você falou que não sabia quem havia escolhido as duplas de caça, mas, ao ser pressionado, disse que Duncan tinha definido os pares. Por que você disse isso?
REGINALD: Imagino que porque achei que era o que tinha acontecido.
LEITORA: Achou? Você não tinha certeza?
REGINALD: Tinha.
LEITORA: Você não disse isso porque achava que faria o detetive suspeitar mais de Duncan?
REGINALD: Lógico que não. E não gosto dessa insinuação.
LEITORA: Você disse ao detetive outra coisa muito interessante, que só foi encaixar para mim depois. Disse que estava distraído quando John gritava após tomar o tiro porque você mesmo havia acabado de disparar contra um cervo.
REGINALD: Exatamente.
LEITORA: E cadê esse cervo?
REGINALD: Como é que é?
LEITORA: Você disparou contra um cervo. Cadê? A cabeça está pendurada em alguma parede, em algum lugar da sede, e fui eu que não reparei?
REGINALD: É óbvio que não. Não, não sei onde diabos ele está. Em algum lugar do bosque.
LEITORA: No bosque... vivo? Porque você errou?
REGINALD: É.
LEITORA: Ramsey Garmond estava com você quando disparou contra esse cervo?
REGINALD: Não, a gente já tinha se separado àquela altura.
LEITORA: Então só quem viu esse cervo foi você. Então é possível que o cervo... seja imaginário?

REGINALD: Você está dizendo que o cervo era uma alucinação? *(Dá uma risadinha, nervoso)* A gente mal tinha começado a beber!
LEITORA: Estou dizendo que nunca existiu um cervo. Estou dizendo que você inventou o cervo porque precisava de algum motivo para ter disparado o rifle. O bosque é silencioso, e um tiro ecoa em meio às árvores. Os outros que caçavam naquela manhã teriam escutado esse outro tiro. *(Para Duncan)* Você achou que estava atirando no quê?
DUNCAN: Achei que era um cervo.
LEITORA: Ficou surpreso ao descobrir que era um homem?
DUNCAN: Muito.
LEITORA: A mente humana tem muito poder. Chega ao ponto de se sobrepor aos sentidos. Vamos imaginar a cena. É de manhã cedo. Você, acredito, não tinha dormido muito bem. Estava preocupado com sua esposa. Seu casamento estava por um triz. Por motivos que vamos discutir em breve, sua longa amizade com John estava estremecida. Ao ver ele caído sobre a moita, todo ensanguentado, não foi acometido por uma onda de dúvida? Não começou a questionar o que viu ao perceber o rifle na mão ou, pelo menos, não questionou a lembrança do que viu? Não pensou que talvez pudesse ter atirado naquele homem? E refletiu se, em algum nível, não teria feito de propósito?
DUNCAN *(devagar)*: Sim, aconteceu algo assim. Eu não sabia. Não achava... mas então vi ele ali, ensanguentado... e pensei...
LEITORA: Pensou que talvez tivesse atirado nele?
DUNCAN: Pensei.
LEITORA: Mas acho que não foi o que aconteceu. *(Para Reginald)* Quando você atirou no John naquela manhã, foi para matar?
REGINALD: Eu não...
LEITORA: Você já vinha planejando fazia tempo ou aproveitou a chance? Foi só uma questão de oportunidade?
REGINALD: Eu não atirei nele.
LEITORA: Você estava desesperado para vender o clube, não estava?
REGINALD: Queria vender, sim, mas...
LEITORA: Sua intenção era matar o John quando atirou nele?

REGINALD: Eu não pretendia...
LEITORA: Foi um acidente, então?
REGINALD: Foi. Não. Eu não atirei ne...
LEITORA: Quando você atirou em John naquela manhã, atirou para matar?
REGINALD: Não, eu não queri...
LEITORA: Você acordou naquela manhã planejando atirar nele?
REGINALD: Não, não foi nada dis...
JANE: Reginald, pelo amor de Deus, cala essa boca!

(Alguns segundos de silêncio. Deve-se conseguir transmitir que Duncan Mayer está com raiva, Warren Burr sorri de modo sarcástico, e Jane Garmond está enojada. Jonathan Gold apenas observa, impassível.)

DUNCAN: Você é um tremendo filho da puta, Reginald.
REGINALD: Não é minha culpa você ter tido uma crise de consciência. Se eu não tivesse atirado, você provavelmente teria. *(Para a Leitora)* Mas eu não matei o John.
LEITORA: O detetive questionou você longamente sobre essa exata possibilidade. Como seria improvável a mesma pessoa que não conseguiu matar o John pela manhã voltar à noite para terminar o serviço. Acredito que ele soubesse que aquele primeiro tiro tinha sido disparado por você quando o interrogou. Estava lhe oferecendo uma chance de falar a verdade. Mas você não quis. Lógico, alguns mistérios se fiam no "blefe duplo"... o suspeito mais provável é quem cometeu o crime. Seria seu caso, sr. Talbot?
REGINALD: Estou dizendo. Eu não matei o John.
LEITORA: Noite dessas, o pequeno Ralph Wakefield estava tentando resolver problemas de matemática. Tenho um a propor para você. Imagine um homem viciado em jogo. Profundamente endividado. Com uma esposa grávida de sete meses. Qual seria o montante mínimo dessa dívida, em dólares, capaz de levá-lo a matar?
REGINALD: Não é nada disso.
LEITORA: Você só começou a desviar recursos do clube mais recentemente, ou é algo que já faz desde que virou tesoureiro?

REGINALD: Eu não est...
LEITORA: Você virou tesoureiro *exatamente* para ter um meio de roubar o dinheiro?
DR. BLAKE: Você é uma cobra, Reg.
REGINALD: Não é verdade.
DR. BLAKE: Você tinha dois conjuntos de livros-caixa!
REGINALD: Era para o clube! Não era para mim! Com os números reais, o clube não conseguiria o empréstimo. Fui forçado a fazer isso.
DR. BLAKE: Aquele empréstimo já faz três anos. Por que manter as contas falsas?
REGINALD: Eu... estava preocupado com a possibilidade de precisarmos de outro. Era mais fácil manter o esquema do que ter que recriar do zero.
LEITORA *(para Jonathan)*: Sr. Gold, o que o senhor acha dessas contas?
DUNCAN: O que ele sabe a respeito de tudo isso?
LEITORA: O sr. Gold está de posse dos dois conjuntos de livros--caixa. A não ser que tenha decidido destruí-los. Recebeu do detetive.
MEREDITH: Por que McAnnis faria isso?
LEITORA: Porque foi Jonathan Gold quem o contratou para investigar o clube.
SUSAN: Foi ele?
WARREN *(para Jonathan)*: Foi você?
SUSAN: Por quê?
DR. BLAKE: E por que o detetive mentiu para nós?
LEITORA *(após um suspiro)*: Nos ensinam a não falar mal dos mortos, mas imagino que isso não pinte um retrato positivo do sr. McAnnis. Ele viu a morte de John como uma oportunidade, é o que acredito. O isolamento causado pela tempestade o deixou na posição de pessoa mais lógica a iniciar investigações. Basicamente deu a ele livre acesso à propriedade.
DR. BLAKE: E a todos nós.
LEITORA *(assentindo)*: E a todos vocês.
DUNCAN: Mas por que Jonathan contratou o detetive?

LEITORA: Sr. Gold?

JONATHAN *(em um tom calmo)*: Estava apenas cumprindo meu dever. *Caveat emptor*. O risco é do comprador. Estava dando uma olhada nos dentes do cavalo antes de montá-lo.

DR. BLAKE: Você está comprando o clube?

JONATHAN: Digamos que, na verdade, represento clientes interessados na compra do clube.

LEITORA: Quanto Reginald Talbot deve à sua organização?

JONATHAN *(ignorando Reginald de propósito)*: Para nós, são trocados. Para ele, um valor substancial. Ele estava apreensivo com isso e deixamos que ficasse. Tivemos muitas conversas produtivas com ele sobre formas de ressarcimento *(sorrindo)*. Futuros pais são criaturas particularmente flexíveis.

LEITORA: E foi numa dessas... conversas... que ele revelou que as terras eram originalmente dos Oneida e compartilhou a ideia de montar um cassino?

JONATHAN: Ficamos céticos de início. E foi uma surpresa tão grande para nós quanto para quaisquer outros descobrir que a informação batia. A ideia, no fim das contas, é bem boa. *(Sorrindo)* Dizem que Deus protege os tolos. De vez em quando, pelo menos.

LEITORA: Mas só tinha um problema. Havia uma pessoa com poder de veto que se recusava a vender.

JONATHAN: Obstáculos existem para serem superados.

LEITORA: Ou assassinados.

JONATHAN: Por favor. Você me acha mesmo tão troglodita?

LEITORA: Acho que você é capaz de tudo.

JONATHAN: Meu talento, se quiser chamar assim, reside em me munir da disposição para fazer o que for necessário.

LEITORA: Independentemente de ser certo ou errado?

JONATHAN *(fazendo um gesto de desprezo com a mão)*: Assim como nosso prezado e finado detetive, eu sou uma espécie de filósofo amador. É um risco vocacional, talvez. Na ausência de divindades, "certo e errado" — "bem e mal", se preferir — não passa de uma construção. É um acordo entre as pessoas, não muito diferente de um aluguel de propriedade. Ou de um contrato de bens ou de serviços prestados. A única coisa que compele alguém a respeitar o acordo é a ameaça de violência, caso seja descumprido.

LEITORA: Mas isso só funciona se você respeitar a ameaça de violência.

JONATHAN: De fato. Se você consegue evitar a ameaça, seja por força de advogado ou de lobista, ou barra a violência com violência, torna-se verdadeiramente livre.

LEITORA: Você mandou Reginald Talbot matar John Garmond?

JONATHAN: Claro que não.

LEITORA: Você sugeriu que a dívida dele poderia ser perdoada se garantisse que a venda do clube acontecesse?

JONATHAN: Nós só expusemos o óbvio: que a venda do clube ajudaria a situação financeira do sr. Talbot.

LEITORA: Mas você sabia que ele estava desesperado. Você era, aliás, o motivo pelo qual ele estava desesperado.

JONATHAN: Reg Talbot é um fraco. Se eu quisesse me dispor a uma empreitada assassina, não seria a bordo de uma barca tão furada.

LEITORA: Apesar disso, minha impressão é de que você insinuou que um assassinato o salvaria. E por isso ele tentou.

JONATHAN: Você tem direito a ter uma impressão, lógico. Nós estamos nos Estados Unidos da América. O que é esta grande nação senão uma terra talhada por crenças e mitos? *(Olhando para Reginald)* Mas acho que você não vai tirar muita coisa desse coelhinho assustado.

LEITORA: Pergunta óbvia: John Garmond sabia que você não se mostrava exatamente como era ao solicitar a entrada no clube? Sabia que seus clientes tinham interesse na compra do clube?

JONATHAN: O que John Garmond sabia? O que suspeitava? O que admitia só para si mesmo, sozinho, tarde da noite, nos mais profundos recônditos do coração? Você poderia perguntar isso tudo à esposa ou à amante dele, imagino. Mas eu não faço ideia.

LEITORA *(exasperada)*: Essas não são perguntas metafísicas.

JONATHAN: Não?

LEITORA: São perguntas sobre fatos e dados públicos. Palavras, gestos, expressões. Quem disse o que para quem, e quando. O que foi feito, e como. O comentário engraçadinho em um coquetel. A espiada do outro lado da sala. A carta escrita, mas não enviada. Tudo isso nos leva a fundamentar. Então vou perguntar de novo. John Garmond expressou entusiasmo quando você pediu para se tornar membro do clube?

JONATHAN: Diria que sim.

LEITORA: Seria por achar que a entrada de um novo membro rico poderia evitar que tivessem que vender o clube?

JONATHAN: Talvez.

LEITORA: E talvez você também tenha levado John a acreditar nisso. Ele sabia que você é judeu, lógico.

JONATHAN: É o que eu presumo.

LEITORA: A gente volta a esse assunto. Agora, sobre a questão da disposição do clube: devo considerar que todos nesta sala eram a favor da venda?

(Ninguém protesta)

SUSAN: Até você, Jane?

JANE: Sim. Eu achava... que um recomeço era necessário.

WARREN: Em outras palavras, ela não iria ficar aqui.

LEITORA: Ótimo. Para quem se importa com esse tipo de coisa, isso dá motivação. A todos vocês. Agora vamos considerar. O detetive estava se embrenhando em uma série de questões diferentes que, acredito eu, estão relacionadas com esse tema. Por exemplo, quem foi o presidente do clube entre 1935 e 1940?

MEREDITH: Por que isso seria importante?

LEITORA: Porque alguém julgou que seria. A placa relativa a esse período é a única que falta na biblioteca. Alguém tirou a placa de lá. Por quê?

REGINALD: Isso já tem décadas. Talvez algum moleque tenha roubado. Talvez tenha se perdido. Quem vai saber?

LEITORA: Acredito que foi retirada de lá recentemente, como parte de uma tentativa de alterar a história do clube. *(Para o dr. Blake)* Por que o senhor mentiu sobre seu pai ter sido presidente?

DR. BLAKE: Não acredito que eu tenha mentido.

LEITORA: O detetive fez uma pergunta direta a esse respeito ao senhor. Eu não sabia por que ele tinha tanto interesse naquela placa e naquelas perguntas, mas agora está bem claro para mim. Infelizmente é tarde demais para que isso possa fazer qualquer bem a qualquer pessoa. Por que o senhor mentiu?

DR. BLAKE: Devo ter entendido mal a pergunta.

LEITORA: Seu pai, o dr. Theodore Blake, foi presidente do clube entre 1935 e 1940, não foi?

DR. BLAKE: Ele foi presidente, mas não tenho certeza das datas.

LEITORA: As datas são essas. E, durante aquele período, ele usou a posição que tinha para defender certo... posicionamento político, não foi? *(O dr. Blake fica em silêncio)* Por exemplo, convidou para o clube um médico, inventor de uma máquina que alegava ser capaz de diferenciar o sangue de diferentes origens. *(Para Jonathan Gold)* O senhor sabia, sr. Gold, que seu sangue vibra a uma frequência mais baixa do que a do sangue do nosso amigo dr. Blake?

JONATHAN *(secamente)*: Não sabia.

LEITORA *(para o dr. Blake)*: Um delírio, óbvio. Mas essas teorias estavam em voga na época, entre certos grupos. O senhor está ciente de que seu pai também conseguiu agendar visitas de Charles Lindbergh e Henry Ford?

DR. BLAKE: Os membros do West Heart são bem relacionados. Celebridades e gente poderosa são presença constante aqui. *(Para Meredith)* Quem é que veio no ano passado? Aquele ator.

MEREDITH: Bill Holden?

DR. BLAKE: Não, o outro.

MEREDITH: Charlton Heston?

DR. BLAKE: Isso. Charlton Heston. *(Para Jonathan Gold)* Moisés!

JONATHAN: Nunca vi.

LEITORA: Sem dúvida celebridades passaram por este lugar ao longo das décadas, mas aqueles dois homens específicos terem feito uma visita exatamente naquela época é muito interessante. Os registros do West Heart indicam que vieram falar a respeito da "situação na Europa". Também está registrado que foi uma "reunião concorrida com um público caloroso". Me diga uma coisa, doutor. O senhor já ouviu falar da Ordem de Mérito da Águia Alemã? Ou da Grã-Cruz da Águia Alemã?

DR. BLAKE: Não.
LEITORA: Ambas foram medalhas criadas por Adolf Hitler. A Grã-Cruz foi posta no peito de Henry Ford pelo cônsul alemão. Charles Lindbergh recebeu a Ordem de Mérito de Hermann Göring em pessoa, em visita ao Reich. Foi em Berlim, por sinal. Lindbergh disse depois ao Congresso que deveríamos negociar com Hitler. Ford publicou brochuras antissemitas, incluindo *Os Protocolos de Sião*. Acredito que foram convidados pelo seu pai para compartilhar pontos de vista sobre esses temas com a população de West Heart. Esse "público caloroso". *(Silêncio; a Leitora agora se dirige a todo o recinto)* Entendo que esses são fatos... inconvenientes. Do tipo que norte-americanos costumam ser muito bons em esquecer. A não ser que a gente não queira esquecer. *(Ao dr. Blake)* O senhor tem uma cabana de caça, dr. Blake?
DR. BLAKE: É uma cabana da família. Temos há anos.
LEITORA: É afastada? Longe da vista? Seria errado considerar essa cabana "escondida"?
DR. BLAKE: Não é escondida.
LEITORA: O detetive encontrou algo debaixo do tapete lá. Uma caixa de metal. O senhor gostaria de descrever o que tinha ali dentro? *(Silêncio)* Não? Então me permita. *(Mais uma vez, a Leitora se dirige a todo o recinto)* É uma caixa de metal cheia de itens de memorabilia nazista. Entre eles, um distintivo da Schutzstaffel, também conhecida como SS. Além de vários recortes de jornal, um dos quais inclui uma fotografia do dr. Theodore Blake com Hermann Göring. O tipo de suvenir que um filho orgulhoso iria preservar com cuidado para honrar a memória do pai. *(Para o dr. Blake)* O senhor tinha orgulho das crenças do seu pai?
DR. BLAKE: Essa linha de questionamento é ridícula.
LEITORA: O senhor compartilha dessas crenças?
DR. BLAKE: Não vou renegar meu pai.
LEITORA: Incomodou ao senhor a ideia de o sr. Gold entrar para o West Heart?
DR. BLAKE *(orgulhoso)*: Incomodou. *(Para Jonathan Gold)* Não é nada pessoal.

JONATHAN *(em tom frio)*: É claro.
DR. BLAKE: É só que eu acredito que as pessoas que compartilham dos mesmos pensamentos devem se unir. Devem se unir aos seus.
LEITORA: O senhor quer dizer com gente cujo sangue vibra na mesma frequência que o delas?
DR. BLAKE: Pode fazer graça se quiser. Mas você sabe que eu estou certo. *(Dirigindo-se ao recinto)* Todos vocês sabem que eu estou certo.
LEITORA: A caixa inclui ainda uma pistola Luger. O senhor usou essa Luger para matar John Garmond?
DR. BLAKE: É lógico que não.
LEITORA: O senhor sabia que John Garmond havia conhecido Lindbergh naquela visita?
DR. BLAKE *(surpreso)*: Não sabia. Naquela época, eu estava na faculdade.
LEITORA: Ele era muito novo, obviamente. Os dois aparecem juntos em uma foto nos registros do West Heart. Para um menino obcecado por aviação, que mais tarde se tornaria piloto amador, conhecer o herói do *Spirit of St. Louis* deve ter parecido a realização de um sonho. Entretanto, é claro, Lindbergh acabaria por decair. John, como tantos compatriotas, só pode ter ficado decepcionado. Mas a questão aqui é outra: ele provavelmente sabia desse aspecto do passado do clube. *(Para o recinto)* Como muitos de vocês, é o que suspeito. Uma culpa compartilhada. Ou talvez uma amnésia compartilhada. De um jeito ou de outro, deve ter ficado preocupado. O clube então se deparava com um problema existencial. John havia passado a infância aqui. Havia se casado com a namoradinha de adolescência aqui. Havia criado um filho aqui. E tudo estava ameaçado. Há caminhões de transporte de madeira na estrada principal... e o clube não tinha a necessidade de vender madeira desde a época da Grande Depressão. Reginald Talbot precisou obter um empréstimo apenas para manter tudo funcionando, lançando mão das contas fraudulentas. Em Nova York, antes de chegar aqui, o detetive fez averiguações, e eu não ficaria surpresa se ele tivesse descoberto que a propriedade consta como garantia em algum acordo.

(Olhando de relance para Reginald, que não diz nada) Talvez haja uma cópia dessa garantia naquela pasta no quarto dele. John sabia que o clube estava em maus lençóis. Se julgasse Jonathan Gold capaz de salvá-lo, estaria ávido para esconder ou se livrar de quaisquer obstáculos que porventura estivessem no caminho. Aí incluídos os sinais de um passado nazista que talvez fizessem um candidato judeu pensar duas vezes. *(Para Jane)* Eu chutaria que na casa da senhora, no fundo de algum armário, se encontra uma placa relativa aos anos de 1935 a 1940, e que nela consta o nome do dr. Theodore Blake.

JANE *(desolada)*: Mas nada disso importava. *(Para Jonathan)* Ele não tinha motivo para preocupação. Você não queria virar membro. Queria comprar o clube. E ele estava atrapalhando.

LEITORA: Sr. Gold, seus clientes ficariam inquietos com esse passado?

JONATHAN: Nossas inquietações têm a ver com o futuro. São voltadas para resultados, digamos assim.

LEITORA: Imaginei. *(Para todo o recinto)* Então agora sabemos algumas coisas. O tesoureiro, profundamente endividado, era pressionado a providenciar a venda do clube. O comprador em potencial estava aqui o tempo inteiro, mentindo sobre suas intenções. O investigador que ele havia contratado também, e igualmente sob falso pretexto. E o pobre John Garmond se esquivou da morte pela manhã para ser assassinado naquela mesma noite. Alguém discorda? *(Silêncio)* Agora vamos tratar do cachorro.

JAMES *(incrédulo)*: Do cachorro?

LEITORA: Sim, do cachorro. Pouco importa se Alex Caldwell tinha ou não a intenção de matar o animal, e, para ser sincera, talvez nem Alex saiba dizer se tinha. Não importa nem se o bicho late, na verdade. O que importa é que o cachorro foi o primeiro fio de uma meada que levou à morte de Claudia Mayer. Revelou tragédias intimamente ligadas a tudo o mais de que falamos, como um segredo apodrecido na mata. *(Para Jane)* Mas a pista principal da morte de Claudia veio da ária cantada pela senhora na noite da fogueira. Por que escolheu aquela música específica?

JANE: Já falei sobre isso com o detetive.

LEITORA: Por favor. Fale de novo.
JANE: Deu vontade. E eu sabia a letra.
LEITORA: Mas a senhora foi cantora de ópera profissional. Deve saber a letra de várias músicas. E escolheu aquela. McAnnis estava interessado nessa questão, e eu não sabia por quê. Mas acho que agora sei.
JANE: Sabe?
LEITORA: Posso sugerir que tenha sido um gesto de empatia, quem sabe até mesmo um pedido de desculpa, direcionado a duas pessoas diferentes? Uma que estava lá e outra que não estava.
JANE: Não sei o que você quer dizer.
LEITORA: *Madame Butterfly* é sobre uma mulher cujo marido ama outra mulher. É também sobre alguém que perde um filho. Claudia Mayer, no primeiro caso. Seu marido, John, no segundo.
JANE *(agoniada)*: Por favor.
LEITORA: Sinto muito, mas a verdade se revela, sra. Garmond. *(Para Duncan)* Claudia era uma mulher atormentada, não era?
DUNCAN: Era, acho que todo mundo aqui sabe disso.
LEITORA: O detetive perguntou sobre o estado de espírito dela antes de morrer. Mas você não disse que Claudia havia desaparecido de repente por semanas e retornado poucos dias antes de morrer. Por que você escondeu isso dele?
DUNCAN: Não sei.
LEITORA: Lógico que sabe. Não somos crianças que respondemos "Não sei" quando queremos evitar um assunto espinhoso. Você também contou ao detetive que estava em casa a noite toda na quinta-feira, a noite da morte de Claudia. Mas, obviamente, não era verdade. Onde você estava? *(Duncan não responde)* É possível que seu silêncio derive de um certo senso de decoro equivocado, de um cavalheirismo ultrapassado, do impulso de proteger a honra de uma senhora. Mas essa senhora específica já se pronunciou. *(Para Jane)* Não é?
JANE: O detetive já sabia, Duncan.
LEITORA: Eu ousaria dizer que metade do clube sabia, se formos contar. Duncan Mayer, você ama Jane Garmond?

DUNCAN: Amo.
LEITORA: Há quanto tempo?
DUNCAN *(com um tom desafiador)*: Minha vida inteira.
LEITORA: Você a pediu em casamento quando os dois eram mais jovens?
DUNCAN: Sim.
LEITORA: Mas ela se casou com John Garmond.
DUNCAN: Sim.
LEITORA: Então você se casou com Claudia.
DUNCAN: Sim.
LEITORA: E os dois foram infiéis esse tempo todo?
DUNCAN: Não o tempo todo...
LEITORA: No início?
DUNCAN: Sim.
LEITORA: E no fim?
DUNCAN: Sim.
LEITORA: Você estava no quarto 312 na quinta-feira à noite? *(Duncan hesita)* Com a Jane?
JANE *(respondendo por ele)*: Sim.
LEITORA: Só para colocar do modo mais direto possível: na noite da morte da sua esposa, você estava nos braços de outra mulher. E mentiu para o detetive sobre isso. Por quê?
DUNCAN *(arrasado)*: Vergonha, óbvio. Você não mentiria?
LEITORA: Naquela noite, no quarto 312, você sabia que havia alguém do lado de fora da porta, ouvindo?
DUNCAN *(surpreso)*: Não. Não, nós não sabíamos. *(Uma pausa)* Era Claudia?
LEITORA: Foi quem imaginei que fosse, no início. Foi quem me levaram a crer que fosse. Mas já voltamos a essa questão. O ponto principal é que você tinha um álibi para a noite em que sua esposa morreu, um álibi que não teria se fosse fiel a ela. Ou, se pusermos de outra forma: sua culpa é a prova da sua inocência. Você ofereceu esse álibi ao xerife?
DUNCAN: Não.
LEITORA: Você também disse ao xerife que ela não deixou um bilhete de suicídio.

DUNCAN: Porque não deixou.
LEITORA: Eu acredito, ou pelo menos acho que acredito, que você de fato pensava isso. Mas não era verdade. Claudia deixou um bilhete de suicídio, sim.
DUNCAN *(chocado)*: Deixou? Como... o que dizia?
LEITORA: O bilhete continha segredos. O motivo de ter desaparecido e o motivo de ter voltado. É o que eu imagino. Também não li.
DUNCAN: Onde está?
LEITORA: O mais provável é que esteja no frigorífico da cozinha. Em algum lugar no corpo do detetive. Mas nem precisam revistar o cadáver. Não quando alguém aqui já o leu.
DUNCAN *(olhando de relance para Jane)*: Quem?
LEITORA: A pessoa que encontrou o bilhete. Otto? *(Otto Mayer se levanta com dificuldade)* Não precisa ficar de pé. Isto aqui não é um tribunal.
OTTO: Eu prefiro.
LEITORA: Otto, onde você estava na quinta-feira à noite?
OTTO: Diante da porta do quarto 312.
DUNCAN: Por quê?
LEITORA: Por quê?
OTTO *(ignorando o pai)*: Eu sabia que ele estava lá. Com ela. Sabia quanto minha mãe ficava magoada. Ou achava que sabia. No fundo, não tinha ideia. Só fui descobrir no dia seguinte. Mas naquela noite... quando ele saiu de casa, eu sabia para onde ele ia. Pensei em talvez interromper ou flagrar os dois. Fazer com que se sentissem envergonhados.
LEITORA: Mas não fez nada disso.
OTTO: Não. Perdi a coragem. Ou pensei melhor. Fui embora. O detetive me seguiu. Peguei a trilha que vai dar no lago só até a metade e aí dei meia-volta. Se tivesse continuado até o fim... talvez a tivesse visto. *(Emocionado)* Talvez tivesse conseguido impedir.
LEITORA: E no dia seguinte, você encontrou o bilhete?
OTTO: Encontrei. Não sabia o que fazer com ele. Não sabia com quem compartilhar. Acabei entregando para o detetive.

LEITORA: O que o bilhete dizia?
OTTO *(para Duncan)*: Ela nos pedia desculpa por estar vivendo uma mentira. Por tentar nos enganar, nos fazer achar que ela poderia ser uma esposa e uma mãe normal. *(Tentando segurar as lágrimas)* Mas acusava você de viver uma mentira também.
LEITORA: Otto, você sabe por que sua mãe desapareceu no mês passado?
OTTO: Sei. Na ocasião não sabia, mas agora sei.
LEITORA: E por que foi?
OTTO: Porque meu pai disse a ela... disse a ela que iria largá-la.
LEITORA: E o que mais?
OTTO *(respirando fundo antes de falar)*: Disse a ela que eu não era o único filho dele.
LEITORA: O bilhete deixava claro quem era o outro?
OTTO: Deixava.

(Aqui ocorre uma pausa desconfortável, durante a qual alguns Personagens devem indicar que estão começando a entender. Outros devem continuar perdidos até que tudo fique claro também para a Plateia.)

RAMSEY *(chocado)*: Meu Deus.
JANE: Ramsey...
DUNCAN: Agora não é ho...
RAMSEY *(olha de um para o outro)*: Não acredito.
JANE: Ramsey, a gente pode expl...
RAMSEY: O que vocês podem é ir para o inferno. *(Percorrendo o salão com o olhar)* Quem mais sabia? *(Para Jane e Duncan)* Como isso aconteceu?
JANE: Ninguém queria que fosse assim.
DUNCAN: Foi um acidente.
RAMSEY: Ah, que alívio.
JANE: Não é isso.
RAMSEY: Eu acho que é exatamente isso.
EMMA: Meu Deus.
WARREN *(cheio de sarcasmo)*: Que fantástico.

DUNCAN: Warren, vá se foder.
RAMSEY *(para Duncan)*: Você sabia?
DUNCAN: Só fiquei sabendo recentemente.
RAMSEY *(para Jane, desolado)*: Papai sabia?
JANE: Não.
RAMSEY: Você pretendia simplesmente guardar segredo para sempre?
JANE: Achava que sim. E guardei. *(Respira fundo)* Por anos e anos. Mulheres sabem guardar segredos. Pelo menos as mulheres da minha geração e de gerações anteriores à minha. Minha mãe conheceu moças que cresceram sem perceber que as irmãs bem mais velhas na verdade eram suas mães, que haviam engravidado muito cedo. *(Hesita)* Eu não quis magoar ninguém.
RAMSEY: É, mas magoou.
JANE: Quando percebi que não poderia estar com seu pai...
RAMSEY *(amargo)*: Qual deles?
JANE: Só contei para o Duncan quando percebi que iria largar o John.
RAMSEY: Quando você ia me contar?
JANE: Eu... eu não sei direito.
RAMSEY: Você *ia* me contar?
JANE *(olha de relance para Duncan)*: Nós não tínhamos certeza. É... complicado.
RAMSEY: Se papai não tivesse sido morto, teriam me contado?
DUNCAN: Provavelmente não.
RAMSEY: Meu Deus. *(Para Otto)* Você deveria pelo menos ter me contado.
OTTO: Eu acabei de saber. E esta porra de fim de semana foi horrível para mim também.
RAMSEY *(abalado)*: Desculpa. Isso tudo é...
JANE: É demais.
RAMSEY: É um melodrama, isso sim. Uma reviravolta barata de filme, à minha custa. *(Olhando para todo o salão)* Não vou ficar aqui para isso. Divirtam-se com o resto dessa merda de espetáculo.
JANE: Ramsey...

(Ramsey sai.)

LEITORA: Deixem ele ir.
JANE: Por quê?
LEITORA: Porque nós ainda temos muito trabalho a fazer. Mas pelo menos agora entendemos melhor Claudia. O que aconteceu com ela pode não ter sido um crime. Mas pode ter sido um pecado.
DUNCAN *(rude)*: Anda logo com isso.
LEITORA: Precisamos nos voltar para a questão daquele que, agora sabemos, foi o primeiro assassinato em West Heart. Quem matou John Garmond?

(As cortinas se fecham.)

×

Entretenimento

"Estes prazeres violentos têm fins violentos", diz Shakespeare, num elegante resumo (ainda que não fosse o que pretendia) do dilema que há séculos atormenta os artistas, os filósofos morais e os puritanos com espírito cívico. Embora o leitor médio não nutra grandes escrúpulos quanto à diversão macabra da ficção centrada em assassinatos, há algo levemente perturbador em toda a empreitada. Se alguém for analisar todo o cânone da produção criativa da humanidade, fica fácil descartar gerações de seres humanos como hordas de sádicos sedentos de sangue, que lambem os beiços enquanto Heitor é mutilado, Lavínia é estuprada e Fortunato é enterrado vivo, tudo conforme Hannibal Lecter ajusta o guardanapo para saborear a mais recente refeição.

Nesse aspecto, o raro leitor que para e se permite sentir desconforto em relação a personagens de um livro de mistério que fazem piadas maliciosas perante o corpo de quem morreu faz (muito) pouco tempo se assemelha ao romano relutante que, na arena, não se sentia à vontade para virar o polegar para cima ou para baixo. (É de se suspeitar ainda que os relatos *extremamente* detalhados das torturas do Inferno feitos por Dante, apregoados como alertas contra os riscos de uma vida dedicada ao pecado, na verdade apelavam a instintos mais básicos da parte do autor e de leitores: todos se deliciavam com o sofrimento.)

Dito isso, contadores de histórias exploram assassinatos há milênios e, até agora, a civilização ainda não foi arruinada. Mesmo que intuitivamente pareça tolerável, talvez até desejável, que pessoas consumam morte como forma de entretenimento, uma explicação precisa para o porquê disso continua a nos escapar.

O ensaio satírico de Thomas de Quincey *Do assassinato como uma das belas-artes* ajudou a enquadrar o debate; foi inspirado sobretudo pelos assassinatos reais (bem escabrosos) aparentemente cometidos por John Williams em 1811. Segundo a descrição de De Quincey, foram os crimes "mais sublimes" já cometidos; o autor exalta Williams como um "artista solitário" que, "por meio da chama de seu gênio, engrandece o ideal do assassinato para todos nós". De Quincey, em registro jocoso, cita Aristóteles em sua defesa, ele que na *Poética* falava de um "ladrão perfeito" e um "bom ladrão", sugerindo podermos admirar as habilidades de um criminoso imoral — em outras palavras, podermos apreciar a estética de seus crimes.

A parte final do ensaio de De Quincey, escrita anos depois, recria diligentemente os assassinatos de Williams, inaugurando o *true crime* como gênero literário. Relatos de crimes, em geral arrepiantes, traziam deleite ao público havia séculos: as ruas enlameadas de Londres no tempo de Shakespeare eram coalhadas de panfletos baratos que detalhavam os mais recentes crimes e prisões. Posteriormente, volumes inteiros seriam preenchidos com histórias de "atrocidades perante a lei", as quais a população leitora adorava.

The Anecdotage of Glasgow (1892), de Robert Alison, nos fala de James M'Kean, descrito numa frase deliciosa como "um mestre sapateiro de circunstâncias confortáveis", que ainda assim matou um homem com uma navalha em 1796, chegando quase a separar a cabeça do corpo, aparentemente por causa de 118 libras. M'Kean também havia sido suspeito da morte da própria mãe anos antes, e, ao ser questionado a respeito por um clérigo na véspera de sua execução, supostamente teria perguntado: "Doutor, o senhor pode guardar um segredo?" Quando o padre disse que sim, M'Kean respondeu: "Eu também." É uma ótima história com um desfecho maravilhoso. Devemos então nos sentir mal por nos divertir ao lê-la? Quantos de nós pensamos *de fato* na pobre vítima, no sangue que jorrou do pescoço dela nos segundos finais de vida, nos amigos e familiares que jamais voltarão a vê-la? E deveríamos atribuir essa omissão à falta de imaginação ou à falta de empatia?

Há também, é importante registrar, considerações mais práticas a se fazer. Perto do fim da vida, Agatha Christie, uma das assassinas (da ficção) mais prolíficas da sociedade, ficou horrorizada pela perspectiva de um crime real na época ter sido "copiado" dela. Graham Young envenenou várias vítimas com tálio, técnica empregada por Christie uma década antes em seu livro *O cavalo amarelo*. Independentemente de qual tenha sido a probabilidade de o romance ter inspirado o crime (Young dizia não o ter lido, mas antes de Christie tálio era bastante obscuro), sem dúvida ajudou na captura do assassino — um médico que prestava consultoria ao caso identificou os sintomas das vítimas com base no que se lembrava do livro.

Apesar do medo desses prazeres violentos, pode-se encerrar a discussão de maneira bem firme ao observar-se que apenas uma minúscula fração de nós esfaqueia, espanca, estrangula, afoga, envenena, atira em alguém ou joga pessoas de janelas. Nesse caso, qual seria a utilidade do assassinato enquanto arte?

A mais antiga, e ainda a mais convincente, base lógica para a nutrição metafísica do assassinato parte, mais uma vez, de Aristóteles. Em sua *Poética*, ele introduz o conceito de *catarse*. No contexto do teatro grego clássico, o filósofo conjectura que a experiência indireta de certos sentimentos — ele cita pena e medo, apesar de séculos de análise crítica terem expandido a ideia para incluir qualquer outra emoção — pode permitir à plateia expurgar tais sentimentos em uma espécie de "purificação" psicológica. Por isso gostamos de "nos debulhar em lágrimas" com um filme ou um livro tristes; também por isso, rimos com gosto em filmes de terror. A mecânica de *como* essa catarse funciona permanece opaca, ainda que freudianos e outros ocultistas tenham se dedicado a encontrar uma explicação convincente. Contudo, não resta muita dúvida de que a catarse *funciona*, e talvez seja a contrapartida do que defende Bertrand Russell em relação à prova ontológica da existência de Deus: "É mais fácil se convencer de que seja falaciosa do que apontar onde exatamente reside a falácia."

Os limites para esse debate vieram à tona no Cherry Lane Theatre, em Nova York, em 25 de maio de 1952, na estreia de *Faustina*, peça de gladiadores romanos de Paul Goodman. Após o clímax horripilante, a atriz que interpreta a imperatriz se dirige aos espectadores, despindo-se da pele da personagem (Goodman permitiu à atriz usar as próprias palavras) e recriminando-os por não terem frustrado o desfecho sangrento: "Interpretamos uma cena brutal, o assassinato ritual de um belo rapaz. Eu me banhei no sangue dele, e fossem vocês uma plateia digna teriam pulado no palco e parado o ato." A plateia não se convenceu; aliás, mostrou-se raivosa e ressentida. Aquele momento da peça mortificava a atriz, Julie Bovasso, tanto que, naquela primeira noite, ela confessou ao público ter falas "tão horrendas que não creio ser capaz de continuar" e deixou a montagem depois de poucas performances. Coube à diretora, Judith Malina, interpretar a personagem. No programa da peça, ao justificar a produção e fazer referência ao público, Malina escreveu: "Somos criadores numa arte em que, a cada noite, centenas de pessoas são ignoradas..."

A temporada foi encerrada após apenas duas semanas.

×

Peça

Como antes, o salão principal da sede do clube West Heart. Os PERSONAGENS devem se posicionar exatamente onde estavam no fim da Cena I. A LEITORA agora está vestida e se comporta de forma contemporânea aos PERSONAGENS, não à PLATEIA.

CENA II

LEITORA *(Para todo o recinto)*: Mas que negócio sinistro, não? O jogo do assassinato. Mas acho que já estamos chegando a algum lugar. Revelamos um caso amoroso. Explicamos um suicídio. Desvendamos um segredo guardado há décadas. Desmascaramos um nazista. Expusemos um ladrão e quem o chantageava. Descobrimos como um possível assassino só foi salvo por atirar mal. Mas, lógico, nossa tarefa principal ainda se mantém. Quem é o assassino? *(Pausa; para Susan)* Susan Burr.

SUSAN: Chegou minha vez?

LEITORA: Quando seu marido pediu que você ligasse para John Garmond? *(Susan olha para baixo e depois para Warren)* Não olhe para ele, olhe para mim. À meia-noite, deram um telefonema para a casa dos Garmond, imediatamente antes do assassinato. John foi até a sede. Quando foi que seu marido pediu que você fizesse aquela ligação? *(Silêncio)* Por favor, responda.

WARREN: Susan...

LEITORA: Por favor.

WARREN: Susan, cuidado.

SUSAN *(apressada)*: Quando chegamos em casa. *(Warren fica visivelmente furioso)* Depois da fogueira.

LEITORA: Ele disse por quê?

SUSAN: Disse que... *(Olha de relance para Warren outra vez)*

LEITORA: Não olhe para ele. Olhe para mim. Por que ele disse que queria que você fizesse a ligação?

SUSAN: Ele falou que sabia de tudo. Eu sabia, não era surpresa. A surpresa foi ele tocar no assunto. Nós nunca tínhamos falado a respeito assim, não diretamente. Ele disse que precisava falar com o John sobre a venda do clube. Precisava convencê-lo a fazer a coisa certa.

WARREN: Susan, eu estou avisando...

LEITORA: Pode ignorar. Ele não tem mais como fazer qualquer mal a você. O que seria "fazer a coisa certa"? Aprovar a venda?

SUSAN: Isso. Warren falou que a gente precisava disso. Que, se não acontecesse, teríamos problemas. Existiam dívidas de que eu não tinha conhecimento. Ele disse que estava com problemas.
WARREN *(levantando-se da cadeira)*: Susan, Deus que me...
DUNCAN: Cala a porra dessa boca! *(Warren fica perplexo)* Se você encostar um dedo sujo que seja nela, juro por Deus que quebro você em mil pedaços, cacete!
WARREN *(em tom frio)*: Você não sabe do que está falando, Duncan. Deveria ter cuidado.
DUNCAN: Tenho certeza disso. Só que não me importo mais com quem você conhece ou diz conhecer lá na cidade. Quero ouvir o que ela tem para falar. *(Pausa)* Quero saber o que aconteceu com meu amigo.

(Warren hesita, mas acaba por se sentar, enfezado.)

LEITORA *(para Jonathan)*: O senhor tem algo a dizer, sr. Gold?
JONATHAN *(com uma perplexidade exagerada)*: Eu? Por que teria?
LEITORA *(para Susan)*: Como assim, "com problemas"? Como você entendeu isso?
SUSAN: Eu entendi que ele queria dizer que algo muito ruim iria acontecer. As pessoas com quem ele lida... elas não brincam em serviço.
LEITORA: Pessoas como Jonathan Gold?
SUSAN: Ele é só o mensageiro. A face da Morte ao atravessar o vilarejo.
LEITORA *(para Warren)*: Você disse ao detetive que movimenta dinheiro. Para quem, sr. Burr?
WARREN: Se você acha que tem todas as respostas, por que faz tantas perguntas?
LEITORA: É para atender aos interesses do sr. Gold?
WARREN: Tenho muitos clientes.
LEITORA: O senhor disse ao detetive que ainda não conhecia o sr. Gold. Mas isso não era verdade, era? Sua esposa revelou ao detetive que, na verdade, vocês tinham negócios em comum.

(Murmúrios entre os Personagens.)

DR. BLAKE *(gélido)*: Não gosto que mintam para mim, Warren.
WARREN: Todos uns bastiões da moralidade, aqui em West Heart. Me poupem.
DR. BLAKE *(para Jonathan)*: Para quem, exatamente, você trabalha?
LEITORA: Gostaria de nos dar nomes, sr. Gold? Em nome da justiça?
JONATHAN: Sem dúvida tenho profundo interesse, e de longa data, nos procedimentos da justiça. Contudo, nisso estou de mãos atadas. Tenho certeza de que todos aqui temos interesse em proteger a tradição imemorial de confidencialidade entre advogado e cliente.
DR. BLAKE: Conveniente.
JONATHAN: Bastante.
JANE: É a Máfia?
JONATHAN *(desdenhoso)*: Quando sua empreitada criminal tem nome, alguma coisa você está fazendo errado. *(Para a Leitora)* Mas, por favor, continue. Não deixe minha discrição atrapalhar você. Essas... especulações são fascinantes.
LEITORA *(para Susan)*: Você disse que tinha medo de que algo de ruim fosse acontecer. Com Warren? Ou com você?
SUSAN: Warren fez parecer que ia acontecer com os dois. E eu acreditei.
LEITORA: Foi o único motivo pelo qual você deu o telefonema?
SUSAN: Não entendi.
LEITORA: Houve uma ameaça? *(Silêncio)* Vamos em frente. O que você disse a John pelo telefone?
SUSAN: Disse que eu precisava encontrá-lo.
LEITORA: Encontrá-lo no sentido romântico, você quer dizer.
SUSAN: É, eu fiz parecer que era isso.
LEITORA: Ele relutou?
SUSAN: Ele nunca relutou. *(Faz um gesto apontando para Jane)* Preciso mesmo fazer isso na frente dela?
JANE: Tudo bem. *(Exaurida)* Continuem.
LEITORA *(para Susan)*: Você sabia o que ele iria fazer?

SUSAN: Eu não sabia, juro por Deus. *(Para Jane)* Jane, eu não sabia.
LEITORA: Você estava acordada quando ele voltou para casa? Depois?
SUSAN: Sim.
LEITORA: O que ele disse?
SUSAN: Nada.
LEITORA: Seu marido a assusta, sra. Burr?
SUSAN *(abalada)*: Sim.
LEITORA: Ele já deu motivos para a senhora sentir medo no passado?
SUSAN: Já.
LEITORA *(delicadamente)*: Neste momento há algum hematoma na sua lombar, do tamanho de uma bola de tênis, de cor preto-azulada sob as sombras do luar?

(Susan assente)

LEITORA *(para Warren)*: Sr. Burr.
WARREN: Sim.
LEITORA: Por fim, as perguntas chegam ao senhor.
WARREN: Obviamente, não vou responder.
LEITORA: Às vezes existe mérito em simplesmente fazer as perguntas, acredito. É a estratégia do cientista ou do filósofo. Então, sr. Burr, podemos começar?
WARREN: Se quiser.
LEITORA: Sr. Burr, o senhor tem dívidas com criminosos? *(Silêncio)* O senhor mandou sua esposa ligar para John Garmond? Ameaçou sua esposa? Bateu na sua esposa, sr. Burr? *(Silêncio)* O senhor forçou sua esposa a ligar para John Garmond para poder surpreendê-lo na sede do clube? O senhor o matou? *(Silêncio)* O senhor matou John Garmond para garantir a venda do clube? O senhor matou John Garmond como vingança por trepar com sua esposa? *(Com um gesto na direção de Jonathan)* Foi ele quem armou tudo? Foi ele quem exigiu? Ele ameaçou você? Você foi rápido por medo de perder a coragem? Ou se demorou? Foi com toda a calma? *(A Leitora se move e se posta ao lado de Jane)* Gostou?

Explicou a ele por que estava sendo morto? O que ele disse? Ele implorou por misericórdia? Você gostou disso? *(Silêncio)* Matou John Garmond com o estalo seco e cortante de um tiro na nuca?

(O salão fica em silêncio por bastante tempo. Será que Jane e Susan estão chorando discretamente?)

WARREN *(devagar, para a Leitora, mas também para todo o recinto)*: Esta é a parte em que eu confesso? A parte em que caio de joelhos, implorando por perdão? Não acredito. É óbvio que vocês não têm prova. Prova nenhuma. Um suposto telefonema. Pura especulação. O testemunho de uma mulher assustada, histérica e sabidamente promíscua e usuária de drogas. Onde está a arma? Onde está a prova dos meus supostos problemas financeiros? Onde está a prova da minha associação com Jonathan Gold? Vocês não têm nada. E nada vai acontecer comigo. Este clube ainda vai ser vendido. Esta gente precisa muito da venda. A morte de John Garmond vai ter servido seu propósito. E em breve tudo isso vai parecer um sonho. Uma história já meio esquecida, de um livro lido por acaso e desde então posto de lado. Vocês não têm nada. Nada. *(Percorrendo o recinto com o olhar)* Tantos velhos amigos aqui. Tantas emoções. Medo. Raiva. Desgosto. Talvez uma ponta de admiração? Logo vocês vão me agradecer. Aguardo os cartões de Natal.

DUNCAN: Você está delirando.

WARREN: Estou? *(Para Susan)* E, lógico, Susan querida, eu perdoo você. *(Ela se afasta do marido por reflexo)* A gente discute isso mais tarde. *(Ele a estuda atentamente e então se volta para o salão, olha para cada pessoa, uma de cada vez, e sorri)* Algum de vocês conhece a arte de bater numa mulher? Como infligir dor, dor profunda, sem deixar nenhum vestígio? Esse ramo parece brutal, mas na verdade é bastante delicado. Obviamente, ninguém quer que haja a ruptura de um órgão ou sangramento interno; isso levaria a uma visita ao hospital. Talvez até a polícia acabasse envolvida. O que se faz é evitar criar lesões em lugares visíveis: o rosto e os braços. As pernas, quando está calor. É importante sempre ter em mente a estação. E monitorar o consumo de álcool. Um uísque ou dois, para ajudar a se soltar, é bem pensado. Passou disso, já fica fácil demais cometer um erro. E, óbvio, é necessário escolher as ferramentas certas. Para alguns homens, nada como um saco de laranjas. Para outros, uma meia com algumas barras de sabão dentro. Acho que os métodos antigos funcionam melhor. Com os punhos, o controle é maior. Mais controle e mais satisfação.

JANE *(furiosa)*: Você é um monstro.

WARREN *(se fingindo de surpreso)*: John nunca deu umas porradas para manter você na linha? Nem quando enchia a cara?

(Duncan se levanta, furioso. Warren puxa um revólver do bolso do casaco e o aponta para ele. Duncan congela.)

JANE: Não!

WARREN: Só mais um passo, Duncan. Por favor. As leis em Nova York são bem severas em relação à autodefesa. E olha só quantas testemunhas. Seria tão mais fácil me safar... Vai, dá um passo.

DUNCAN: Ela tem razão. Você é um monstro.

WARREN: Sou um homem, igual a você. Talvez as duas coisas se equivalham.

LEITORA: Quantas balas tem nesse cilindro, sr. Burr? Será que estaria faltando uma? *(Warren faz uma careta)* Não quer me entregar para eu fazer uma inspeção?

WARREN: Acho que não. Aliás, agora que a arma está em plena vista, acho que só tenho duas opções: atirar em alguém ou ir embora. Qual vocês todos preferem? *(Silêncio)* Ninguém fala nada? Ok, então.

(Ele engatilha o revólver e o aponta para Duncan, que fecha os olhos.)

SUSAN: Warren. Por favor.

WARREN: Ah, agora você está falando comigo?

SUSAN: Por favor.

WARREN *(ainda olhando para Duncan)*: Diz que você vai voltar para casa comigo.
SUSAN: Eu vou.
WARREN: Diz.
SUSAN: Eu vou voltar para casa com você.
WARREN *(mantém o revólver apontado por alguns segundos e então o baixa, fazendo um esgar e assoviando com satisfação)*: Deus do céu. Isso, sim, é que é experiência. Está com o pulso acelerado, Duncan? Eu estou. Que adrenalina. Quase vale a pena fazer de novo. *(Finge apontar o revólver mais uma vez; Duncan se retesa por instinto; Warren abaixa a arma)* Estou brincando, estou brincando. Violência é um vício, como qualquer coisa. Eu me acostumaria fácil com isso. *(Para Susan)* Pronta, meu amor?
SUSAN: Sim.

(Warren pega-a pela mão, beija os nós dos dedos dela e lhe dá um tapa gentil no pulso.)

WARREN: Safada.

(Warren e Susan saem.)

(Os outros Personagens ficam em silêncio por um tempo — aquele pelo qual pessoas numa sala naturalmente prenderiam a respiração até terem certeza de que o homem armado foi embora e o perigo acabou. Duncan desaba de novo na cadeira.)

JANE *(para Duncan)*: Você está bem?
DUNCAN: Pelo menos não me mijei todo.

(As luzes piscam e o brilho aumenta de repente, com um zumbido audível. O ruído suave do gerador para abruptamente.)

MEREDITH: A luz voltou. Será que as estradas estão liberadas?
JANE: O que a gente faz com ele agora?

LEITORA: Este parece um bom momento para dizer que a polícia está a caminho.
JANE: Como?
LEITORA: Fred Shiflett tinha uma rota alternativa de saída do clube que só ele conhecia.
DUNCAN: Escroto dissimulado.
JANE: Mas graças a Deus.
LEITORA: A polícia vai chegar a qualquer momento.
JANE: Eles precisam tirar Susan de perto dele.
DUNCAN: Eles vão.
JANE: E depois ele tem que queimar no fogo do inferno.
LEITORA: Sim. Embora esteja certo quanto às provas contra ele serem tênues. Pode muito bem se safar. *(Para Jonathan)* Não tenho dúvidas de que sua companhia tem acesso ao melhor em termos de representação legal.
JONATHAN: Temos, sem dúvida. *(Dá de ombros)* Mas nossos interesses agora divergem. O sr. Burr, neste momento, está sozinho.
REGINALD: Acabou, então?
LEITORA: Ainda não.
REGINALD: O quê?
DR. BLAKE: O detetive?
LEITORA: Sim.
JANE: O coitado está morto e mais parece um epílogo.
REGINALD: Por que Warren quereria matá-lo?
LEITORA: Não acho que tenha sido ele.
JANE: Quem foi, então?
LEITORA: Houve três mortes. Três corpos. Todas as situações foram bem diferentes. Um afogamento. Um tiro. Isso a gente entende. Mas o caso do detetive é... incomum. Eu não entendi.
JANE: Talvez tenha descoberto alguma coisa que o cliente dele não gostou.
LEITORA: Sr. Gold? Algo a declarar?
JONATHAN: Eu aprecio a estética do assassinato, como todos nós. Mas na prática é outra história. Sujar as mãos não é minha especialidade.

LEITORA *(aos Blake)*: O quarto estava trancado por dentro?
EMMA: Sim.
LEITORA: As janelas também?
JAMES: Sim, eu chequei.
LEITORA *(para o dr. Blake)*: O senhor foi o primeiro a entrar no quarto do detetive, não foi?
DR. BLAKE: Nós três entramos.
LEITORA: Mas sendo médico, o senhor examinou o corpo antes. E pediu aos demais que se mantivessem afastados.
DR. BLAKE: Sim.
LEITORA: Como todos que estão familiarizados com a tradição do Quarto Fechado sabem, deve-se prestar especial atenção ao primeiro a entrar no recinto e examinar o corpo. Sobretudo se a pessoa tiver algum conhecimento de anatomia, como um açougueiro ou um veterinário. Ou um médico. *(Para James e Emma)* Quando entraram no quarto, o pai de vocês usou o próprio corpo para bloquear a visão que teriam do cadáver?
JAMES: O que você está sugerindo é ridículo.
LEITORA: Seria possível que o pai de vocês, enquanto aparentemente checava para ver se o detetive estava vivo, estivesse na verdade matando-o?
JAMES: De jeito nenhum.
LEITORA: Emma?
EMMA: Eu não... não acredito que ele fosse capaz disso.
LEITORA: Durante o jantar, na quinta-feira à noite, enquanto mentia sobre ter servido no Vietnã, o detetive alegou ter um sopro no coração. Será que essa parte era verdade? *(Para o dr. Blake)* Como médico, teria sido simples para o senhor trocar os remédios na gaveta dele por alguma outra coisa. Algo que o senhor soubesse que pioraria a condição cardíaca dele. Talvez até o matasse. Ou talvez o plano fosse outro. Quem sabe você trocou os remédios dele por algum tipo de sedativo que sabia que iria fazê-lo apagar, o que lhe daria um motivo para entrar no quarto antes de todos, examinar a vítima e, discretamente, aplicar nele uma injeção letal? Se examinarmos o corpo *(faz*

um gesto na direção da cozinha), quem sabe não encontraremos a marquinha de uma picada na axila esquerda?

DR. BLAKE *(com um tom desafiador)*: Por que você mesma não vira o corpo e checa?

LEITORA: Se não foi o senhor, doutor, quem, então? *(A Leitora caminha com uma postura intimidante pelo salão, parando à frente de cada Personagem; primeiro, Meredith)* Quem sabe a esposa zelosa, ávida por defender a reputação do marido? *(Para Jane e Duncan)* Ou os amantes secretos, desesperados para guardar um segredo de décadas? *(Para Reginald)* Ou o contador trambiqueiro, com medo de que mais irregularidades viessem à tona? *(Para Jonathan)* Ou o cliente, preocupado com o interrogatório inesperado e cada vez mais amplo que poderia ameaçar uma negociação lucrativa? *(A Leitora retorna ao ponto de onde partiu e se dirige a todo o salão)* É um problema difícil. O que nos falta, infelizmente, é uma pista final da identidade do assassino deixada pela própria vítima. No cânone, isso tem o nome de Mensagem Terminal: a extremidade amassada de um livro, iniciais arranhadas em madeira ou um sussurro rouco entendido errado. "Mortal" em vez de "portal", por exemplo. Mas não parece que o detetive tenha deixado uma mensagem do tipo. *(Pausa)* Ou deixou? *(Vira-se para Emma)* Você encontrou algo no corpo dele?

EMMA: Não, acho que não.

LEITORA: Quem transportou o corpo até o frigorífico?

EMMA: James e meu pai.

LEITORA *(para James)*: Você encontrou alguma coisa no falecido sr. McAnnis?

JAMES: Não.

LEITORA: Tem certeza?

JAMES: Tenho.

LEITORA: Então você não achou um pedaço de papel amassado no punho dele?

JAMES: *(Silêncio)*

EMMA *(apreensiva)*: James?

LEITORA *(insistente)*: Vou perguntar de novo. Você achou um pedaço de papel? Era do dossiê do detetive sobre o clube?

JANE: Nós precisamos muito ver esse dossiê.
LEITORA *(para o salão)*: Também não vi, embora saiba da existência. Digamos que seja o *dramatis personae* de um detetive. Imagino que muitos de vocês estejam no dossiê. São os históricos de cada um. Questões financeiras. Garantias, empréstimos, dívidas. Pecados morais. Perversões sexuais. Está tudo lá, com certeza.
DUNCAN: Que escroto.
LEITORA: Tudo faz parte do trabalho dele para o sr. Gold. Mas voltemos à questão que se apresenta. *(Para James)* Qual era o nome que estava naquele pedaço de papel, James? *(Silêncio)* O que você achou, James, ao encontrar o relatório sobre seu pai amassado no punho do morto?
EMMA: Como você po...
JAMES *(abruptamente)*: Não significa nada.
DR. BLAKE: Jam...
JAMES: É sério. Não significa nada. Pode não significar nada. Ele pode ter pegado o papel por qualquer motivo. Ou por motivo nenhum.
LEITORA: Quando você encontrou o papel?
JAMES: No frigorífico.
LEITORA: E onde seu pai estava?
JAMES: Do lado de fora. Eu disse a ele que precisava de um minuto.
LEITORA: E foi quando você encontrou o documento.
JAMES: Isso.
LEITORA: E aí?
JAMES: E aí enfiei no meu bolso.
LEITORA: E onde ele está agora?
JAMES: Queimei na pia da cozinha.
EMMA: Meu Deus.
LEITORA *(para o dr. Blake)*: Caso o senhor tenha cometido esse assassinato, seu filho se tornou cúmplice. O senhor tem algo a acrescentar agora, doutor?
DR. BLAKE *(calmo)*: Eu não matei Adam McAnnis.
REGINALD: Que piada.
JAMES: Vá para o inferno.

LEITORA *(depois de um longo silêncio, ela se dirige ao dr. Blake)*: Eu acredito no senhor.
EMMA: Mesmo?
LEITORA: Sim. Houve oportunidade, mas não motivo. Por que o senhor iria matar o detetive? Por descobrir as crenças odiosas do seu pai, crenças das quais o senhor compartilha? Talvez, mas parece insuficiente. Uma receita cujo ingrediente principal foi esquecido, ao que parece. Resta apenas a charada dessa morte. O que não se pode negar é que fomos levados a acreditar que o senhor *poderia* ser o assassino. Recebemos uma Mensagem Terminal que finge apontar na sua direção. Fomos levados a compreender os parâmetros de um cadáver achado em um Quarto Fechado. Fomos induzidos a suspeitar da primeira pessoa a checar o corpo, ainda mais no caso de professar certas vocações. É natural desconfiar de médicos: eles nos lembram de nossa própria mortalidade. Um diagnóstico resumido em uma palavra, um resultado de exame rabiscado em letra ilegível, pode servir de prova para uma sentença de morte. São o mais próximo que a maioria de nós chega do veredito de um juiz. Médicos dão ótimos vilões. E, de fato, acho o senhor um vilão. Mas não pelo assassinato desse detetive.
JAMES: Você está dizendo que armaram para cima do meu pai?
LEITORA: Sim.
DR. BLAKE: Quem fez isso?
EMMA: E quem matou o detetive?

(As cortinas se fecham.)

×

*"Por que fui inventar esta criaturinha detestável,
bombástica e cansativa?"*

CONFISSÃO

A mensagem na garrafa. A carta enviada ao jornal ou à Scotland Yard. O manuscrito deixado numa gaveta numa casa de campo para ser lido pelo dito Watson. Devemos reconhecer, eu e você, aqui, no fim, estarmos enriquecendo uma venerável tradição. O momento em que as cartas, por fim, são postas na mesa.

Os riscos são claros. Queremos mesmo que o ilusionista explique o truque? Que o humorista desconstrua a piada? Isso não mata a mágica, caso haja mágica a se perder?

Enfim.

Quem é que não se permite trapacear um pouco se a solução para o enigma está impressa de cabeça para baixo no pé da página?

×

As motivações de romances de mistério clássicos são as mesmas que impulsionam as tragédias shakespearianas, se não as aristotélicas — amor, ódio, medo, ganância, inveja —, junto a uma panóplia de vícios menores — tesão, ambição, ira, vaidade, vergonha, covardia. O rapaz *ama* a noiva; por isso, esfaqueia o vilão que tentava chantageá-la movido pela *ganância*. A mãe, por *medo* de ver o filho que *ama* exposto, envenena o investigador que esquadrinhava os crimes que o rapaz cometera, movido por *ambição*. O empreendedor frustrado tem *inveja* do rival mais bem-sucedido que, *ganancioso*, lhe passara a perna no primeiro empreendimento conjunto, e trata de se *vingar*. O filho que tem *tesão* na mãe a mata devido à *vergonha*. *Vaidoso* e visto pelo público como um herói, o sujeito *irado* mata o único soldado que sabe quão *covarde* ele na verdade foi. O balconista *odeia* o dono da loja. O filho *odeia* o pai. A esposa *odeia* o marido. A suicida *odeia* a si própria...

 P: Bom... qual foi sua motivação? Por que você matou Adam McAnnis?
 R: [...]
 P: Como você o matou?
 R: Com a mesma força misteriosa através da qual uma velha divindade transformou uma mulher numa estátua de sal. Ou seja, uma combinação de mágica, mito e crença.

✕

Eu não odiava Adam McAnnis — por que deveria? Na verdade, sentia pena dele por todos os sofrimentos a que o submeti. Também não odiava Claudia Mayer nem John Garmond. Quem der algum crédito a esta confissão pode acreditar: esses foram crimes lógicos, não passionais. Uma vez que entendi minha trama, a morte deles tornou-se uma necessidade. Não tinha outra saída senão os matar.

Não sabia que McAnnis teria que morrer até bem depois de ele chegar a West Heart. Meu plano de matar Claudia Mayer também veio depois, ainda que tenha sido a primeira a morrer. John Garmond eu estava determinado a matar desde o início.

Para esses crimes, me inspirei em muitos modelos célebres e extraordinários de homicídio.

Arthur Conan Doyle matou Sherlock Holmes nas Cataratas de Reichenbach e fez o mundo chorar sua perda por dez longos anos antes de sua milagrosa e improvável ressurreição (rapazes caminhavam pelas ruas de Londres usando braçadeiras pretas em sinal de luto). Agatha Christie arrasou Hercule Poirot, impondo-lhe uma doença terminal e, por fim, com requinte de crueldade, transformando-o em assassino — num acesso de vingança que manteve enfiado numa gaveta por três décadas (quando o livro afinal foi lançado, o *The New York Times* publicou um obituário de Poirot).

No entanto, nenhuma crueldade supera a de Shakespeare, que sopra com suavidade as brasas de suas criações apenas para matá-las ou torturá-las algumas páginas depois. A morte de Cordélia. A cegueira de Gloucester. O envenenamento de Hamlet. O que leva um homem a matar um personagem que tem o nome de seu próprio falecido filho?

Bom...

Teria eu chorado ao forçar Claudia Mayer a encher o roupão de pedras? Teria minha mão tremido ao fazer a arma de Warren Burr mirar na nuca de John Garmond? Teria hesitado antes de molhar os dedos para apagar qualquer que fosse a chama prometeica que alimentava Adam McAnnis?

Como me declaro diante de tais acusações?

Me declaro culpado.

Por que fiz tudo isso, então? Devemos culpar a busca por fama e dinheiro? Ou seria algo diferente? Curiosidade intelectual? Deleite estético? A permissão de mergulhar em fantasias sociopatas ou sadoeróticas? Estaria agora, como Iago na famosa explicação oferecida por Coleridge, meramente "à caça de uma motivação", em busca de uma explicação, *ex post facto*, para todas essas horas infinitas passadas a sós, meditando sobre assassinatos?

Consideremos a primeira narrativa de mistério do mundo, na qual Édipo põe em marcha um terrível inquérito — a investigação sobre quem matou o antigo rei de Tebas —, resultando na descoberta de que o culpado é ele mesmo e na constatação angustiante de ser o próprio autor da trama que leva a seu apocalipse.

Ou consideremos um caso mais recente: o exemplo de Eugène François Vidocq, o criminoso do século XIX que se tornou chefe de polícia em Paris e depois foi fundador da primeira agência de detetives particulares do mundo — que, de acordo com rumores, costumavam *cometer* crimes para depois serem pagos para solucioná-los. Um rato a construir o labirinto do qual planejo escapar.

Ou consideremos a dica de trama que W. H. Auden deu a Raymond Chandler (e este ignorou): um clube de assassinos que, diante da suspeita de que um deles estava matando por prazer, e não por dinheiro, contrata um detetive particular para encontrar esse assassino entre assassinos.

Quem melhor para interrogar o escritor de assassinatos do que seu leitor?

×

Esta história de mistério e assassinato, como todas as outras do tipo, termina com o que o leitor entende como desfecho, revelação — ou recusa a tal procedimento —, no qual problemas são resolvidos ou não — pois, na verdade, não há regras ou traições nesse tipo de história. Tudo o que temos, você e eu, são essas memórias culpadas de crimes sangrentos dos quais somos ambos cúmplices, pois todo escritor é um assassino e todo leitor, um detetive.

Agradecimentos

Antes de tudo, devo expressar minha gratidão pela hospitalidade às pessoas queridas do "West Heart" da vida real que inspirou este livro: elas não têm nada a ver com as criaturas podres destas páginas e (até onde eu saiba!) não abrigam assassinos. A geografia, a história e os personagens de meu West Heart fictício são puramente imaginários. E aos leitores que suspeitem que eu tenha alterado o calendário histórico, os registros meteorológicos e o ciclo lunar para melhor serverem aos meus propósitos — me declaro culpado.

A maior parte da pesquisa para este romance veio de fontes primárias (isto é, de leituras), mas, entre muitos outros textos consultados, devo reconhecer minha dívida em particular para com *Bloody Murder*, de Julian Symons, e o *Oxford Companion to Crime & Mystery Writing* (editado por Rosemary Herbert). Fãs de *A terra devastada* (1922), de T. S. Eliot, vão reconhecer a epígrafe de Quinta-Feira; a de Sexta-Feira vem de *The Hollow Man* (1935), de John Dickson Carr; a de Sábado é de "Como escrever uma história de detetive" (1925), de G. K. Chesterton; a de Domingo, de *Do assassinato como uma das belas-artes* (1827), de Thomas de Quincey; e a epígrafe da Confissão cita "Hercule Poirot: O maior detetive da ficção" (1938), de Agatha Christie.

Agradecimentos especiais também a David Black, Susan Raihofer, Paul Bogaards e Jennifer Barth, literalmente meus parceiros no crime. E a meus amigos Sebastian Cwilich e Anne Hellman, que, de formas distintas, ajudaram muito a tornar este livro possível.

Por fim, e o mais importante, agradeço a minha esposa e meus filhos pela paciência, amor e apoio.

1ª edição	JANEIRO DE 2024
impressão	CROMOSETE
papel de miolo	LUX CREAM 70 G/M²
papel de capa	CARTÃO SUPREMO ALTA ALVURA 250 G/M²
tipografia	JANSON TEXT LT STD